물이
바다를
덮음같이

물이
바다를
덮음같이

—

이종화 지음

홍성사

경종 1년 6월 27일, 밤 2경에서 5경까지
손방, 남방, 곤방에 불빛 같은 기운이 있었다.

(夜自二更至五更, 巽方, 南方, 坤方, 有氣如火光)

경종 1년 7월 1일, 평안도 영변에서 몸통은 하나인데
머리가 둘인 송아지가 태어났다.

(平安道寧邊地, 雌牛産雛, 一身兩頭)

《경종실록》

— 차 례

프롤로그

도대제 내가 어디로 끌려가고 있는가?

그 꼬임에 빠져들지 말았어야 했는데.

벼슬길을 톺아 오르듯 달려와

당상을 눈앞에 두고 이런 횡액이라니.

초헌을 탔더라면 이런 일은 없었을 텐데.

이대로 죽어 구천을 떠돌게 될까 두렵다.

갇힌 사내는 생각했다.

'혼절했었구나. 뒤통수가 뻐근한 게 이놈들이 나를 줴질렀어. 사위가 깜깜하니 대체 여기가 어딘지? 소리를 질러야 한다. 소리를!'

그러나 사내의 입은 뭔가로 틀어 막혀 소리는커니와 혀조차 맘대로 움직일 수 없었다.

신축년(1721년) 8월 23일(신사), 해시(亥時) 정각 무렵.

행전을 날렵하게 찬 장정 너덧이 들것의 네 귀퉁이를 나눠 들고 창의문을 통과하고 있었다.

짙게 깔린 저녁 어스름이 사내들의 신속한 움직임을 가려 주었다. 달은 한 시진이나 지나야 뜰 것이다. 무명천으로 덮인 들것 안에는 주둥이를 끈으로 동인 가죽자루가 놓여 있고, 자루 안에는 손발을 결박당하고 입에 재갈을 물린 사람이 코로 가쁜 숨을 내뿜고 있었다. 그들이 한 마장을 걸어 세검정에 당도하니 말 두 필의 고삐를 잡고 등대하고 있는 견마잡이가 보였다. 들것이 땅에 놓였다.

"말 위로 옮기시오."

한 사내가 말하자 다른 장정들은 가죽포대를 말안장 뒤에 실었다. 사내들이 눈짓을 교환하더니 장정 둘과 견마잡이는 떠났다. 사내 한 명이 가죽포대를 실은 말의 안장에 앉았고, 다른 두 장정은 다른 말에 올랐다. 그들은 관솔불로 길을 밝히며 말라붙은 중흥천(重興川)을 지났다. 달리고개(達里峴) 너설에 이르자 말이 가탈거려 속도를 늦추어야 했다. 크고 작은 봉우리들이 늘비한 산골로 잡아드니 소쩍새 우는 소리만 말굽쇠 소리 틈새로 간간이 들릴 뿐이었다.

'건저(建儲) 문제로 소론이 수작을 부리는 게다. 사흘 전 심야에 밀어붙인 세제책봉에 대한 분풀이라도 하려는 것인가? 소론이라면 누구일까? 바로 오늘 세제책봉을 맹렬히 비난하는 상소를 올린 유봉휘일까? 대신과 삼사의 논핵에도 굴하지 않고 유봉휘가 곧 의금부 앞에서 석고대명할 것이라지 않던가. 아니면 조태구를 비롯한 소론 시임 대신들일까? 하긴 영의정 김창집 대감 일행이 주상께 무례하긴 했다. 밤 2경에 연잉군을 저사(儲嗣)로 봉할 것을 윤종케 했으니. 그나저나 이렇게 보쌈당해 쥐도 새도 모르게 당하는 건가? 이 사실을 노론에게 알려야 할 텐데. 옆구리가 안장꼬리에 이리저리 부딪히는 걸 보니 꼬불꼬불한 산길인 듯한데, 어디로 가는 것일까?'

입안을 막은 버선 짝에 침이 고였다가 입 밖으로 줄줄 흘러 나왔다. 구토가 났지만 헛구역질일 뿐이었다. 거꾸로 내리박은 얼굴에서 흐른 땀으로 가죽 주둥이가 흥건하게 젖었다.

말을 탄 장정 중 하나가 등자에서 발을 빼며 말했다.

"벌써 용연(龍淵)인가?"

다른 장정이 중치막 안자락으로 이마에 맺힌 땀을 닦으며 대답했다.

"맞네, 홍복산 용연."

그러나 다른 한 명의 사내는 아무 말이 없었다.

'홍복산 용연이면 북쪽으로 가는 게로군. 지명을 대수롭지 않게 말하는 걸 보니 내가 들어도 상관없다는 건데. 예삿일이 아니다. 나를 죽이겠다는 심사인가……. 잠깐. 소론이라면 일을 이렇게 도모하지 않을 것이다. 내가 죽으면 노론이 소론을 의심할 게 뻔한데, 소론이 이런 무리수를 두지는 않을 게다. 그렇다면 이놈들은 누구란 말인가? 내 앞에 앉아 아무 말 없는 저놈이 날 유인한 놈인가? ……. 내가 무슨 원한을 산 일이 있었던가?'

목구멍까지 차오르는 의문과 공포 사이로 묻어 두고 싶은 그 일이 되살아나기 시작했다.

활 한 바탕 거리에 마방을 갖춘 주막 불빛이 보이자, 이들은 말머리를 돌려 양주읍내 바깥 길로 이어 달렸다. 말 두필이 사단(社壇)을 넘어 불곡산 자락에 있는 외딴 초가에 닿은 때는 두 식경이 지나서였다.

장정 둘은 주둥이를 동였던 끈을 풀고 가죽포대 안에 든 사람을 끌어냈다. 끌려나온 초로의 사내는 눈을 희번덕거리며 필사적으로 몸을 버둥댔으나 마당 한 가운데에서 무릎이 꿇렸다. 그는 흑각대를 허리에 두른 청색 관복을 입었는데, 검은 가죽신이 엉덩이 아래서 짓이겨졌다. 서 있던 사내 중 하나가 손을 들어 한쪽을 가리키며 말했다.

"저 산자락을 넘으면 유양마을(維楊里)이오. 거기 주막서 오늘밤 묵고 내일 관아로 가시오."

'바로 저놈이구나. 나를 유인한 놈 목소리야. 관아로 가라고? 소론이 아니구나. 그렇다면 저놈이 나에게 무슨 원한이?'

장정 둘이 말 한 필을 함께 타고 떠나자, 부엌에서 사시랑이 몸인 사내 한 명이 관솔불을 들고 나타났다. 그는 지게문을 열어젖히고 관솔불을 방 안으로 던졌다. 순식간에 가다귀에 불이 붙었고 섶나무와 소나무 타는 냄새가 났다. 불길이 날름거리며 타닥타닥 나무 사르는 소리가 들렸다. 뱀의 혀처럼 나뭇가지를 휘감고 불길이 지나간 자리는 맹독이 퍼진 살갗처럼 검게 변했다. 화력은 더 거세어져 타지 않은 경계를 쉽게 허물며 닥치는 모든 것을 족히 먹어치울 기세였다.

초로의 사내는 혼비백산하는 양 온몸을 부르르 떨었다. 당자를 유인했던 사내가 칼을 쥐고 무릎 꿇은 사내에게 다가왔다. 치솟는 불길에 비친 그의 얼굴은 귀신을 밟고 선 금강역사와 같았다. 돝고기 타는 냄새와 유사한 역겨운 누린내가 나기 시작했다. 그가 무릎 꿇은 사내의 얼굴을 비틀어 관자놀이를 칼로 찌르는 순간, 사내는 그 원한이 뚜렷하게 떠올랐다.

활활 타오르는 불길이 피범벅이 된 사내의 얼굴을 비추었다. 사내의 가슴에는 불로초를 입에 문 채 고매한 자태로 날고 있는 학이 수놓아진 흉배가 붙어 있었다. 얼굴에서 흐르던 피가 흉배로 뚝뚝 떨어졌다.

활짝 펼쳐진 학의 날개가 피로 물들었다.

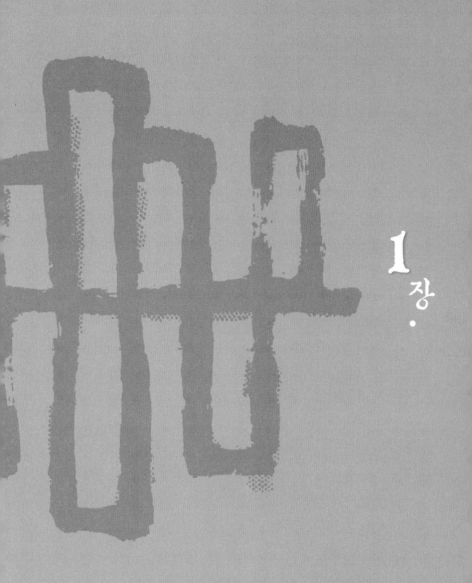

1 장.

1

책 거간꾼 한 명이 시체로 발견된 지 이틀째 되던 날, 포도청 종사관 일행이 서촌의 한 민가에 들이닥쳤다. 육척 장신인 포교가 바깥채 마루로 진동한동 들어왔다. 붉은 상모 달린 벙거지를 쓴 사내가 그 뒤를 따랐다. 마루에는 네 명의 선비가 경상을 에워싸고 앉아 있었다. 포교는 전복 동달이 왼쪽 소매 아래에 환도를 찼는데, 가죽으로 동여 맨 손잡이에 덕지덕지 앉은 더께가 그의 연륜을 보여주는 듯했다.

벙거지를 쓴 사내가 통부를 꺼내 들었고, 포교는 한 명 한 명 점고하듯 주위를 살피면서 말하는데 눈딱부리였다.

"잠시 기찰할 일이 있소. 포청 종사관 이양걸이라 하오. 이쪽은 군관 김시겸이오. 박승안이 누구요? 곡암 선생의 제자라고 듣고 왔소이다. 몇 가지 물어 볼 게 있소."

목소리는 우렁차고 더부룩한 살쩍(鬢毛)은 면빗으로 빗은 듯 가지런했다.

선비들은 자리를 터주느라 바투 앉았고, 이양걸과 김시겸은 그들 사이에 자리 잡았다.

"무슨 일인데 그러시오?"

이양걸의 맞은편에 앉은 사내가 갓양태를 손가락으로 잡고 약간 위로 올리며 물었다. 망건 아래 짙은 눈썹과 반듯한 콧날이 준수한 인상을 주었으나 밥풀눈이었다.

"댁이 박승안이오?"

"아니오. 박승안을 찾기 전에 이렇게 찾아온 연유나 들어 봅시다."

이양걸이 빠르게 구술하는데 그 사연인즉 다음과 같다.

최을호라는 서쾌가 북악산 백운동의 소나무 가지에 목을 맨 채 발견되었다. 여름이라 사체의 부패가 심했고 목자는 까치가 쪼아 먹은 뒤끝이라 움푹 패여 있었다. 누군가가 발견하고 관아에 신고한 것은 동이 튼 후였다. 이양걸은 시신을 소나무에서 끌어내리게 하였고 한성부의 주부(主簿)는 검험을 지시했다. 구실아치가 사체를 검시해 보니 새끼줄이 감겨 있는 목에서 액흔이 발견되지 않았다. 왼쪽 가슴에는 버들잎처럼 벌어진 자상이 있었다. 살아 있을 때 생긴 상처라는 증거였고, 그것이 사망 원인임을 한눈에 알아차렸다. 이양걸은 칼을 잘다루는 자의 소행임을 직감했다. 코에 피딱지가 검게 엉겨 붙은 것이눈에 띄었다. 종이로 코를 덮고 식초를 뿌리게 한 후 걷어 내니 콧등이 예리한 칼날로 잘려 있었다. 시장(屍帳)에 사인을 피자치사(被刺致死)로 기록하게 하고 포도대장에게 상신했다. 최을호는 책을 취급하는 일이 없을 때엔 술과 노름에 탐닉하며, 술에 취하면 아내에게 주먹질도 서슴지 않던 인물임이 밝혀졌다. 주위 사람들은 그를 '책 거간꾼 최씨'라고 불렀다. 숙종이 서거한 이후 장안에는 책과 관련된 일이 뜸하여, 최을호에게도 일거리가 몇 달 동안 끊겼다. 게다가 죽기 달포 전 상당한 금액의 도박 빚을 졌고 아내가 삯바느질로 생계를 꾸려 가고 있었다.

궐자의 처가 전한 바에 의하면, 최을호가 죽기 전날 달구비가 쏟아지는 밤에 한 사내가 찾아왔다. 유삼(油衫)을 걸쳤고 머리엔 갈모를 쓰고 있었다고 했다. 야심한 시각에 누구냐고 물었더니 '박승안이라 전해 주시오'라고 답했고 이에 남편이 들어오게 했다. 여인은 자리를 피해 부엌 봉당에 앉아 있었다. 세찬 빗소리 때문에 방안의 대화를 들을 수 없었고, 빗소리가 잦아들었을 때 대화의 한 토막만 들었다고 했다.

"'그러면 관두시오. 우리 일은 없었던 것으로 합시다' 하고 그 손님이 내뱉었던 것 같구려. 염병할 그 인간이 음흉하게 말하더이다. '그 무슨 소린가? 그만두더라도 내가 알게 된 이상 그냥은 안 되지. 나는 워낙 입이 무거운 사람이라……. 음하하하!' 하고 웃는 순간 비가 다시 억수같이 왔고 빗소리 때문에 알아들을 수 없었소. 불한당 같은 몹쓸 그 인간이 술만 취하면 패고 지랄하더니……."

선비들은 포교의 설명을 듣고 놀란 표정이었다. 설명을 마친 이양걸은 당자의 왼편에 앉은 사내에게 다그쳤다.

"댁이 박승안이 맞겠구먼."

몸이 호리호리해 서리병아리 같은 사내의 개발코 콧등에까지 땀이 몇 방울 맺혔다.

"마, 맞소. 어, 어떻게 아, 아셨소?"

"사람이 치의(致疑)받는다고 느끼면, 이마에 땀이 나고 목자가 빠르게 좌우로 움직이는 게요. 마지막으로 서쾌를 본 사람이니 몇 가지만 물어보리다."

이양걸은 박승안의 눈을 뚫어지게 보았다.

"그날 밤 무슨 일로 최을호를 만났고, 무엇을 관두자고 한 것인지 말해 주어야겠소."

박승안이 경상을 에워싼 다른 선비들을 보았다. 서로 간에 시선을 주고받으며 고개를 숙이는 탓에 그들의 눈은 갓양에 가려졌다. 그러나 눈짓을 교환할 때 다른 세 사내의 눈빛이 맞은편에 앉은 밥풀눈이에게 집중되는 것을 이양걸은 놓치지 않았다. 매미 울음소리가 침묵을 채웠다. 여름의 끝자락이 아쉽다는 듯 매미는 일제히 큰 소리로 울어댔다.

이양걸은 밥풀눈이를 응시하며 손가락 마디를 뚝뚝 꺾었다. 그 동작은 질문에 쉽사리 응대하지 않는 피의자에게 상대를 을러대는 오랜 습관이었고 때로 효력이 있었다. 밥풀눈이가 고개를 주억거리자, 박승안이 더듬거리며 말했다.

"채, 책을 마, 만들고자 해, 했었소. 예전에 그에게 다, 당서(唐書)를 한 번 구입했었소. …… 그런데 그가 책 제본에 피, 필요한 돈을 너무 비싸게 부르기에 어, 없었던 일로 하, 하자고 했소."

"왜 최을호가 협박한 거였소?"

이양걸은 턱을 치켜들었다.

"그, 그건……, 책 내, 내용 때, 때문이었소."

"책이 무슨 내용이오?"

이양걸이 모를 틀어 경상 위의 한지를 순식간에 걷어내며 욱질렀다.

"내가 들어올 때, 이 양반이 종이로 경상을 덮는 것을 보았단 말이오."

박승안의 왼쪽에 앉은 선비를 이양걸이 턱짓으로 지목했다. 눈썹 위까지 내려쓴 망건 바깥으로 곱슬머리 몇 가닥이 튀어나왔고, 안개 눈썹 아래 갈고리눈은 열끼를 내뿜고 있었다. 그러나 곱슬머리 사내는 아무 말 없었다.

"뭘 숨기려고 그런 거요? 이건 무엇이오? 하도와 낙서 아니오? ……. 오호, 그게 이 표시와 같구면. 무엇이든 기이지 말고 사실대로 말해야 하오."

이양걸은 품에서 시장을 꺼내 들고 경상 위의 그림과 비교하는 양이었다.

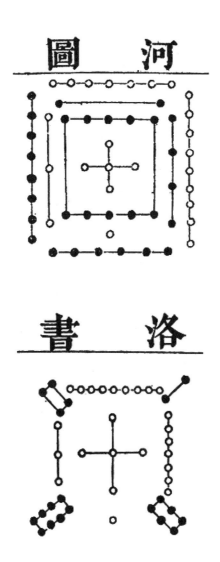

"무, 무엇을 마, 말하란 거요?"

"하도와 낙서에 대해 말해 보시오."

"그, 그것이 이, 이 사건과 무, 무슨 관련이 이, 있다고 그, 그러시오?"

"관련이 있고 없고는 내가 판단할 터이니, 묻는 말에나 대답하시오."

이양걸은 흥분한 듯 새된 목소리였다.

이번에는 밥풀눈이가 침착하게 말했다. 청아한 목소리였다.

"고대의 형상인 낙서는 낙수(洛水)에서 나온 거북의 등에 그 지도가 그려졌기 때문에 그렇게 불렸소. 낙서는 아홉 군데에 쓰인 아홉 개의 숫자가 마방의 형태를 취하고 있으며, 가운데에 숫자 5가 십자 모양(°⋮°)으로 되어 있소. 그리고 그것은 《역경》의 기원이 되는 하도에도 마찬가지요."

"하도는 말에 의해 옮겨진 거고, 낙서는 홍범과도 관련이 있다고 들었소만."

이양걸이 약간의 호기심을 보였다.

"맞소. 하도는 용마에 의해 옮겨졌는데, 용과 말은 《역경》의 모든 내용을 포함하는 맨 앞의 건괘와 곤괘를 지칭하오. 낙서는 《서경》 홍범구주의 기원이 되기도 하오. 홍범구주에 명기된 아홉 가지 조항은 오직 성인만이 유일하게 실현할 수 있는 신성한 조화라고 하였소. 하도와 낙서를 선천팔괘와 후천팔괘에 대입하면 《역경》의 모든 괘를 만들 수 있소."

"자세히 말해주어 고맙소. 그런데, 그 책 내용을 구체적으로 말해보시오. 대체 어떤 내용이길래 서쾌가 협박을……."

호기심이 충족되었는지 원래의 심문조로 지싯지싯 캐묻는 순간, 밥풀눈이가 이양걸의 말을 잘랐다.

"아까 말씀 중에 버들잎 같은 상처가 왼쪽 가슴에 있었다고 하셨소. 그 자상을 보시고 칼을 잘 다루는 자의 소행이라고도 하셨소만, 혹시 그자가 오른손잡이인지 왼손잡이인지 알 수 있었소?"

"그건 왜 묻소?"

이양걸은 심문 과정에 불쑥 끼어든 사내에게 마뜩찮은 표정으로 되물었다.

"좀 전에 종사관께서 보셨던 시장을 홑지에 보았소. 시장에 그려 넣은 자상은 칼날의 각도가 왼쪽에서 오른쪽으로 나 있었고, 왼쪽 상처의 깊이는 두 치 오 푼, 오른쪽 상처의 깊이는 한 치 세 푼으로 적혀 있었던 거 같소. …… 그렇다면 범인은 왼손잡이가 아닌지 해서 묻는 것이오."

사내가 엄지와 집게손가락으로 각 상처의 길이를 가늠하며 말하는데, 누에머리손톱이었다.

'이자는 대체 무엇인가? 엄지손가락이 누에머리손톱인 걸 보니 고집이 세고 당자가 옳다고 믿는 바를 돌이키기 어렵겠구나. 그리고 밥풀눈이라…….'

이양걸은 그런 생각이 들었지만, 양민 중에서 이런 탁월한 식견을 가진 자를 만난 것이 반갑기도 해 힘차게 고개를 끄덕였다.

"맞소! 범인은 왼손잡이요."

"박승안은 오른손잡이요."

사내가 짧게 내뱉었다. 박승안에게 둔 혐의를 거두라는 뜻이었다.

"나도 그건 알고 있소. 이마에 난 땀을 오른손으로 닦는 것을 보았소."

이양걸은 덤덤한 표정으로 말했다.

"혐의는 이미 거두었소. 다만 이 사건은 예사로운 사건이 아닌 것 같소. 그 이유는……."

곱슬머리 사내가 불쑥 끼어들었다.

"노름빚을 꾸어준 전주는 조사해 보셨소?"

"이 살인으로 누가 이익을 얻을지 생각해 보시오. 돈을 빌려준 사람이 돈을 꾼 사람을 살해한다는 것은 사리에 맞지 않소. 게다가 돈을 꾸어 준 사람도 욕심 많은 중늙은이로 이 사건과 아무 관련이 없소. 다만 돈을 떼었을 뿐이오. 망자에게 자모전(子母錢)을 돌려달라고 할 순 없지 않겠소?"

이양걸은 싱겁게 허허 웃으며 말꼬리를 달았다.

"그런데 왜 이 사건을 예사롭지 않게 보시는 게요?"

군관 김시겸의 오른쪽에 앉아 말이 없던 사내가 좀전의 화제로 되돌렸다. 좁은 갓양 아래 윗눈시울이 늘어져 거적눈이 같고 아랫입술이 두터웠다.

이양걸이 그 사내를 흘긋 돌아보더니 맞은편의 밥풀눈이에게 말했다.

"이유는 두 가지요. 첫째, 목을 매달아 자살인 듯 꾸미긴 했지만 살해를 자살로 위장하려는 생의(生意)가 없었소. 하려고 마음만 먹었다면 할 수 있었을 텐데도 말이오. 둘째, 범인이 왜 코를 베었겠소? 필시 뭔가를 암시하려는 것 아니겠소? 이것이 일반적인 살인과 다른 점이오. 그리고 코의 상처로 보아 최을호가 살아 있을 때 벤 것이 분명하오. 이는 십악 중의 하나인 부도(不道)에 해당하니 사면 없이 사형이 집행되는 중범죄인 게요……."

사형이 집행되는 중범죄라는 말이 어떤 효과를 주는지 가늠하는 양 이양걸은 선비 넷을 뚫어지게 살펴보았다. 그들은 놀란 눈빛으로 몸을 웅숭그렸고 아무도 입을 여는 이가 없었다.

이양걸이 손마디를 뚜둑뚜둑 꺾었다.

"그건 그렇고 이 하도와 낙서도 그 책에 나오는 내용이오?"

밥풀눈이가 고개를 끄덕였다.

"보아 하니 그 책은 여기 앉은 모두가 아는 것 같소만, 왜 책 내용을 말하지 않는 게요?"

대답이 없자, 이양걸이 밥풀눈이를 보며 다그쳤다.

"왜 서쾌가 음흉하게 웃었겠소? 뭔가를 발고하고자 협박했고, 입막음이 필요하다고 토색질한 거 아니겠소?"

사내가 턱을 세우고 이양걸을 응시했다.

"유가 경전의 새로운 해석에 관한 내용이오."

"경전의 새로운 해석? …… 어떤 내용이오?"

"듣기를 원한다면 상당한 시간이 필요하오만."

"오늘 시친(屍親)을 몇이나 만나기로 했나? 셋인가?"

군관이 "네, 나리!" 하고 답하자 이양걸이 사내들을 보았다.

"책은 어디 있소? 이 사건의 중요한 단서이니 당장 압수해야겠소."

"책은 여기에 없소. 서쾌에게 있을 것이오."

밥풀눈이가 대답했다. 이때 박승안이 뭐라 말하려는데, 밥풀눈이가 단호한 눈짓으로 덮어 버렸다.

"알겠소. 오늘 내일은 시친을 탐문해야 하니 가겠소만 또 오겠소."

이양걸은 일어나려다 멈추더니 밥풀눈이를 보았다.

"어제 술을 많이 마신 게 맞소?"

"그렇소만. 그건 어떻게?"

"눈윗꺼풀에 있는 군살이 서서히 빠지고 있지 않소. 군살이 아니라 술 먹은 다음에 생기는 붓기인 게요. 밥풀눈이는 원래 그렇게 타고난 사람과 술로 인해 눈두덩이가 부은 사람 두 종류인데 처음부터 나는 댁이 후자라고 여겼소. 밥풀눈이의 군살은 눈윗꺼풀에만 있지만 술로 인한 붓기는 아랫꺼풀까지 부어오르기 때문이오. 술을 자주 마시오?"

"그런 편이오."

"알겠소. 다음에 오면 댁이 왜 그렇게 술을 자주 마시는지 그 연유를 내 알 수 있을 게요."

이양걸은 눈을 치뜨고 사내를 노려보더니 자리를 떴다.

이양걸이 갖고 있던 시장에는 시신의 가슴 한가운데에 세 치 길이 되는 열십자(十) 모양의 칼자국이 선명하게 새겨져 있었고, 그것 때문에 그가 하도와 낙서에 관해 채쳐 물었던 것이다.

2

동접 넷이 곡암 선생의 문하로 들어온 지 오 년 째 접어들고 있었다. 선생의 본명은 김인균(金仁均), 자는 일양(日揚), 호는 곡암(谷巖)이다. 호를 따라 사람들은 선생의 집을 곡암당으로 불렀다.

곡암 선생은 단정하고 온화한 성품의 선비였다. 선생이 약관을 갓 넘겼을 때, 그의 부친은 세상을 등졌다. 부친은 승문원 판교까지 벼슬을 지냈으나, 당쟁에 환멸을 느껴 권력층과 일정한 거리를 두고 살았다. 평소 강직한 성격으로 직언을 서슴지 않았기에 장희빈의 오라버니 장희재의 치죄를 상소하였다가, 같은 노론측 인사로부터 사사로운 이유로 모함을 받아 삭직을 당하였다. 충격을 받은 부친은 몸져누웠고 그 길로 세상을 떠났다. 임종 때 부친은 선생에게 다음과 같은 말을 남겼다.

"임진, 병자년의 난을 겪고 나서 당쟁이 더 심해지는구나. 노론, 소론이 다 무엇이더냐. 당론과 다르면 무조건 배척하니 소신 있는 주장을 펼칠 수나 있겠느냐. 노소 대립의 근원은 열등감 아니겠느냐. 상대가 나보다 우월하면 아니 된다는, 아니 나만 옳아야 한다는 생각인 게지. 그 생각의 배후에는 비열하고 저속한 열패감이 자리 잡은 게야. 너는 그렇게 살지 마라. 파벌을 무시하란 말이다. 네가 과거를 준비하고 있으니 시험을 보지 말라고는 못하겠구나. 그러나 관직을 갖더라도 뚜렷한 당색은 갖지 말아야 한다. 당파의 일원이 되면 영예가 일순간에 치욕이 될 수 있음이야. 세상이 너를 알아주는 것보다 너 스스로 자신을 인정하는 쪽이 더 유익할 게다. 나로서는 그 길이 학문이나 기예밖에 없는 거 같더구나. 후자는 타고난 천품이 있어야 하되, 전자는 갈고닦음에 달린 것 아니겠느냐? 나는 네가 학문에만 몰두했으면 한다. 학문은 그 자체만으로도 큰 즐거움이니 말이다. 거먹구름이 비를 뿌리지만 매는 바람칼을 세우고 구름 위를 날지 않더냐. 지식의 날개도 그와 같은 게야. 세상사에 일희일비함이 없이 너를 훨훨 날게 해줄 터이니……. 너는 일변 강하면서도 일변 유하다. 눈물이 많지 않느냐. 그러나 일양아! 명심하거라. 지켜야 할 소중한 가치를 위해서라면 대가를 치러야 하고, 대가를 치르기 위해서는 눈물을 뿌리더라도 강해져야 할 때가 있는 법이다."

선생은 그 이듬해 과거에 급제하였다. 잠깐 관직에 몸담았다가 부친과 마찬가지로 환로에 환멸을 느꼈고, 평생 후학 양성에만 헌신하기로 결심했다. 그의 학문은 깊었다. 동연들이 선생의 문하에 들어오기 몇 년 전, 제자 한 명이 정시문과에 급제하여 관직에 나갔다. 영민한 제자가 학문을 계속하길 원했던 선생은 충격을 받았고, 그때 이후 사로(仕路)에 욕심 없이 학문에 전념할 사람들만 선별하여 제자를 삼았다.

이양걸이 찾아왔을 때, 맞은편에 앉아 있던 밥풀눈이는 이재서(李在西)라는 자로 몰락한 반가의 자손으로만 알려져 있을 뿐, 가문이 왜 몰락했는지는 알려지지 않았다. 이목구비가 반듯하며 인정 많고 후덕한 인물이다. 그의 비범한 식견은 동접들을 자주 놀라게 만들었다. 연경에서 특이한 책을 한 권 가져왔고, 동연들에게 그 책을 강학하고 있었다.

곱슬머리에 갈고리눈으로 이양걸에게 질문을 하던 이는 조명한(趙明漢)으로 북촌 반가의 서자 출신이다. 섬부(贍富)한 학문에 대단한 집념을 함께 갖추었다. 다소 이악스러운 데가 있지만, 사고가 정연하고 쟁론을 좋아한다. 갈고리눈을 치뜨고 논리를 펼치면 그를 이길 사람은 거의 없다.

박승안(朴承安)은 안동 출신의 양민으로 어렸을 때부터 총명호학하던 인물이다. 몸은 마른 편이고 동안이다. 어렸을 때 꽤 곡경을 겪었고 그 탓으로 흥분하면 말을 더듬는다. 승안이에 관해 얘기하자면 그의 형인 낙안(樂安)이를 빼 놓을 수 없다. 동생을 유달리 아끼던 낙안이는 장사에 남다른 수완이 있어 큰돈을 벌었다. 영특한 동생이 언젠가는 문명(文名)으로 집안을 일으킬 거라 믿으며 아낌없이 뒷바라지를 하고 있었다.

마지막 인물은 황영석(黃永碩)이다. 그는 역관이었던 연로한 부친의 권유로 당자 역시 역관이 되었다. 중키에 평범한 외모이지만 젊은 나이에 어울리지 않는 그의 거적눈이 오히려 온유한 인상을 풍겼고, 역관답게 관찰력과 기억력이 뛰어나다. 몇 해 전 노환으로 죽은 부친은 팔포무역으로 중촌에 집 한 칸과 선영에 논과 밭 몇 배미를 사 모았고, 그는 부친이 물려준 집에서 살고 있었다.

이들 넷은 신분상의 제약 탓에 과거를 통해 높은 관직에 오르기도 어려웠고, 입신양명할 수도 없었다. 그러나 학문을 좋아한 점에서 같았다. 동문들은 제각기 다른 스승의 문하에서 사서삼경을 배웠지만, 곡암 선생에게 《주역》을 다시 배우고 있었다. 그러나 《주역》말고도 경사자집(經史子集)은 물론, 금서로 여기는 《노자》와 이마두의 《천주실의》까지 손닿는 대로 읽었다. 선생은 선비란 사흘만 지나도 괄목상대하는 법이라며 독서를 강조했다. 학문에 대한 선생의 열린 태도 덕에 이들은 배우고 익히는 기쁨을 누리고 있었다. 어쩌면 공명을 떨칠 일이 없었기 때문에 더 순수한 열정으로 학문을 대했을지도 모른다.

재서가 연경서 가져온 그 책을 강학한 지 열흘 정도 지났을 때였다. 밝은 햇살이 영창으로 환하게 들어오던 어느 봄날, 선생의 외동딸인 숙진(淑珍)이가 개다리소반에 다과를 내어 왔다. 원래 숙진이의 시중을 드는 늙은 상직어멈이 할 일이지만, 어멈이 고뿔로 행기하지 못해 숙진이가 온 것이다. 동접들은 모두 숙진이를 연모하고 있었다. 삼단 같이 땋은 머리에 붉은 댕기를 달았고, 눈썹이 가늘고 짙은 숙진이는 절세가인은 분명 아니었다. 그러나 표정이 풍부하고 묘한 맨드리를 풍겼다. 키는 보통 여인보다 반 뼘 가량 더 컸지만 어린아이처럼 귀여웠고, 때로 날을 세우고 자존심을 드러낼 때는 북촌 대갓집 안방마님보다 더 고집스러웠다. 아이의 순진함과 대갓집 마님의 고집은 어울리지 않지만, 숙진이한테는 두 기질이 어우러져 있었다. 게다가 학문도 유여해 동연들에 뒤지지 않았다. 숙진이가 차를 우려내고 있다. 다기를 들고 손을 놀릴 때마다 쪽물들인 회청색 치마에 받쳐 입은 짧은 남자주색 회장저고리가 가볍게 움직였다.

정자건을 쓴 선생이 안석에 앉아 재서에게 말했다.

"천(天)이나 상제(上帝)가 천지를 주재한다는 자네 말은 틀리지 않네. 그런데 그 상제가 인격을 가지고 있고, 천지를 만들었다니, 그게 대체 무슨 말인가?"

숙진이가 찻잔을 내려놓자 재서가 눈인사를 하며 말했다.

"경에서 읽는 천과 상제를 인격을 가진 천주(天主)로 이해할 때, 그 의미가 통하였습니다. 공자는 《중용》에서 교제와 사제를 통해 상제에게 제사를 드린다고 했습니다. 동지에 황제는 둥근 언덕에서 하늘에 제사를 드리고, 하지에는 장방형의 못에서 상제에게 제사를 드리지요. 황제는 마땅히 성실과 경외의 마음으로 하늘을 공경하고 땅을 존중합니다. 이로써 만물을 생성하고 성숙하게 하는 천주의 미덕에 감사하는 것이라 하였습니다."

선생은 한 치의 흔들림도 없이 되물었다.

"〈정자께서 '주재하는 것을 제라 한다'고 말하였으니, 천주가 천지를 주재한다고 말한 것은 좋네. 주자도 '만물은 제를 따라서 드나든다'고 하였으니, 천주가 만물을 편안히 기른다고 말한 것도 그 뜻은 비슷하네. 그러나 천지의 이루어짐이 천주에 의해 만들어졌다면, 이것은 이치로 보아도 조짐이 없고 경전에도 근거가 없으니, 바로 망령된 설에서 나온 것이네〉. 자네, 《천주실의》에서 천주가 신(神)에게 명하여 서양 성인 오오(墺梧)의 일을 경계하였다는 대목을 기억하는가?"

"네, 오오사제낙(墺梧斯悌諾, 아우구스티누스)이 천주에 관한 이론을 개괄하여 책으로 쓰고자 할 때 바닷가를 거닐다가 한 동자를 만났던 이야기지요. 작은 웅덩이를 파고 굴껍질을 들고 바닷물을 그곳에 떠담는 광경을 보고, 어리석게 어떻게 그 작은 그릇으로 큰 바닷물을 다 퍼내어 웅덩이에 붓기를 바라느냐고 말했지요. 동자가 오오에게 '그것을 알고 계시면서 왜 마음과 생각을 들볶아 사람의 힘으로 천주의 큰 뜻을 작은 책자에 담으려고 하십니까' 하고 반문했었지요."

"그렇지. 천주의 무한히 깊은 뜻을 사람이 감히 범접하기 어렵다는 말 아닌가? 나는 천주를 모르네만, 천주가 있다면 인간의 그런 노력을 얼마나 하찮게 여기겠는가? 그런데 자네는 왜 연경서 갖고 온 그 책이 마치 천주의 뜻을 고스란히 담고 있는 것처럼 말하는가? 나

o─o─o─o─o

一. 程子曰以主宰 謂之帝則彼謂天主之主宰天地者 其設 亦可矣.
朱子曰萬物 隨帝而出入則彼謂天主之安養萬物者 其義亦近之而至謂天地之成
由於天主之制作則此乃於理 無徵 於經 無擔而特出於妄度之論也.

는 그 오오의 일을 경계하였다는 것도 불교에서 천녀가 하강하였다는 설명을 흉내 낸 것으로 보네. 그러니 천주가 만물을 만들고 주재하며 편안히 길러냈다는 것도 우리 유학에서 말하는 상제의 설에 근거한 것으로, 참된 것에 의탁하여 거짓된 것으로 현혹시키는 데 불과하다고 생각하네……. 〈개벽에 관한 것은 실로 말하기 어려운 것이지. 경전에 실린 것으로 말한다면, 《주역》에 '태극이 곧 양의를 낳는다'고 하였네〉."ᅳ

문밖에서 행랑아범이 아뢰는 소리가 들렸다.

"나리, 겸재 선생께서 와 계십니다."

겸재 정선 선생은 곡암 선생과 자치동갑으로 서촌에 오랫동안 살며 그곳의 산과 계곡의 진경을 수묵화로 담았다. 두 선생은 독서광이며 《역경》에 능통하다는 점에서 서로 닮았고 막역한 사이였다. 겸재 선생의 호도 《역경》의 15번째 겸괘(謙卦)에서 따온 것으로 겸비하며 살겠다는 결의를 담은 것이다.

"원백(元伯, 겸재 정선의 자)이 벌써 와 계시는가? 차나 한잔 같이하게 잠시 안으로 모시게."

행랑아범에게 말한 후, 선생은 재서를 보았다.

"내 지금까지 살며 미립을 얻은 바를 한 마디 하겠네. 사람이 이루어 낸 가치 있는 성과 중에는 심한 박해를 받은 자들이 거둔 것이 더러 있네. 모진 핍박 속에서도 자기가 믿는 바를 버리지 않는 이들은 고매한 성품을 가진 자들이지. 그러나 그 고결함이 때로는 다른 사람들에게 방해가 될 수 있음이야. 범인들에게조차 장애가 될 수 있지. 그들은 전통을 좋아하고, 그것이 유지되기를 바라네만, 고매한 자들은 관

o—o—o—o—c—o

二.　開闢之事 固難言也 且以經傳所載者 言之易曰太極 是生兩儀.

습을 타파하고 새로운 가치를 만들려고 하지. 바로 그 이유로 평범한 자들이 고매한 자들을 제거하고자 하는 걸세. 사람 살아온 역사가 그런 일이 되풀이되는 거 아니겠는가? 박해하는 평범한 축은 관습을 추종하는 데 익숙한 탓이지. 편협한 생각에 잠착(潛着)하지 않도록 경계하게나. 앞짧은 소리인지 모르겠네만, 자네가 가져온 이 신학(新學)은 반대의 정도를 가늠할 수 없다는 게 문제네. 자네 능력보다 더 높은 것을 바라지 말게나. 쯧쯧! 천려일실(千慮一失)이라더니…….”

선생은 재서가 연경에서 가져온 그 책에 담긴 신학이 유가의 근본에서 벗어나 위험하다고 주의를 주었었다. 그러나 재서가 뜻을 돌이키지 않으니, 동연이 모두 모인 자리에서 재차 준절히 꾸짖은 셈이었다.

그때 겸재 선생이 들어왔다. 선생은 웃으며 곡암 선생의 맞은편에 앉았다.

“일양(日揚)이 자네, 오늘 나와 답청가기로 했는데, 이렇게 환담을 나누고 계신가? 숙진이도 그간 별고 없었느냐? 다들 안녕들하신가?”

겸재 선생이 ‘무슨 얘기이길래 그리 열중이신가?’ 하는 표정으로 주위를 둘러보았다.

“자네들 심각한 표정으로 뭔가 시비를 가리는 모습이던데, 시비는 고기 낚는 데 못 미치고, 영욕은 항시 벼슬아치들을 따른다고 하지 않던가?”

겸재 선생의 호방한 한마디에 긴장으로 굳어 있던 동연들의 낯꽃이 일순간에 활짝 피었다.

“참, 연경은 잘 다녀왔는가? 재서, 자네는 연경에서 갖고 온 책을 강학한다고 들었네. 《주역》을 독특하게 풀이한다던데. 그래 좀 말해 주겠나?"

곡암 선생은 재서가 갖고 온 책을 읽고 겸재 선생에게 해괴한 내용이라고 이미 말했던 터였다. 재서는 곡암 선생의 눈치를 살폈다. 선생은 좀 전까지 재서에게 타박을 놓았지만 겸재 선생이 듣기를 청한 마당이라 어쩔 수 없었다.

"어디 한번 말해 보게. 원백이 호를 딴 겸괘에 대한 게 좋겠네."

"겸(謙 ䷎)의 셋째 효는 감(坎 ☵)입니다. 〈군자가 고통 속에 겸비하여 죽으니 길하고, 만민이 그에게 복종한다〉[三]고 합니다. 겸괘의 맨 아래에서부터 각각 간(艮 ☶), 감(坎 ☵), 진(震 ☳)인데, 간(艮 ☶)은 산(山)과 쉼(止), 감(坎 ☵)은 고통(勞)과 피(血), 진(震 ☳)은 맏아들(長子)이지요. 군자는 고난(☵)을 산(☶) 위에서 완수하였고, 그는 가장 먼저 난 맏아들(☳)입니다."

"그래서 그 군자가 야소(耶蘇)란 말인가?"

"일양이, 잠깐만 기다려 보세. 어디 계속해 보게."

"《주역》 설괘전에는 〈간(艮)은 동북쪽에 있는 괘로서 만물이 여기서 끝나고 만물이 여기서 시작한다. 따라서 그의 말을 간(艮)에서 다 이루었다〉[四]고 합니다. 간(艮)은 산이므로 그 성인이 산 위에서 고통을 받았고, 그에 관해 예언되었던 모든 것을 산 위에서 완수했다는 것이지요. 《역혹》은 이 구절의 종(終)을 〈고통과 공덕이 하늘과 땅을 화해시켰으며, 땅의 모든 백성들에게 베풀어졌으니, 불행은 끝났다고 말할 수 있다. 그러나 비루한 백성 가운데 단 한 사람이라도 아직 그의

○─○─○─○─○─○─○

三. 九三 勞謙君子 有終 吉…萬民服也.
四. 艮東北之卦也 萬物之所成終而所成始也 故曰 成言乎艮 《역경》/설괘전(說卦傳) 5장.
五. 夫勞並天地 而功施於萬民 然後可以爲謙之終 有匹夫匹婦不彼其澤者 則不可以有終 卽不可以爲謙. 《역혹》(易或)

은혜를 받지 못했다면, 불행은 끝났다고 말할 수 없으며 겸이라고도 할 수 없는 것이라〉ᐟᴬ하였습니다."

"허허, 겸이 그런 뜻인 것은 몰랐네. 결국 야소에 관한 예언이라는 말이군, 그래. 《천주실의》에서 말하는 그 천주의 혼이 공자에게 들어갔다는 건가? 《주역》을 찬(撰)한 공자가 몇백 년 이후의 일을 예언했으니 말일세. 그것 참, 공자는 성현이니 그 혼이야 우리 같은 필부의 혼과는 다르겠지만, 음, 성현의 혼이라…….."

"그것 보게, 원백이. 내가 뭐라 하던가? 이제 그만하세."

곡암 선생의 못 박는 말에도 아랑곳 않고 겸재 선생은 혼자말로 되뇌었다.

"음, 성현의 혼, 사람의 혼, 혼, 혼이라…….."

명한이가 대뜸 겸재 선생에게 말했다.

"누구는 선생님이 쓰신 붓들을 묻으면 무덤을 이룰 것이라고 합니다. 미불, 예찬, 동기창을 비롯한 중국 남종화의 대가들을 연구하셔서 독특한 화법으로 실경을 담으셨는데, 아조(我朝)의 진경이 선생님의 산수화에 이르러 극에 달했다고 극찬합니다. 이제 도화서로 가셔서 어진(御眞)도 그리시고 품계도 받으셔야 하지 않겠습니까?"

겸재 선생이 도리머리를 쳤다.

"그만하게. 도화서에 가서 어진을 그린들, 오래전부터 살아온 이곳 서촌의 풍광을 즐기는 낙에 비기겠는가…….."

"선생님, 비 멎은 뒤 인왕산을 그리셨던 지난번 수묵화는 생생하기 이를 데 없었습니다. 치마바위를 에워싸고 안개처럼 엷게 피어오르는 비말(飛沫)은 참으로 아름다워 신비하기까지 합니다. 볼 때마다 그림 속에 제가 들어가 있는 것처럼 느껴질 정도니까요."

눈을 동그랗게 뜬 숙진이의 표정에는 어린아이의 호기심이 묻어 있었다.

"진아. 인왕산의 외양은 철따라 다르고 날마다 다르지만, 원래의 품격이 고스란히 드러날 때가 언제인지 생각해 보았느냐? 매양 변하는 겉모습 속에 변치 않는 자태로 인왕산이 내게 말을 걸어올 때는 비 갠 뒤 부연 운무가 휘감을 때라고 생각해 왔단다. 풍광을 완상하라는 듯 일견 다정히 손짓하는가 하면, 일견 보는 이의 마음에 경외감을 자아낼 만큼 위엄이 배어 있더구나. 그래서 비가 개면 화구를 챙겨들지. 그럴수록 점점 더 나아지는 거 같으니 말이다."

"선생님의 산수화에 보이는 살아 꿈틀거리는 생동감의 연유는 산과 얘기를 나누는 듯한 교감에서 비롯되었다는 뜻인가요?"

"그렇게 되려고 애쓸 뿐일세, 황 역관. 남종화법의 준법을 연구하고 전통적인 준법을 혼용하였네만, 아직 가야 할 길이 멀다네. 물기 적은 짙은 먹을 여러 번 붓질하면 실경의 외면 형태가 아니라 내면의 질(質)과 세(勢)가 조금 드러나더군. 붓을 놀릴 때는 진경의 기(氣)와 하나 되게 온 정신을 집중하고자 하지. 그리고 황 역관, 그림에는 천취(天趣)와 물태(物態)가 근본이네. 천취라 함은 화공의 속마음을 표현하는 것이요, 물태라 함은 사물을 눈으로 보듯 재현하는 걸세. 내 산수화가 생동감이 있다 함은 그림을 보는 이의 마음이 내 마음과 일치한다는 것일 뿐, 내가 남들보다 더 낫다고 말하기는 어려운 게지……."

겸재 선생은 자신의 호처럼 겸비한 분이었다.

"치마바위의 운무는 선생님 댁이 있는 백악산 자락 아래에서 보신 실경이신지요? 저는 인왕산의 그런 풍모를 보지 못했습니다."

"그렇다네, 명한이. 자네도 북촌에서 살지 않나? 허나 인왕산을 제대로 완상하자면 눈으로 보는 것만으로는 아니 되네. 비가 많으면 치마바위 아래 청풍계, 옥류동, 수성동 계곡으로 폭포처럼 물이 흐르지 않던가? 그러나 물 흐르는 것도 잠깐이고 운무는 더 빨리 사라지지. 쉽게 사라지는 것들을 오래 담아두고자 때로 멀리 떨어져서 보기도 하고, 때로 하늘 위로 올라가서 본다면 하고 상상도 하는 게지."

"이보게 원백이. 그 시를 한번 들려주게나. 자네 말을 들으니 인왕산을 읊은 그 시를 자네가 왜 그렇게 좋아하는지 알듯하네."

"허허, 일양이 자네까지 왜 이러는가? …… 알겠네."

겸재 선생이 그림에 이처럼 혼을 불어 넣을 만큼 능한 데에는 천품이 있는 탓이라고 곡암 선생은 여겼다. 부친의 말처럼 곡암 선생 당자에게는 없는 그런 천품이.

산의 푸른빛은 절로 고운데

어느새 오늘 해가 지고 있구나

몸과 말을 다 잊으니

뜻과 장소가 함께 아득하구나

마주 대하면 배고픔도 잊을 만큼 좋으니

평생 이곳서 쉬며 즐기기라

山翠自婉娩

已覺今日晚

形將言兩志

意與境俱遠

對之可樂飢

卒歲聊息偯[★]

━o─o─o─o─c─o

六. 이행(李荇, 1478-1534)의 인왕만취(仁王晚翠).

35

"다시 들어도 아주 좋네 그려. 인왕산을 저렇게 노래하다니 말일세."

"그런가? 여보게 일양이, 이제 그만 일어나세."

겸재 선생이 읊조린 시에 희색이 가득해진 선생이 동학들을 둘러보았다.

"그러세. 너희들도 같이 답청 가겠느냐?"

겸재 선생이 손사래를 쳤다.

"아닐세, 일양이. 따로 놀게 두세. 늙으나 젊으나 춘색을 완상하는 거야 흥겹지. 허나 춘광이 젊은이를 달뜨게 하는 거야 우리 같은 늙은이와는 다르지 아니 하겠는가? 내 자네와 긴히 상의할 일도 있음일세. 자네들, 안뒤꼍 암산에 복숭아꽃이 흐드러지게 피었다네."

곡암 선생이 재서에게 했던 고언 탓에 분요하던 동접들은 겸재 선생의 얘기로 다시 활기를 되찾고 섭슬려 나갔다. 청풍계(淸風溪)의 산자락에 자리 잡은 선생의 가옥은 넓었다. 부친이 그 가옥과 함께 도성 바깥의 장토와 그 논밭을 갈 외거노비 이십 명 남짓에 예닐곱 가노를 물려주었다. 솟을대문 좌우로 행랑채가 이어졌고 안채보다 바깥채가 더 컸다. 안뒤꼍 마당 한구석에는 정자와 연못이 있었다. 연못가에는 부용화, 금낭화, 창포꽃 따위가 어우러져 봄날의 정취를 더해 주었다. 정자 뒤 암산 오른쪽에는 서너 그루의 적송이 대여섯 보 아래로 흐르는 계곡을 구경하는 양 가지를 뻗어 계곡을 덮었다. 왼쪽으로는 대숲이 우거져 바람이 불 때마다 섶비빔질 소리가 서걱서걱 났다. 송죽이 좌우를 둘러싸 아취 있는 정자는 청렴하고 강직한 선생의 속내를 보여주는 듯했다. 정자에 앉으면 맞은바라기에 인왕산의 치마바위가 솟아 있고 뒤로는 백악산이 보였다. 동문들이 무리지어 옹긋종긋 둘러앉자 명한이가 말했다.

"숙진 아씨, 겸재 선생님 말씀대로 춘광이 그 마음을 어떻게 달뜨게 하였는지 시나 한 수 노래함이 어떻겠소?"

숙진이가 웃으며 고개를 살래살래 흔들었지만, 동접들이 지싯지싯 재촉하는 양이었다. 숙진이가 웃을 때 한쪽 볼에 보조개가 피었다. 벌들이 복숭아꽃 위를 윙윙거리며 날아 다녔고, 암산 아래 무성한 쑥대풀이 실바람에 흔들렸다. 부개비잡히듯 한 숙진이는 어쩔 수 없이 나지막하게 읊조렸는데 허난설헌의 강남곡이었다.

사람은 강남의 즐거움을 말하나
나는 강남의 수심을 보고 있네
해마다 이 포구에서
슬픔으로 떠나는 배를 바라보네

숙진은 허난설헌의 시를 좋아했다. 당시 여식에게는 글조차 가르치지 않던 반가도 많았다. 그러나 자유로운 가풍 속에 자랐고 시재가 탁월했던 허난설헌은 시댁의 냉대와 고독 속에 규방의 한을 노래했다.

재서가 말했다.

"참으로 애잔한 노래요. 동생 허균이 누이의 천재를 알아보고 시집을 만들지 않았다면 이 절창이 어찌 전해올 수 있었겠소?"

"허난설헌이 유언한 대로 당자가 지은 시를 모두 불태웠더라면, 스물일곱에 요절한 그의 천재가 후대에까지 전해지지 않았겠지요. 아조 여인들은 여자로 태어났다는 사실만으로 불운을 타고난지도 모르겠네요. 허난설헌같이 말이에요. 오죽했으면 허균이 시집이라도 내어 누이를 진혼하고자 했을까요? 저의 어머니도……."

숙진이 말끝을 흐리더니 고개를 숙였다.

"아씨, 왜 어머니 얘기만 나오면 함구하시는지요?"

"말하고 싶지 않아서요."

영석이가 물으니 숙진이가 담담하게 말하고는 이내 표정을 바꾸었다.

"여인들에게 글도 못 배우게 하고 삼종지도로 억누르려고 해도 여인들 스스로가 변화를 바라는 것인지도 모르지요. 여인들이 단조로운 규방생활에 증(症)을 내는 것은 복식에도 이미 드러나고 있어요. 개국 초기에 여인들은 길이와 품이 넉넉한 저고리를 입었지요. 저고리 길이가 짧아진 것은, 자유로운 기녀의 복식이 반가여인들에게 영향을 미치지 않았을까 하는 생각이 들기도 합니다⋯⋯. 어머, 다들 저만 뚫어져라 바라보시네요."

숙진이가 얼굴을 붉히며 황급히 남자주색 저고리의 가슴을 가렸다. 자주빛 고름 매듭이 숙진이의 손가락 사이에서 보일 듯 말 듯했다. 아이의 손처럼 작았다.

"허균은 천학(天學)을 말한 사람이 아닌가? 총명하고 문장에 능하였지만 제 마음대로 하고, 행동에 제약이 없었다네. 상중에도 고기를 먹고, 아이를 낳아 모든 사람들의 멸시를 받기도 한 인물 아닌가? 또 '남녀의 정욕은 천성이요, 윤리의 기강을 분별하는 것은 성인의 가르침이다. 하늘은 성인보다 높으니 차라리 성인을 어길지언정 하늘이 부여해 준 본성을 감히 어기지는 못하겠다'고 하지 않았나? 이런 경박한 글재주를 가졌으니⋯⋯."

명한이 마지막 대목에 이르러 분을 내는 양 언성이 높아졌다.

"혀, 형님이 색주가에서 노, 논다니들과 으, 음사(陰事)를 논하실 때는 언제고 이제 와서⋯⋯."

승안이가 명한이의 말을 잘랐다. 더듬거리며 종작없이 지껄였지만,

틀린 말은 아니었다. 동연들은 간혹 색주가의 기생들과 방사(房事)의 묘리를 탐했고, 파루가 지나서야 돌아온 적도 있던 터였다.

피가 끓던 때였으니까.

숙진이가 토심스럽게 돌변하더니 명한이를 쏘아보았다. 어린아이 같이 천진한 눈빛이었다가 때로 위선이나 거짓을 목도했을 때, 열끼를 뿜어내는 그 눈은 불같이 타올랐다.

"그의 말이 옳고 그른 것을 떠나 허균은 소신대로 살았습니다. 허위와 가식은 볼 수 없었지요."

영석이는 이렇게 빛나는 여인은 수이 만나기 어려울 것이라고 생각했다.

숙진이의 단호한 대꾸에 놀란 승안이가 "청국 여인의 복식은 어떻던가요?" 하고 물었고 재서가 청국 여인의 옷차림에 대해 이런저런 얘기를 했다. 외대를 받은 명한이는 잠시 시뜻한 표정이었으나 이내 활기를 되찾았다. 영석이는 그때 누가 무슨 말을 했는지 들리지 않았다. 다만 별같이 빛나는 숙진이의 맑은 눈과 하얀 이를 드러내고 어린아이처럼 활짝 웃던 모습, 그 모습만이 각인되었다.

3

이양걸이 다녀간 후, 동접들은 사위스러워 별 말들이 없었다. 먹물을 풀어 놓은 듯 거먹구름이 인왕산을 덮더니 비를 뿌리기 시작했고 이내 억수같이 쏟아졌다. 그날 저녁 동연들은 도갓골(都家洞) 삼거리에 있는 전주댁의 주막에 갔다. 청풍계에서 주막까지는 두 마장도 되지 않았다.

주막의 술청에는 잡다한 얘기소리가 흐드러졌고, 빈대떡 냄새에 뒤섞여 시큼한 탁배기 냄새가 진동했다. 술청 입구에는 보부상 셋이 목화송이를 꽂은 패랭이를 벗어 두고 장사 다녀온 얘기를 주절대는데, 젖은 행전에 군데군데 진흙이 튀어 있었다. 술청 한가운데는 도가(都家)에서 일을 마치고 나온 상고(商賈) 너덧이 술상에 둘러 앉아 왁자하게 떠들어댔다.

"허허 참, 봄에 모 심을 때는 목비는 커니와 피죽바람만 불어대더니, 이제 건들장마라도 시작된 건가? 이틀 전에도 자드락비가 퍼붓더니 오늘도 마찬가질세 그려. 윤유월이 끼어서인지 가을걷이가 늦어져서 다행이긴 하다만."

"누가 아니래나. 불가물에 강더위만 이어져 곡식 다 시르죽을 판에 반갑지. 진작 이리 쏟아졌으면 더 좋았을 텐데 말이야."

"그것 참, 가뭄도 가뭄이지만 바람이 무척 사납네 그려. 바람 때문에 곡식 다 말라 죽게 생겼으니 올해도 어김없이 흉년일세."

"왜 아니겠는가? 유난히 바람이 심하네 그려. 궁궐의 정문마저 무너졌으니 말일세."

"나도 보았네. 돈화문 동쪽 서까래가 무너졌더군. 이거 참 세상이 어수선하구먼. 큰 바람에 나무가 부러지고 집도 무너졌는데 팔도가 다 그렇다더군."

"세상이 어떻게 돌아가려는지, 원."

"그나저나 시전은 뭐 땅 파먹고 장사하나? 관청에서 필요로 하는 물품은 성화같이 재촉해 놓고 값은 제때에 주지 않으니 말일세. 그 때문에 파산한 이도 있다지 않은가? 아, 우리한테는 꼬박꼬박 세금 거둬 가면서 세금도 안 내고 장사하는 사상(私商)들을 제대로 막지도 못하니 말일세."

"누가 아니래나? 도성 밖 마포, 서강, 용산, 송파에서 활개 치는 경강상인들 좀 보게나. 금난전권이 미치지 않는다고 미곡, 어염(魚鹽)은 물론이고 시목(柴木)이나 재목까지 도매로 팔지 않는가? 어물전, 염전, 시목전, 미전이 한강변을 따라 점점 생겨나고 있지 않던가?"

"그 말도 말게. 도성 밖은커니와 도성 안의 칠패, 배우개(梨峴)만 해도 사상들이 활개를 친 지 벌써 언제 이야기인가?"

"앞으로 크게 장사하려면 경강상인과 동업이라도 해야 하지 않겠는가? 술이나 마시세."

전주댁이 부엌에서 막 나왔다.

"애고, 이게 얼마 만이우? 연경 다녀온 뒤로는 어째 이리 뵙기 어려운지 모르겠구먼."

치마를 걷어 올리고 그 위로 허리띠를 둘러 고정시킨 거들치마를 입은 주모 전주댁은 빈대떡 반죽을 담은 대야를 들고 나오다 반색을 하며 맞았다. 전주에서 태어났으나 손색없는 경사를 쓰고 있었다. 광대뼈가 튀어 나왔지만, 큰 눈과 오똑한 콧날, 붉고 도톰한 입술 탓인지 불혹에 잡아들었음에도 반주그레한 얼굴이었다. 그래서인지 주막의 술꾼들은 술이나 안주를 상에 놓으려 전주댁이 허리를 굽힐 때마다 흘깃흘깃 궐녀의 살품에 눈길을 던졌다.

"건넌방을 좀 치워 주시우. 화주(火酒)와 국밥 그리고 진안주 아무거나 내어 오시구려."

"걸레질해 두었으니 그냥 들어가시구랴. 얘, 석(石)아! 차일 이쪽으로 한 칸 더 펼쳐라. 빈대떡에 비 들겠다. 변죽만 울리고 장마가 지나갔나 했더니. 여름 끝에 비가 이리도 퍼붓네."

봉당에는 질화로에 모깃불로 놓은 청솔가지가 타고 있었다. 한 다경이 지나 지게문을 열어젖히고 떠꺼머리 중노미 석이가 술상을 내어왔다.

중노미가 문을 닫자 승안이가 술상 앞으로 고개를 내밀었다.

"뭘 노리고? 혹, 혹시, 우리를 위협하려고 그런 것은 아닌지요?"

재서가 술을 키며 받았다.

"그럴지도 모르지."

명한이가 목자를 좌우로 굴렸다.

"분명한 듯하네. 서쾌의 가슴에 그 열십자를 그은 것이……."

"코, 코는 무, 무슨 이, 이유로 베, 베었는지요?"

명한이가 머리를 주억거렸다.

"그거야 어찌 알 수 있겠나? 그런데 열십자는 짚이는 데가 있네."

그것이 무엇인지 모두 명한이의 말을 기다리고 있던 찰나, 승안이의 형인 낙안이가 지게문을 열었다.

"다들 여기 계셨구려. 내 이럴 줄 알았수."

유삼을 벗어 들고, 중치막을 입은 낙안이가 번니를 드러내고 히죽거리며 들어왔다. 자리에 앉자마자 장죽을 꺼내 들더니, 남초를 긴 담뱃대의 대통에 꾹꾹 눌러 피우기 시작했다. 한양의 명품담배인 종성연(鐘聲烟)이었다. 낙안이의 동석으로 명한이가 말을 끊었다.

동문들과 형제처럼 지내는 낙안이는 승안이와 생김새가 달랐다. 입은 사복개천이요 용고뚜리인 낙안이가 벌렁코에 메밀눈이라면 승안이는 개발코에 우멍눈이었다. 키는 승안이보다 작았지만 몸은 다부졌다. 이들 형제가 닮은 점이라고는 코가 너부죽하게 벌어진 것뿐이었다. 낙안이는 크게 배운 바는 없었으나, 장사꾼으로서의 취재는 탁월했다. 안동의 반가에서 태어났으나 갑술환국 때 가문이 멸족에 가까운 화를 당해 어린 동생 승안이와 둘만 남게 되었다. 반적에서 삭제되어 양인으로 내려앉았기에 안동에서는 아무것도 할 수 없었던 낙안이는 승안이를 데리고 한양으로 올라와 갖추갖추 고생했었다. 이들 형제가 개천변 움집서 살며 대궁밥이나 얻어먹다가 서속밥을 먹고 이제는 이밥을 먹게 된 저간의 사정은 다음과 같다.

처음에 낙안이는 숭례문 밖 칠패에서 새우젓과 생선을 떼어다가 되파는 행상으로 시작했다가 상리가 트이자 운종가의 여리꾼 노릇을 했다. 운종가에는 많은 가게가 빼곡하게 잇달아 있고, 상인은 퇴청이라 불리는 시전 방문 앞에 딸린 작은 방에 앉는다. 따라서 물건을 사러 온 손님은 어디에 무슨 가게가 있는지 모르기 때문에 여리꾼이 필요했다. 여리꾼은 각 가게마다 갖고 있는 물건을 소개하는 긴 노래를 장황하게 외쳐 부른다. 그러나 여느 여리꾼들과 달리 낙안이는 여러 가게의 노래를 한 소절씩만 다음과 같이 불렀다.

어물전 살펴보니 각색 어물 벌여 있다

북어 관목(貫目) 꼴뚜기며 민어 석어 통대구며

각색 비단 벌였으니 화려도 장할시고

공단 대단 사단이며 궁초 생초 설한초며

모전에 각색 실과 다 있구나

청실뇌, 황실뇌, 건시, 홍시 조홍시며

상미전 좌우 가가 십년지량 쌓았어라

하미, 중미, 극상미며, 찹쌀, 좁쌀, 기장쌀과

백목전 각색방에 무명이 쌓였어라

강진목 해남목과 고양나이 강나이며

지전 살펴보니 각색 종이 다 있구나

백지 장지 대호지며 설화지 죽청지며

베전을 살펴보니 각색 마포 들어찼다

농포 세포 중산치와 함흥오승 심의포며

......

다른 여리꾼들이 특정 가게의 물건을 처음부터 끝까지 부르는 동안 낙안이는 많은 가게의 물건을 한 소절씩 돌아가며 큰소리로 경박하게 부르니 손님은 먼빛으로도 낙안이의 노랫말에서 자기가 원하는 물건이 있음을 알아차리고 낙안이에게 다가왔다.

이렇게 시전상인의 여리꾼 노릇을 하면서 돈을 모은 낙안이는 경강 연안의 물건이 조운선에 실려 모여드는 뚝섬, 두모포, 마포 같은 경강 포구에 나가 생선, 건어물, 소금 등을 매입하고 이를 다시 시전의 상점에 이문을 남기고 팔았다. 김 부가옹(金富家翁)으로 불리는 경강상인이 낙안이의 장사수완을 보고 그를 곁꾼으로 삼은 것은 낙안이 형제가 이밥을 먹게 된 지 꼬박 이 년이 지나서였다. 김 옹은 시전의 행랑을 여남은 채나 가졌고 선상(船商)과 강상(江商)시전도 겸하고 있었다. 선상이 산지에서 물품을 구입해 조운선에 실어오면 강상시전에게 전매하고 강상시전은 시전 등에 물건을 되판다. 요컨대 김 옹은 물품 유통의 모든 과정을 한손에 다 거머쥐었던 것이다. 김 옹의 이름은 태준(泰俊)으로 그가 시전의 점포를 장악하게 된 배경은 다음과 같다.

염선상(鹽船商)이 산지에서 반입한 소금은 시전 중의 하나인 염전(鹽廛)상인에게 넘겨야 했다. 그런데 김 옹의 곁군이 소금을 실은 배를 마포에 정박하니 염전 상인이 염가에 억매하고 가격을 더 올려달라고 하자 난전하려는 것이라 협박하였다. 김 옹은 그저 웃기만 하더니 그 곁군에게 한 번 더 그리하라고 지시하였다. 세 번째에는 처음 두 번을 합한 것보다 훨씬 더 많은 양의 소금을 실은 배를, 그것도 두 척이나 송파와 용산에 있는 염전 사상(私商)들에게 터무니없는 값으로 거저 주다시피 하라고 명령했다. 장안의 소금가격은 폭락했고 시전 염전상인들이 세금도 내지 않는 난전이라고 탄원했지만 한성부 판관은 "구황염에 웬 세금을 부과한단 말인가? 그냥 돌아가게"라는 말만 들어야 했다. 김 옹은 한성부에서 필요한 세곡을 운송해 주기도 하였고 무엇보다 관료들의 사유지인 지방의 장토에서 수확량의 절반에 해당하는 소작료를 임운(賃運)해 주었던 것이다. 결국 파산한 시전의 염전 몇을 김 옹이 인수하였고, 이 일을 계기로 경강상인 김 옹의 재력과 영향력이 시전상인들에게 널리 알려지게 되었다. 그때부터 내외 어물전, 면포전 등의 시전상인들이 앞다투어 김 옹과 동업하기를 요청했고, 규모가 영세한 상인들은 아예 김 옹의 수하로 들어가는 편을 택했던 것이다. 그러나 김 옹은 당자의 이름을 알리는 걸 꺼려했고, 상인들에게 김 부가옹으로만 알려져 있었다.

김 옹의 차인 역할을 하면서 낙안이는 황해도 장연, 풍천서 밀무역

선이 들여온 남경의 비단을 중간상고에게 사서 이문을 남기고 선전에 되팔아 김 옹에게 큰돈을 벌게 해주었다. 그 보답으로 김 옹은 당자 수하에 거느린 몇 개의 상단 가운데 하나를 맡아 행수가 되어 달라고 했지만 낙안이는 정중히 거절하였다. 남의 수하에서 상단을 이끌고 전국을 떠돌아다니는 행수가 되느니 언젠가는 자기 장사를 하리라고 다짐하고 있었기 때문이다. 낙안이는 오동으로 된 긴 담배설대를 느릿하게 좌우로 흔들며 "장사는 이곳을 보고 하는 걸세. 이곳을! 세상살이도 마찬가지지!" 하고 입버릇처럼 말했다.

다른 동연들과 마찬가지로 낙안이도 숙진이를 연모하고 있었다. 그런데 그 연모는 진인지 농인지 분간하기 어려웠다. 그는 승안이한테 "'우리 숙진 아씨' 잘 지내시더냐?"란 안부를 빼먹지 않았다. 숙진이는 문식이 넉넉지 못하고 취재에만 집착하는 낙안이한테 때로는 포달스럽게 대했고 때로는 너그럽게 받아주는 양이었다. 낙안이는 "나를 돌볼 여인은 '우리 숙진 아씨'뿐"이라고 말하곤 했다. 이를테면 이런 식이다. "내가 이런 수모를 당하고도 장사하며 산다. 그러니 우리 숙진 아씨가 나를 돌봐야 하지. 암! 그렇고말고." 때로는 앞부분이 약간 다를 수도 있다. "내가 이런 상처를 안고 산다. 그러니 나를 돌봐야 할 사람은 우리 숙진 아씨뿐이지 암! 그렇고말고." 요컨대 낙안이는 자신의 처지를 하소연하는 독백을 내뱉을 때마다 뒷 구절은 '나를 돌봐 주어야 할 우리 숙진 아씨'를 들먹였다. 또한 그가 숙진 아씨를 거명할 때마다 전주댁이 "아이고! 또 우리 숙진 아씨 타령이우?" 하고 눈을 흘겼다. 그러면 모두 한바탕 폭소를 터뜨렸고 술집 안팎은 온통 쾌활한 분위기에 감싸이곤 했다.

그런 낙안이가 평소와 달리 차분한 태도였다. 수결한 대금을 받고

자 돈의문 부근에 들렀다가 이양걸을 만났고, 승안이가 걱정되어 나섰다고 했다.

"얘기 들었다. 책은 어떻게 된 게냐? 책 거간꾼이 돈을 달라고 토색질했다고? 왜 내게 말하지 않았더냐?"

"형님이 이양걸 포교를 아시우?"

"이 포교는 잘 알지. 수년 전부터 제수용품을 대주고 있었으니까. 포도부장에서 종사관이 된 게 작년이지 아마."

이양걸은 둘의 외양이 다르고 키도 승안이가 한 뼘 더 컸기에 둘이 형제지간인줄 낙안이의 말을 듣고서야 알게 된 터였다. 낙안이의 등장으로 어색한 침묵이 이어지자 눈치 빠른 낙안이가 주위를 둘러보며 재빨리 말했다.

"내 동생이 관련되었소. 그러니 내가 여기 끼더라도 고깝게 여기지 마시우."

재서가 명한이를 보았다.

"백씨(伯氏)─재서와 명한이는 낙안이를 그렇게 불렀다─는 오래전부터 친하게 지낸 터수라 동문이나 다를 바 없으니, 아까 하던 얘기 계속하게. 열십자에 짚이는 게 뭔지."

"자네가 연경 다녀온 뒤로 동이 닿지도 않는 이야기를 자꾸 들먹이지 않았던가? 그 뭔가, 孝(효)자는 爻(효)와 子(자)로 되었고 乂는 다섯 오(五)의 옛 문자이며, 하도와 낙서의 한가운데 있는 작은 십자가(·⋮·)라 하지 않았는가? 따라서 孝(효) 곧 爻子(효자)란 십자가의 아들이니 곧 야소라고 말했지. 어디 그뿐인가? 學(학)과 敎(교) 역시 孝(효)자에서 비롯되었다고 했지?

《설문》까지 들먹이며, 교(敎)는 〈하늘의 처소에서 베풀어 아래에 효력을 갖는 것〉[+]이고, 학(學)의 원래 문자인 〈효(斅)는 진리를 깨닫는

것〉^이라고 하질 않았나? 십자가에 달린 야소를 배우는 것이 學(학)

이고 그것을 가르치는 것이 敎(교)라 하지 않았는가? 자네 말대로라

면 '소년이로학난성'이란 소년은 늙기 쉽고 야소를 배우기는 어렵다

는 뜻인가? '학이시습지면 불역열호아'는 또 어떻고? 처음에는 호기

심도 동하여서 들어 보았더니 점입가경이더구먼. 전고에 없는 그런

말은 필시 좌도에 해당하는 게야, 좌도."

명한이는 거침없이 내뱉었다.

낯빛을 붉힌 재서가 술을 곰비임비 들이키자, 승안이가 말했다.

"혀, 형님! 시, 십자가가 아, 악한 영혼을 몰아내고, 저, 정(鼎)과도

과, 관련 있다고 하지 않았수? 하, 한 번 더 말해 주시우."

재서가 잠시 망설이다가 말했다.

"십자가는 옛날 사람들에게도 알려져 있었고, 악한 영혼을 쫓아내

는 것과 관련이 있었네.《주례》에는 〈네가 만약 그 악한 것을 없애고

자 한다면, 나무 두 개를 집어 들고 상아를 이용해 십자 형태를 만들

어 물속에 던지라. 그러면 그 악령은 죽을 것이다〉^하였네.《설문》에

서 ㅡ는 동쪽과 서쪽, ㅣ는 남쪽과 북쪽이라 하였네. 따라서 세상의 네

부분과 한가운데가 십자가(十) 안에 다 포함된 것일세. 혹자는 〈이것

은 거룩한 법이 선포되는 것이며, 십자가의 네 극단은 우리의 주인이

세상의 모든 사람을 위해 죽는 것이라 하였네.〉+ 아울러 고대의 그릇

인 정(鼎)에는 甲(갑), 才(재), 在(재) 대신 항상 십자가(十)를 썼다고 하

네.《설문》에서 才(재)는 식물의 시작이고, 甲(갑)은 만물의 부활을 뜻

ㅇ—ㅇ—ㅇ—ㅇ—ㅇ—ㅇ

七. 敎 : 上所施下所效也《說文解字》

八. 斅 : 覺悟也《說文解字》

九. 若欲殺其神, 則以牡棒午貫象齒而沈之, 則其神死.

十. 正合无聖敎所云 十字架四角指四方之人俱爲吾主所俛閔之義.

하는 동방이며, *在*(재)는 항상 지속된다는 뜻인 *存*(존)과 같다고 풀었네. 이 모든 것을 포함하는 것은 오로지 십자가뿐이며……."

명한이가 재서의 말을 잘랐다.

"재서! 자네가 없을 때 스승이 뭐라고 말씀하신 줄 아는가? 한 삭전이었네. 자네가 연경 가서 배운 바, 강학하는 내용을 경계하라고 말씀하시며 이렇게 이르셨네. 손수 쓰셨던 글까지 보여 주시면서 말일세.

〈근래 서양의 오랑캐 중(僧)들 중에 글을 조금 아는 자가 입술에 기름을 바르고 혀를 놀려 망령된 말을 하고 있다. 그들의 학문은 오로지 천주만을 존숭하는데, 천주란 곧 유가의 상제와 같고, 그 공경하고 섬기며 두려워하고 믿는 점은 불교의 석가와 같다. 천당과 지옥으로 권선징악을 하며, 두루 돌아다니며 교화하고 인도하던 사람을 야소라 하는데, 야소란 서방나라의 구세주라는 말이다. 천주가 자비를 크게 내려 친히 세상을 구제하려고 동정녀를 택하여 교감함이 없이 태를 빌어 여덕아국(如德亞國, 유대국)에 강생케 하니 그가 바로 야소이다. 만약 천주가 백성들에게 자비를 베풀고자 세상에 출현하여 어떤 사람에게만 일러주어 마치 그 사람이 교(敎)를 베푸는 것과 같이 하였다면, 무수하게 많은 나라의 자비를 받아야 할 자들로서는 얼마나 원망스러운 일이겠는가? 그런데 한 사람의 천주가 여러 곳을 두루 다니면서 교화하고 깨우치니, 어찌 수고롭지 않겠는가?〉⁺ᵀ

그뿐이 아닐세. 십자가에 달린 야소를 스승은 어떻게 판단하시는

○–○–○–○–○–○

十一.　今西洋夷僧之點通文字者 膏脣拭舌 妄爲之辭. 其學 專以天主 爲尊 天主者 卽儒家之上帝 而其敬事畏信則佛氏之釋迦也. 以天堂地獄 爲勸懲 以周流導化 爲耶蘇 耶蘇者 西國救世之襧也. 天主 大發慈悲 親來救世 擇貞女 無所交感 托胎降生於如德亞國 名爲耶蘇. 若天主 慈悲下民 現幻於衆界間 或相告語 一如人之施敎 則億萬邦域 可慈可悲者 何恨而一天主遍行提警 得無勞乎.

줄 아는가? 스승의 이 말에는 자네도 아무 대답 못할 걸세. 〈그들의 참된 도리를 스스로 증명하여 말하기를 '천주께서 자비를 크게 나타내어 친히 오셔서 세상을 구하셨다'하고, 또한 '만민의 죄를 자기가 지고, 보배롭고 귀한 자기 목숨을 버려서 십자가에 못 박혀 죽었다'고 한다. 이미 상제가 친히 강림하셨다고 하고 또 못 박혀 죽어서 수명을 다하지 못했다고 말하니, 그들의 우매하고 무지하며 존엄함을 모독함은 심하다 하겠다.〉^{十二} 요컨대 천주가 죽었는데 어떻게 세상을 구한단 말인가. 그런데도 자네는 연경서 가져온 그 해괴한 책을 들먹이며 경전에 야소가 있다고 누차 말하지 않았나? 자네는 여기에 대해 뭐라 말하겠는가?"

재서는 앙앙한 마음이 들었는지 표정이 일그러졌다. 당자가 없을 때 선생이 다른 동연들만 모아 놓고 자신을 경계하라 일렀다니…….

"스, 스승님의 말씀도 마, 맞겠지만, 재서 형님 설명도 흐, 흥미 있수. 주, 《주역》에서 시, 십자가를 잡고 있는 사람이 대, 대인이라고 했는데, 한 번만 더 얘기해 주우."

재서는 시틋한 마음에 더 이상 말하지 않으려고 했지만 승안이가 재촉하는 통에 다시 입을 열었다.

"《설문》은 〈丈(장)자를 십자가를 잡고 있는 손(手, 又)이라〉^{十三}하였네. 그렇게 보면 《주역》의 일곱 번째 괘인 사괘(☷☵)의 첫머리에 〈장인(丈人)이라야 길하고 죄를 없앤다〉^{十四}는 문구는 47번째인 곤괘(☱☵)의 맨 처음에 나타나는 〈대인이라야 길하고 죄를 없앤다〉^{十五}와 같지 않

○-○-○-○-⊂-○

十二. 其直道自證曰天主 大發慈悲 親来救世 又以萬民之罪 爲己任 損己之實命 被釘於十字架而死云 旣曰上帝親降 又敢曰被釘而死 不得考終 其愚昧無知 侮慢尊嚴 甚矣.
十三. 丈 : 从又持十. 《說文解字》
十四. 丈人吉, 無咎.
十五. 大人吉, 無咎.

은가? 그 장인이 십자가를 진 야소이며, 대인과 같지. 《주역》에서 말하는 대인을 그 성인인 야소로 이해하니 비로소 문리가 트이더군. 명한이! 이것을 받아들이거나 말거나 자네 뜻대로 하게. 나는 다만 문헌에 있는 것을 설명했을 뿐일세."

"자네, 십익을 지어 《주역》을 완성한 공자가 언제 사람인가? 또 야소는 언제 사람인가? 동이 닿게 말을 해야 할 게 아닌가? 동이 닿게. 공자는 야소가 태어나기 오백년 전에 태어났는데 어떻게 태어나지도 않은 야소의 이야기를 공자가 할 수 있었단 말인가? 자네 원래 삼교구류(三敎九流)에 능하지 않았는가? 그런데 연경 다녀온 후로 아예 치골이 되어버렸구먼."

명한이는 목자를 부라리며 이죽거렸다. 노기 때문인지 술 탓인지 얼굴이 붉었다.

낙안이도 재서에게 증을 내는 양이었다.

"내 글구멍이 트이지 않았으나 뭔 말인지는 알겠소. 그 서양귀신 야소 이야기는 청국 상인에게 들은 적 있소. 아니, 글방물림들이 조용히 경전이나 읊을 일이지, 무슨 이곳을 보려고……. 연경 다녀온 후 구수밀의 한 게 고작 그 서양귀신 이야기를 책으로 내자는 거였소? 나는 이 형이 무던한 사람인줄 알았더니만."

"혀, 형님, 그, 그게 아, 아니라, 내, 내가 구, 궁금해서……."

명한이가 대뜸 승안이를 곁눈질하며 일갈했다.

"이런 망석중이 같으니라구."

동생에게 막말을 하는데 낙안이가 노가 치밀었는지 승안이를 보며 쐐기를 박았다.

"시끄럽다. 여기 와서 이런 얘기를 나누려거든 다시 여기 올 생의도 내지 말거라. 이것 때문에 사람이 죽지 않았느냐? 사람이."

낙안이는 처음에는 승안이를 보고 말꼭지를 떼었다가 '사람이 죽지 않았느냐' 하고 말꼬리를 달 때는 명한이를 노려보았다.

낙안이가 물부리에서 입을 떼고 위로 연기를 뿜었다.

"그런데 이 일을 알고 있는 사람이 여기 모인 이들과 죽은 책 거간 꾼 말고 또 누가 있소?"

"곡암 선생과 숙진 아씨 말고는 없소. 책 거간꾼이 다른 사람에게 토설했는지는 모르우."

"황 역관! 그게 사실인가?"

낙안이가 되묻고는 다른 동연들을 둘러보았다.

"아니, 코를 베고 가슴에 열십자를 새겨 넣어 죽이는 게 그리 흔하 겠소? 그리고 이 형이 방금 말한 열십자 이야기가 장안 어디에 또 있 겠소? 여기 오기 전에 곡암 선생을 미워하는 누군가의 소행이 아닐까 생각했소만, 만약 책 거간꾼이 다른 사람에게 그런 얘기를 발설하지 않았다면, 이 내용을 알고 있는 자의 소행이 아니겠소. 그렇다면 여 기 모인 이들 중에 누군가 살인을 했던가 아니면 살해하라고 사주했 는지도 모르지 않소? 사람 속을 어떻게 알겠소? ……. 이거 참, 외람 된 말을 해서 미안하외다."

낙안이는 솔직하게 의중을 말했고 황급히 주워 담았다.

모래 해변에 물 잦듯 모두의 마음에 의혹이 스며들었다. 동연들은 날선 눈빛을 서로 주고받다가 이내 시선을 거두었다. 책 거간꾼이 살 해되던 밤에 늦게까지 함께 있었던 것을 떠올린 탓이다. 그러나 동접 들이 헤어지고 나서 깊은 밤에 벌어진 일을 누가 어떻게 알 수 있으 랴? 또 그들 가운데 누군가가 살해를 교사했다면? 바깥에는 어스름 이 내려앉은 지 오래되었고 빗발은 가늘어졌다. 동연들의 어깨를 무 겁게 짓누르는 의심은 호롱불에 비친 그림자에 서려 불꽃이 움직일 때마다 사면 벽에서 일렁거렸다. 지붕의 기스락에서 떨어지는 물방울 소리가 가는 비 소리에 섞여 방안을 채우고 있었다.

어성버성한 분위기가 이어지자 재서가 침묵을 깨고 말했다.

"참. 책은 승안이 자네에게 있지?"

"네, 최을호를 만난 그 밤에 목판본을 안 만들겠다고 하니 순순히 돌려주긴 했수. '좀 보았더니 위험한 내용'이라며 토색했지만 말이우. 근데 그건 어떻게 아셨수?"

"아까 포교가 물었을 때 자네 눈빛이 그렇게 말하고 있었네. 그러나 책이 이 포교에게 건네지면 아니 되니 내가 자네 말을 막은 걸세."

"형님, 사흘만 보고 돌려 드리면 안 되겠수?"

"뭐? 너 지금 정신이 있는 게야? 사람을 죽일 만큼 위험한 책인데, 당장 돌려줄 생각은커녕 며칠 더 보고 준다고? 내 집에 가면 그 책을 불살라 버릴 것이야."

"그만하시오. 백씨! 그 책이 나에게는 소중한 것인데, 어찌 그리 말씀하시오? 만약 그 책과 관련되어 무슨 일이 또 생기면 내가 책임지리다."

재서의 준절한 말에 낙안이는 멈짓거렸다. 그러나 조금 전에 그들 모두를 서로 의심하게 한 것이 미안했던지 더는 포달을 부리지 않았다.

"알겠소. 내가 좀 지나쳤구려. 그리고 누구를 의심하는 양 말을 꺼내 미안하오."

술잔을 쥔 명한이가 낙안이의 말을 낚아챘다.

"누구를 의심? 그렇군. 곡암 선생의 문하에서 동문수학한 우리들 가운데 배신자가 있다면, 가려내야지. 암! 가려내야 하고 말고."

낮빛이 일그러진 명한이가 술주정을 부리는 듯이 말했으나 그 눈빛은 무서울 만큼 강렬했다.

"명한이 형님! 술이 좀 과하신 거 아니우? 이제 그만 마시우."

영석이가 명한이에게 술잔을 내려놓으라고 손짓을 하며 말했다.

"왜? 내가? 자네, 왜 나를 지목하는가? 술 그만 마시라고? 술을? 내가? 크하하하! 재서 자넨가? 아니면 영석이 자네? 아니면 승안이 자넨가?"

명한이는 넋 나간 사람같이 횡설수설하며 한 명씩 점고하듯 집게손가락으로 지목했고 곧 허공을 보며 넋두리조로 말했다.

"그게 아니라면 혹시 스승님일지도 모르겠군."

모두 아연실색했다.

재서는 불안한 듯 눈을 두리번거렸다. 명한이가 얄망스럽게 내뱉은 말을 되짚으며, 자기가 없을 때 선생이 경계하라고 말한 것을 염두에 둔 표정이었다. 승안이는 눈을 부릅뜨고 벌어진 입을 손으로 가렸다. 영석이도 혼란스러운 건 마찬가지였다. 낙안이는 명한이와 영석이를 날카로운 시선으로 번갈아 보았다. 명한이를 보는 낙안이의 표정은 명한이가 술에 취해 주정하는 것인지 아니면 그런 척하는 것인지 가늠하는 눈빛이었다. 영석이를 볼 때는 마음을 꿰뚫기라도 하듯 타오르는 눈빛이었다. 낙안이한테 그런 시선을 처음 받은 영석이는 낙안이가 자기를 의심하는 게 아닌가 하는 생각이 홀지에 들었다. 명한이는 재서의 주장에 격하게 반대하는 말을 했지만, 영석이는 오히려 무덤덤했으니 낙안이가 그렇게 여겼을 수도 있을 터였다. 범행을 도모한 당자는 오히려 그 일을 숨기려 하지, 먼저 드러내려고 하지 않는 법 아닌가. 낙안이의 눈빛에서 영석이는 그런 마음이 읽혀졌다.

'만약 명한이가 범인이라면 자기를 의심하게 하는 저런 말을 늘어놓지 않았을 것이다. 그런데 황 역관, 너는 대체 무슨 마음인가.'

영석이는 재서와 명한이를 주목했다. 재서를 주목한 이유는 따로 있는데 그 당시에 그를 가장 잘 알고 있던 사람은 영석이였고, 가장 궁지에 몰린 사람도 재서라고 여겼다. 사람이 극도의 궁지에 몰리면 무슨 짓을 할지 모르기 때문이다. 심지어 스스로 멸망의 길을 택하는 사람도 있지 않은가.

"이렇게 함세. 우리 가운데 배신자가 없다면 말일세. 우리 모두 오늘밤 색주가에서 논다니들과 하룻밤 보내세. 그 왜 있잖나. 재서와 영석이 자네들이 연경 가기 전에 그렇게 놀지 않았나? 요분질 잘하는 기생의 배 위에서 동연의 우정이 두터워지는 법이다, 이 말이지. 어떤가? 내 제안. 크하하하!"

명한이의 객쩍은 소리에 모두 굳은 표정이 조금 풀렸다. "혀, 형님도 참!" 하며 승안이가 먼저 말했고, 다들 빙긋이 웃는 양이었다. 그러나 아무도 소리 내어 웃지는 않았다. 색주가를 드나들던 그 시절에는 동접들에 대한 신뢰만 있었고 의혹 한 점 없었지만, 지금은 불신과 믿음이 뒤섞인 탓이었다.

재서가 번주그레한 말로 받았다.

"그거 좋은 생각이네. 그러면 우리 오늘 밤에 방사의 묘리나 탐해보겠나?"

"아니, 그 야소에 미친 사람이 상없이 그런 말을 하우? 야소는 혼인도 않고 혼자 살았다고 들었구면."

낙안이도 그제야 벋니를 드러내고 야죽거렸다.

"야소는 천주의 아들이고 나는 선친의 아들이오. 그는 하느님이오만 나는 사람이외다."

재서도 히죽 웃으며 되받았다.

재서의 말에 모두 소리 내어 웃었고, 술이 두어 순배 더 돌았다.

4

술이 동이 나 지게문을 열고 화주를 더 달라고 했더니, 떠꺼머리 상노는 보이지 않고, 툇마루에 앉아 있던 전주댁이 얼굴을 내밀고 대꾸했다.

"벌써 몇 동이 째인지나 아시우? 그리고 듣자니, 유곽 얘기까지 나오던데 주막서 왠 색주가 기생 타령이오, 타령이. 그럴 거면 아예 처음부터 색주가로 갈 일이지, 왜 여기로 왔수?"

전에 듣지 못한 암상궂은 말투였는데 마뜩찮은 기색이 가득했다.

"이제 손님도 없고 나도 자야겠수. 더 마실 거면 봉놋방으로 가서 마시우."

승안이 형제가 이미 집으로 돌아간 뒤라 남은 셋은 봉놋방으로 옮겨 술판이 이어졌다. 봉놋방은 별채에 있었기에 봉당을 거쳐 앞마당을 지나는데, 봉당에 놓였던 질화로에는 청솔가지가 다 타고 재만 남아 있었다. 봉놋방은 상이 대여섯 개가 들어가는 넓은 방이라 그들은 전에 자주 앉았던 윗목 자리를 차지했다.

전주댁은 암상궂게 말한 것이 미안했던지 소주 한 동이와 구운 비웃 몇 마리를 소반에 담아 왔다. 전주댁이 자리에 앉으며 자기도 한 잔 달라고 했고, 연거푸 세 잔을 키더니 일어섰다. 재서가 더 앉았다 가라고 전주댁의 소매 끝동을 잡았다.

"왜 이리 헤살을 부리는 거유? 자러 가겠다는데."

"허, 그 참, 왜 이리 패악이우, 패악이?"

전주댁은 동접들 가운데 재서와 가장 친한 사이였다. 전주댁의 주막에서 재서의 집이 가깝기도 했고, 무엇보다 전주댁 당자가 재서가 제일 좋다고 말하곤 했기 때문이다. '넷 중에서 이 양반이 얼굴도 청수하고 마음도 제일 후덕하지 않우? 씻은 배추줄기처럼 살색도 허여멀끔하고 말이우. 내, 진작 저런 서방 만났으면 주체스럽게 홀몸으로 이런 일 안 하고 살았을 테니 말이우.' 그런 말을 들을 때마다, 그들은 곰살궂은 전주댁이 손님들에게 의례히 하는 당연한 치사로 여겼던 터였다.

"참, 나, 들으니 색주가에서 아예 별감행세를 한다지요? 앞으로는 여기 오지 말고 색주가로 가시우."

전주댁이 소매를 잡은 재서의 손을 뿌리치고 나갔다.

연경에 가기 두어 삭 전에 재서 일행이 색주가에서 다른 패거리들과 우격다짐이 났을 때 재서가 중간에 말렸던 일이 있었다. 종주먹을 쥐고 을러대다가 몸싸움으로 번지기 직전에 재서가 양측이 서로 양보하자고 해서 무사히 수습되었다. 그 얘기를 동접들이 떠벌였는데 전주댁이 들었던 것이다.

"허허, 참, 연경에 다녀온 후 발걸음을 안 했다고 저렇게 패악이네."

재서가 소주를 털어 넣으며 말했다.

명한이는 재서와 전주댁의 실랑이질을 빙긋 웃으며 바라보았다. 취기가 올라 멍한 표정이었으나 장난꾸러기처럼 뭔가 재미있는 일을 기대하는 눈빛이었다.

술 한 동이 또 떨어졌는데, 자고 있는 전주댁을 부를 수 없었다.

"내가 가져옴세. 부엌 어디에 있는지 알고 있으이."

재서가 말했고 이내 술 한 동이를 가져왔다.

몸을 가누기 힘들었는지 명한이가 목을 좌우로 꺾으며 말했다.

"재서, 내가 너무 야살스럽게 말했네. 미안하이. 자네가 그 책을 강론할 때 적지 않게 놀랐다네. 그건 사실이네……. 그렇지만 믿어지지 않았지. 아니, 믿을 수 없었지. 적삼 벗고 은가락지 낀다더니 난 자네가 꼭 그 꼴이라 여겼다네. 그런데 잡설이라 치자니 한 가지 흥미를 끄는 게 있었지. 그게 뭔지 아는가? 자네가 《주역》 잡괘전에 나오는 대축시야(大畜時也)를 설명할 때였으이. 《주역》에서 時(시)는 흔한 뜻인 시간이나 때가 아니라 時 자의 고대형태인 '𣆶'를 따라 해(日)가 지나가는(之) 것을 뜻한다는 부분이었네. 해(日)는 천주나 야소의 상징이고 日之, 곧 時란 '천주의 지나감'이라 하지 않았는가? …… 그 유대국 백성들은 양을 잡아먹고 그 피를 문 앞에 발랐을 때 천주가 넘어갔다고 했지. 그다음에 그들이 큰 강을 건넜다고 했던가? …… 또 축(畜)을 양(養)이라고 했지 아마?"

"그렇네. 유대국 백성이 어린양을 먹음으로써 자기를 양육하는 것처럼, 養이란 양(羊)과 식(食)으로 되었으니 야소의 상징인 양을 먹는 것이 마음을 양육하는 것이라 하였네. 그것은 마치 대축괘(☶)에서 상괘에 있는 신비의 산(☶)이 뜨거워지는 것은 땅에서가 아니라 하늘(☰) 위에서임을 형상하는 것과 같다고 했으이. 그런데 명한이 자네, 왜 유독 대축시야를 기억하는가?"

명한이는 재서가 강학한 이후 자신의 심경을 서회하는 양이었다.

"내가 그 대목을 기억하는 이유는 맹자의 말이 떠올랐기 때문일세. 〈사람은 소체라 불리는 육체와 대체라 불리는 마음으로 되어 있는데, 마음을 따르는 이를 대인이라 하고 육체를 따르는 이를 소인이라〉^{+*}하지 않았는가? 소멸하게 되어 있는 육체의 양식은 아무것도 아닌 소축(小畜)에 불과한 반면, 마음의 양식은 모든 것을 뛰어넘는 최고의 자양분인 대축(大畜)이라고 했던 자네 말이 꼭 나에게 하는 말로 들렸지 뭔가? …… 또 자네 말대로 時(시)를 그렇게 이해하니 《주역》 건괘에 '인기시이척(因其時而惕)이면 수위무구의(雖危无咎矣)'라'는 '천주의 지나감(時)으로 인하여 두려워하면 비록 위태롭더라도 허물은 없으리라'라는 뜻이 되지 않겠는가? 한편으로 재미있었네만 다른 한편으로는 두렵기도 했다네. '과연 그럴까?' 하고 고민도 했네만 내가 내린 결론은 전과 다름없이 사는 거였네……. 왠지 아는가? 자네 말을 따르기엔 너무 위험하다고 판단했으이. 그리고 나는 그런 위험을 감내할 용기가 없다고 여겼네. 자네 언젠가 나에게 '조복 입고 나설 생각은커니와 농의 걸치고 숨어 살겠다'고 말했으이."

물을 한 잔 켠 후 명한이는 다시 말을 이었다.

"여보게 재서! 나는 다르네. 농의 걸치고 숨어 살기 싫네. 내 태생이 그래서 서출의 서러움을 안고 살아왔으나 전정에 생화까지 걱정하며 살아가기 싫네. 구경까지는 아니더라도 할 수만 있다면 무슨 짓을 하든지 내 환로로 나가고 싶으이……. 자네 말대로 경전에 야소가 있다고 하더라도 그것이 나와 무슨 상관이란 말인가? 내게 사는 것이란 더 높은 벼슬자리로 오르는 것이네, 그 높은 곳에 올라가 아래를 바라보고 싶네. 그것이 내가 원래 바라던 바였지……. 맹자는 대체인 〈마음은 하늘이 우리 인간에게 부여해 준 것〉⁺⁺이라 하였네만, 나에게는 하늘을 바라는 그런 마음이 없고, 이 땅만 중요할 뿐이네……. 만약

○─○─○─○─C─○

十六.　大體, 心也, 小體, 耳目之類也. 從其大體爲大人, 從其小體爲小人.
十七.　此天之所與我者.

천지만물을 주재하는 그 상제, 아니 천주라고 함세. 그가 정말 있다면 천주를 모르고 이렇게 살아가는 나와 같은 인간에게 동정심을 느끼지 않았을까? 연민이라 해도 좋으이……. 그래서 그가 자기 아들 야소를 보낸 것이 아닐까 하는 생각이 들긴 하더군. 그렇게 땅만 보고 사는 게 아니라 하늘을 보며 살아야 하고 그래야 죽으면 천당이란 곳에 가는 게 아닌가 이 말이지. 허허! 이거 내가 자네에게 물들었구먼."

취한 듯했지만 그의 말은 정확하게 전달되었다.

"명한이, 자네가 그렇게 말해 주니 고맙네. 경전에 야소가 있다는 이 새로운 지식을 가져왔을 때 나는 책으로 내어 퍼뜨려야겠다고 다짐했으이……. 처음에 스승의 반대를 받았을 때, 상주보고 제삿날 다툰다고 나는 내가 아는 게 맞다고 생각했고 동접들을 설득할 수 있으리라 여겼네. 그런데 자네뿐 아니라 모든 사람에게 반대를 받았으니 그 신고스러움이야 어찌 다 말로 하겠는가? 영석이도 나의 뜻은 이해하나 마음속으로 염려하고 있음을 내 잘 알고 있으이……. 나 혼자 남았다네. 그런데 이제 반대하는 축도 이해하네. 그럴 수도 있겠다 싶으이. 내가 알고 믿는 바를 나도 말로 제대로 설명하기 힘드네. 내가 설명하기 어려운데 남들이 내 말을 듣고 어찌 깨닫기를 기대하겠는가? 그래서 이제 이해하네……. 마음 한편으로 내가 왜 이래야 하는가 싶기도 하네. 다른 사람이 아니라 하필 내가 말일세. 그 생각이 들면 내 운명에서 도망쳐 버리고도 싶다네……. 천지간에 꽉 막혀 옴짝달싹 못하는 형국이니 말일세."

재서도 숙취한 듯 그의 말이 갈라졌다.

"사람 사는 데 어찌할 수 없는 일들이 많다지만, 나는 왜 그런 일들로만 가득 차 있는지 모르겠더군. 어떨 때는 말일세. 맘 내키는 대로 살며 나 자신을 망가뜨리고 싶기도 하였다네. 그렇게 살면 아니 된다는 조용한 의무감이 연경에 있을 때 들긴 했지만 말일세……. 한편으로 내가 자식을 낳으면 그 아이가 나처럼 불행할까 봐 후사를 볼 생각조차 두려웠다네……."

영석이가 측은한 표정으로 재서를 보았다. 재서의 후사가 왜 자신처럼 불행해질지 걱정하는 데는 영석이만 알고 있는 이유가 있었다.

명한이가 갈고리눈을 찌푸리고 오른손 집게손가락을 위로 치켜세웠다.

"내가 설정한 거기에 오르지 못할까 봐…… 조바심이 났지. 그래서였네, 그래서 말이지. 내가, 내가 말이지……."

미간에는 서너 가닥 주름이 선명했고 눈은 기이한 빛을 내뿜던 명한이가 자기 말에 스스로 놀란 듯 갈무리하고 화제를 바꾸었다.

"자네와 내가 절친한 벗이 된 게 몇 해인가? 그렇지만 우리는 누구도 알아봐 주지 않는……. 자네는 몰락한 양반의 아들이고, 나는…… 반가의 서자 출신이니…… 가련한 하루살이 같은 신세 아니겠는가? 허허허! …… 그런데 황 역관, 자네는 왜 아무 말이 없는가?"

"드릴 말씀이 별로 없수. 두 분 형님이 각자의 방식으로 뜨겁게 사는데, 나야 뭐 이것도 저것도 아니니 말이우. 재서 형님은 하늘에 미쳤고, 명한이 형님은 땅에 미쳤지만, 나는 하늘도 알지 못하거니와 땅도 아직 모르는 탓이우. 그런데 두 분이 지음인 것을 오늘 또 알겠더이다. 그렇게 설전을 벌이다가도 종국에는 서로가 상대의 입장을 잘 헤아리니 말이우. 두 분 다 인품과 학문이 빼어나서 그런지 역지사지하는 그 마음이 보기 좋더이다……. 나는 이제 그만 말하려우. 역관은 원래 자기 말을 하는 게 아니라 남의 말을 전하는 사람이외다."

"크하하하! 맞네, 맞네. 역관은 원래 통역하는 게 임무지."

주흥이 오른 명한이의 웃음에 모두 소리 내어 웃었다.

영석이는 취해 버리고 싶었다. 그들 사이에 끼어 자신은 아무것도 아닌 것처럼 느껴졌기 때문이다. 영석이는 그들의 우정에 질투가 났고, 그들의 학문이 부러웠다. 그들이 추구하는 각자의 세계 어름에 어중간하게 서 있는 자신이 되우 답답하게 여겨졌다.

명한이가 먼저 코를 골며 잠 들었고, 이어 재서와 영석이도 자리에 누웠다.

오래전에 비는 그쳤고 밤은 이슥했다. 되창문으로 불어온 바람이 그들의 얼굴을 스치고 지나갔다. 들판에 베어다 놓은 건초 더미에서 나는 냄새가 비온 뒤의 흙내와 뒤섞여 코를 찔렀다. 만물이 번성하고 생명으로 충만한 여름의 끝자락이 오히려 괴괴하게 여겨졌던 이유는 그 건초 냄새 탓이라고 재서는 생각했다. 얼마 전까지 한껏 푸르고 꼿꼿하게 서 있던 풀들이 낫질 한 번에 곧 생명을 잃고 건초로 마르기 전에 마지막으로 풍기는 그 비릿한 냄새를 재서는 기억해 두었다.

영석이가 까무룩 잠이 들었다가, 급하게 술 몇 잔을 켰던 탓에 변의를 느꼈고 깨어 보니 재서가 자리에 없었다. 뒷간에 있으려니 여겼으나 거기에도 재서는 없었다. 볼일을 마치고 마당을 가로질러 돌아오는데 안방에서 웅얼거리는 소리가 들려 봉당으로 가까이 다가갔다.

"아, 이제야 날 찾아온다는 게 말이 되우? 연경에를 다녀온 지가 대체 언제우?"

전주댁의 새된 목소리였다.

"몇 번이나 말했잖소. 사정이 있다지 않더이까? 이제 예전 같은 일은 어렵게 되었수. 미안하우."

혀 꼬부라진 재서의 목소리였으나 결기가 배어 있었다.

"대체 이유가 무엇이우? 연경에를 다녀오더니 고자가 되었수? 아니면 소문대로 그 서양 귀신이 붙었수?"

"허허! 그러려니 합시다⋯⋯."

"피차 길 내놓고 지내는 터수에⋯⋯. 이게 말이 되우?"

"그러니 미안하달밖에."

전주댁의 욱대기는 거친 말과 재서가 전주댁을 다독거리는 말이 이어졌다. 영석이는 회가 한껏 동하는 것을 느꼈다. 전주댁의 엉덩이와 허리의 선이 떠올라 재서가 부러웠다. 재서가 연경을 가기 전 전주댁과 그런 사이였다니. 영석이가 방으로 돌아와 누우니 명한이가 나지막하게 말했다.

"시원하신가? 재서도 시원하게 파정하고 있을 걸세. 하하하."

"아니, 명한이 형님! 안 자고 계셨수?"

"아까 보니 둘의 표정이 심상치 않더군. 나는 이미 알고 있었네. 해소수나 되었을 걸세. 언젠가 전주댁이 재서에게 '안방 덧문을 고리 걸지 않고 지쳐만 둘 테니까' 하는 말을 엿들었지."

명한이는 미동도 않고 누운 채 말했다.

"난 오늘 처음 알았수. 재서 형님이 예전에 저랬는지 몰랐수."

"상없이 그런 말 마오. 재서도 사람인데 뭘 그래. 허허! 나는 늘 땅만 보다가 이리 누우니 되창문 밖으로 하늘의 별들이 보이는군. 그 친구는 늘 하늘만 보다가 전주댁 가슴에 안겼으니 이제 땅도 보이겠군, 그래. 재서는 역시 나의 벗일세. 하하!"

"아니우! 재서 형님이 변한 것 같수. 전주댁을 물리더이다."

"그래? 그럼 재서가 우리와 달라진 게 맞구먼⋯⋯. 재미없겠군."

영석이는 재서가 왜 저렇게 변했는지 생각하느라 쉽게 잠들 수 없었다.

5

"아니, 조반도 안 들고 가시우?"

전주댁의 목소리에 눈을 뜨니, 바라지창으로 들어온 햇빛이 봉놋방의 윗목 구석까지 두텁게 채우고 있었다. 벌써 두루마기를 걸친 명한이가 갓을 쓰면서 말했다.

"오늘은 필운대(弼雲臺)로 가서 어머님 뵙기로 했네. 어서 일어나게."

재서의 집은 필운대에 있었고 동연들은 재서의 모친을 친어머니인 양 그냥 어머님으로 불렀다. 시정을 벗어나 산길로 들어서니, 우거진 숲에서 접동새 우는 소리가 들렸다.

"재서 자네, 어제 방사의 묘리를 탐한 얼굴이 아닌데 그래?"

명한이가 웃으며 말했다.

"허허허! 자네 알고 있었나 보군. 다 지나간 옛일일 뿐이네……. 내가 무슨 말을 더 하겠는가?"

재서는 명한이와 영석이를 번갈아보며 얼굴을 붉혔고, 영석이는 암상스럽게 말했다.

"염복이 많아 좋겠수."

재서는 아무 말도 하지 않았다.

그뿐이었다.

주막에서 재서의 집이 있는 필운대까지는 한 마장 거리였다.

"반갑네. 어서들 오시게."

재서의 모친은 양손을 펼치며 환대했다. 안방에는 삼 층짜리 장롱이 두 개 나란히 윗목에 있고, 방 뒤에는 모친이 손수 수놓은 사군자 수(繡)병풍이 쳐져 있었다. 보료를 깐 윗목 앞에는 작은 서안과 연갑, 필통, 지통이, 탁자에는 서책과 진완이 놓여 있었다. 좌경과 반짇고리만 없었다면 규방이 아니라 책 읽는 선비의 사랑방과 다를 바 없었다.

재서의 모친이 사람 수대로 소반을 내어 왔다. 입쌀밥에 찬수로는 김치, 젓무, 굴비, 장에 절인 쇠고기까지 갖춘 상이었다.

"많이들 드시게."

곁반에 숭늉과 빈 그릇을 놓으며 재서의 모친이 말했다. 모친은 재서의 벗들이 오면 항상 넘치는 상을 내어 왔다. 사(紗)로 된 옥색 회장저고리의 자주색 고름과 남색 끝동이 눈에 띄었다. 보통 남색끝동은 아들이 있을 때, 자주색 고름은 남편이 있을 때 달아 입는다. 그러나 재서의 부친이 돌아가셨는데도 모친은 자주색 고름을 그대로 달고 있었다.

재서의 부친 이석윤(李晳允)은 술을 좋아하고 시재가 탁월했다. 재서 일가가 한양으로 오기 전 인천에 살았을 때, 인천 부사는 한가할 때마다 이석윤을 객사로 불러 시 경연을 즐겼고 그의 시재를 높이 평가했다. 환로에 나가지 않고 술과 시로만 소일한 탓에 이석윤의 살림이 옹색해 진 것을 알게 된 부사는 이석윤을 구메구메 도와주었다. 쌀과 콩을 몇 섬 씩 보내주었고 말린 생선과 찬수거리를 철따라 보내주기도 했다. 그런데 어느 날 부사가 돌연 이석윤과 절연을 선언하였다. "미안하네만, 내 앞길이 험해질까 봐서일세. 이해하게"라는 말을 전했다. 이석윤은 아무렇지 않다는 듯이 무덤덤했다. 몇 해가 지난 후, 소소리바람이 몰아치던 서리가을의 어느 날 밤에 이석윤은 남초(南草)를 듬뿍 뿌려 놓은 소주를 많이 마셨고 폐병에 걸리고 말았다. 병으로 눕게 되자 아예 곡기를 끊어 버렸고 엿새째 되던 날 숨을 거두었다. 부유한 선비 집안으로 알려진 재서의 외가가 가까이에서 그들 모자에게 도움을 주고자 했고, 모친은 어린 재서를 데리고 한양 서촌으로 이사를 오게 되었다.

"어머님, 이거 꼭 제사상에서 물린 음식 내어온 듯 풍성한데, 대접이 너무 과해서 손복할까 두렵습니다. 이건 왕십리 미나리지요?"

명한이가 번주그레하게 늘어놓았다.

"맞네, 이현에서 파는 것을 누가 사다 주었다네. 자네가 잘 먹는 것 같아서……."

당시 이현의 난전에서는 배추, 무, 특히 왕십리 미나리가 많이 팔렸고, 칠패의 난전에서는 경강 연안의 어물, 소금, 젓갈 등이 유명했다.

"어머님, 고맙습니다."

입이 미어지게 밥과 찬을 우물우물 씹으며 명한이가 말하는데, 눈에는 눈물이 돌았다. 생모가 생각난 탓이다.

명한이의 부친은 예조참판까지 지낸 노론계 인사로 아들이 없어 첩을 얻었고 그 첩이 명한이의 친모였다. 명한이 모자는 별당에서 따로 살았는데 명한이가 일곱 살 되던 겨울 밤, 생모가 갑작스런 변고로 죽었다. 명한이한테 더운밥을 먹이고 친모는 찬밥을 먹다가 곽란에 걸렸다. 부친이 출타 중이라 안주인에게 어머니가 몹시 아프다고 울면서 통사정을 했지만 안주인은 날이 밝으면 의원을 부를 테니 돌아가라고 말했다. 이마에 식은땀을 비오듯 흘리며 널브러져 신음하다가 싸늘하게 죽어가는 생모의 모습을 명한이는 지켜볼밖에 없었다.

다음 날 명한이는 안채의 행랑것들이 하는 말을 엿듣게 되었다.

"관격이여, 관격. 고혜초 풀뿌리를 씻어 먹이거나 아니면 더운 물에 소금 풀어 마시고 게워내게 하면 되는데 말일세. 쯧쯧."

"누가 아니라나. 약손가락 바깥에 관충혈을 바늘로 찔러 피를 내기만 했어도 말이지."

어린 명한이는 어머니가 자기 대신 죽었다는 죄책감과 생모를 살리지 못한 무력감에 시달려야만 했다. 그렇게 간단하게 어머니를 살릴 수도 있었는데 도와주지 못한 어른들이 미웠다. 아울러 사람 사는 데 도움이 되는 건 뭐든 알아야 하고 뭐든 배워야 한다는 욕구에 불타올랐다. 모친이 죽고 나서 명한이는 안채 사랑방으로 거처를 옮겨야 했고, 안방마님의 냉대를 견뎌야 했다. 비루먹은 개같이 구박받던 명한이에게 부친만은 곰살궂게 대했다. 부친은 입버릇처럼 "서자만 아니라면 장원할 재목인데"라고 말하곤 했고, 명한이는 부친에게 인정받고자 무엇이든 하고자 했다. 유일한 길은 과거였지만, 그 등용문은 서얼금고법(庶孼禁錮法)이라는 빗장으로 굳게 질러져 있었다.

생모는 미나리를 좋아하는 명한이한테 자주 먹게 해주었지만 안채로 옮긴 후로는 미나리를 먹기 어려웠다. 그런 곡경을 치른 탓에 명한이는 누구한테든 살천스럽게 대했으나 재서의 모친한테만은 어린아이인 양 눈빛까지 반짝이며 지망지망히 나부댔다.

"재서 고집이 쇠심줄 같더이다. 어머님, 일이 이렇게까지 되었는데도 책을 낼 고집을 꺾지 않더구만요."

조반을 마치자 명한이가 대뜸 말했고, 재서가 갈퀴눈으로 명한이를 노려보았다. 오는 길에 책 이야기는 모친에게 꺼내지 말라고 미리 말했음에도 명한이가 불쑥 그 일을 바르집기 시작하는데 대해 마뜩

찮음이 배어 있었다.

"왜, 무슨 일이 있었는가?"

모친이 명한이를 보았다. 곁반에 놓인 큰 뒤웅박의 숭늉을 사기그릇에 따르던 모친의 손이 멈칫했다. 그만하라는 재서의 눈짓에도 아랑곳 않고 명한이는 멈추지 않았다.

"어머님, 사람이 죽었습니다. 책 거간꾼이요. 재서가 가져온 책을 펴내려다가……."

모친의 손이 떨리기 시작했다.

"아무리 말려도 재서가 듣지 않으니, 이제 어머님이 만류하셔야 합니다. 이제 어머님밖에 없습니다. 재서를 말릴 사람은."

명한이에게 숭늉을 건네던 모친이 그릇을 놓쳤고 소반 위의 다른 그릇과 부딪히며 쨍그랑 소리가 났다. 재서가 허둥대며 행주로 명한이의 두루마기와 바지에 묻은 물기를 수습했다.

그 모습을 망연히 바라보던 모친의 목소리가 갈라졌다.

"그런 일이 있었구나. 이제 어찌할 작정이냐?"

"네, 심려 놓으시지요. 지금 어떻게 책을 낼 생의를 품겠습니까?"

재서는 모친을 안심시키는 양이었다. 그러나 오는 길에 책 내는 것을 포기하라는 명한이의 성화에 재서는 "그럴 수는 없네, 지금은 아니지만 때를 봐서 조용해지면 다시 생각하세" 하고 입막음을 했었다. 명한이는 모친에게 다짐이라도 받으려는 듯 애원조로 말했다.

"어머님은 저의 어머님이고 재서는 저와 한 형제나 다름없습니다. 재서가 뜻을 접어야 합니다. 그래야 됩니다."

명한이의 목소리가 높아졌다.

"나도 자네와 같은 마음이네……."

모친은 한숨을 내뱉었다.

집을 나서는 명한이와 영석이를 문밖까지 따라 나오며 모친이 뒤에서 말했다.

"강건하게, 몸도 마음도."

모친은 햇살이 눈부신 듯 이마에 손갓을 하고 있었다.

동접들 중 누가 손님으로 왔어도 모친은 대문 밖까지 전송하러 나오며 "강건하게, 몸도 마음도"라는 인사말을 잊지 않았다. 명한이가 모친의 그 말에 등을 돌렸다. 그의 얼굴이 일순간 뒤틀리면서 작은 경련이 일어났다.

"어머님! 이제 그만 들어가시지요."

명한이가 양손바닥을 펴서 위로 올리며 말했다. 모친은 들어가고 그들은 반 마장쯤 걸어 나왔다. 곧 사라질 운명이 애절하기라도 한 듯 자지러지는 매미 소리 탓에 햇살은 더 따갑게 느껴졌다. 하늘에는 벌써 고추잠자리가 날아 다녔다.

필운대의 여름은 쉽사리 물러나지 않는다. 지대가 높지 않아 한낮의 뜨거운 햇살이 소나무, 참나무, 은행나무 같은 키 큰 교목의 나무 그늘이 아니면 지면을 쉽게 달군다. 그러나 뚝갈나무, 윤노리나무, 회목나무처럼 키 작은 관목의 잎사귀에는 여름이 물러가고 가을이 내려앉고 있었다.

명한이가 모를 틀어 재서의 팔꿈치를 잡았다.

"재서, 책에 대한 일은 모두 잊고 우리 그 이전으로 돌아가세. 즐거웠던 그 시절로 말일세. 그리하세, 응? 자네가 너무 생게망게해 당혹스럽기까지 하네. 늦여름이 초가을과 한동안 겹치는 거 아닌가? 계절의 변화가 서서히 오듯 사람도 자연의 순리에 따라야 하지 않겠는가? 자네 너무 돌변했네. 내가 자네의 변화에 적응할 틈이라도 주었는가? 응? 돌아가세, 재서."

"또 그 이야긴가? 내가 책을, 그 내용을 어찌 잊을 수 있겠는가? 그리고 저기 보세. 고추잠자리가 날고 있지 않나. 여름 가고 가을이 온단 말일세. …… 자네, 그런데 왜 이러는가? 허허, 이 친구, 참. 걱정해 주어 고마우이."

재서는 명한이의 눈에 눈물이 돌다가 볼을 타고 흘러내리는 것을 보았다.

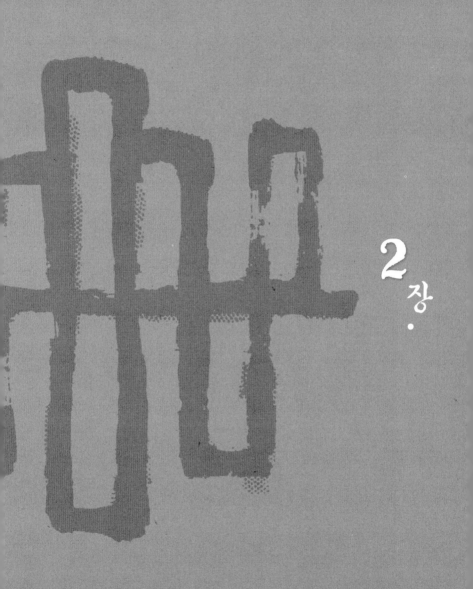

2 장
.

1

한성부 북부 인왕산 아래 자리 잡은 청풍계, 유란동, 도화동, 옥류동은 풍광이 좋아 선비가 은거하며 시와 그림에 탐닉하기에 알맞다. 개국 초에는 인왕산이 벌거숭이산이 되어 나무가 많지 않았지만, 세종은 잣나무와 상수리나무를 심게 했고, 광해군은 백향목과 전나무를 심게 했다. 그렇게 말림갓으로 두고 오랜 세월이 지나자 한양 도성 안에서 가장 **빼어난** 풍치를 가진 산이 되었던 것이다. 나무와 숲이 우거진 잔메 아래는 복사꽃과 쑥부쟁이가 흐드러지고 산 위에는 진달래가 무리지어 피며, 낮에는 접동새가 울고 밤에는 소쩍새가 운다. 궁궐의 서쪽에 있다고 해서 서촌이라 불리는 이곳에서는 사람도 풍경이 됨 직하다. 겸재 정선 선생이 화폭에 담을 만한 풍광인 것이다. 유란동에서 태어난 겸재 선생은 곡암 선생이 이곳에 터를 잡은 후부터 만났다. 앞서 두 선생이 답청 갔을 때 겸재 선생이 곡암 선생에게 긴히 상의할 일이 있다고 했었다. 겸재 선생이 경상도 하양 현감에 제수되어 가야 할지에 대한 고민을 곡암 선생에게 토로했던 것이다. 겸재 선생은 그해 세밑에 하양으로 부임했고 임기를 마치고 다시 이곳으로 돌아왔다. 선생은 하양 현감직을 수행한 오 년을 **빼면** 평생 이곳에 살며 그림에 몰두했다. 83세를 일기로 생을 마칠 때까지 후대에 모범이 되는 걸작을 남긴 선생은 안경을 여러 개 포개 끼고 촛불 아래서 세화를 그렸어도 선 하나도 허투루 그리는 법이 없었다.

이곳은 또한 시사(詩社)가 오래전부터 열렸고 어떤 모임에는 사대부와 중인이 함께 어울리기도 했다. 멋진 산수를 노래하며 즐기는데 신분의 귀천이 무슨 대수이겠는가. 여기에 은거해 살았던 송석원시사(松石院詩社)의 천수경(千壽慶)이 지은 짧은 시가 이곳의 맑고 서늘한 서정을 잘 그려준다.

때로는 흰구름을 보며
온종일 청산과 마주하네

有時看白雲
鎭日對靑山

이곳 서촌에서 흐르는 물길이 모여 개천(開川, 청계천)이 발원하는데 개천의 상류 지역이라고 웃대라고 부르기도 한다. 왕궁과 인왕산 사이에 위치한 이곳은 아조 초만 해도 왕가의 일가붙이들 외에는 발붙일 엄두조차 낼 수 없었다. 세월이 흐르고 한양의 인구가 늘자 처음에는 사대부들이, 그다음에는 아전을 비롯한 중인들까지 이 지역에 터를 잡게 되었다. 개천 물길을 따라 아래로 내려가면 물 흐름이 느려지는데, 그 왼편으로 육조 거리가 남쪽으로 뻗어 있고 물길이 방향을 동쪽으로 트는 지점부터 시전의 행랑이 즐비한 운종가가 시작된다. 사람이 구름 엉기듯 모이는 거리라 해서 운종가로 이름 붙여진 이곳의 각 방은 비단, 과일, 청포, 소금, 종이, 갓, 어물, 짚신 등을 파는 가게로 빼곡하다. 동쪽으로 흐르는 개천의 아래쪽과 위쪽은 의관이나 역관과 같은 중인이 거주한다고 해서 중촌으로 불린다.

곡암당을 방문한 그날 오후, 이양걸은 김시겸과 함께 서쾌 최을호의 집이 있던 중촌에서 시친(屍親) 세 명을 탐문하였으나 별 성과가 없었다.

"나리, 서촌의 백운동에서 서쾌 최을호의 집이 있던 수표교 북측 비파골까지 대여섯 마장에 불과하지만, 중촌에서 살해하고 서촌까지 시신을 옮기기는 어렵지 않았을까요?"

김시겸의 질문이 아니더라도 이양걸은 어제부터 그 생각에 몰두하고 있었다.

"최을호 당자가 백운동으로 갔을 게야. 비파골에서 서촌으로 가자면 운종가를 지나야 하는데 광통교 바로 맞은편에 의금부가 있지 아니한가? 내 여태껏 의금부 앞을 가로질러 피살자를 옮기는 대담한 놈은 본 적이 없네. 무슨 까닭으로 최을호가 그곳으로 간 것인가 알아내는 게 관건일세."

그다음 날, 이양걸은 수확을 올렸다. 동료 서쾌로부터 최을호가 낙사(洛社)의 문집을 만드는 일로 피살된 당일 서촌의 백운동으로 갔다는 사실을 확인한 것이다. 낙사는 서촌의 중심가계인 장동 김씨 집안의 김창흡이 주도하였고 중인인 홍세태가 참여함으로써 사대부와 중인이 함께 어울렸던 서촌의 낙송루시사가 흩어진 뒤 결성된 시사였다. 김창흡은 기사환국 때 부친 김수항이 사약을 받고 죽게 되자 낙송루시사의 모임에서 빠졌고 중인 홍세태가 주도하여 낙사를 만든 것이다.

"종사관 나리! 낙사와 최을호의 죽음과 무슨 관련이 있읍지요? 장동 김씨 집안이라 쉽게 접근하기조차 어려울 텐데 말입니다."

운종가의 면포전과 저포전을 지날 때 김시겸이 미간을 찌푸리며 말했다. 오래전부터 서촌에 터를 잡았던 안동 김씨 경파인 장동 김씨 집안은 누대로 유명한 집안이고 김수항은 영의정까지 지냈던 인물이다. 김수항의 아들 김창업은 겸재 선생에게 화도(畫道)를 지도하였고, 그의 형인 영의정 김창집은 선생에게 관직을 추천하기도 했다.

"그러게 말일세. 장동 김씨 같은 명가는 이번 사건과 무관할 걸세. 낙사에 소속된 다른 사람이라면 모를까……. 어이쿠! 이게 누구신가?"

이양걸은 지전에서 한지를 사들고 막 나오는 승안이와 마주쳤다.

"왠 한지를 그리 사신 게요?"

"아, 종사관 나리시우! 선비가 한지를 사는데 이유가 있어야 하우?"

승안이는 전혀 말을 더듬지 않았고, 심지어 데퉁스럽기까지 했다. 죄가 없다는 것이 밝혀졌는데 또 묻는 것을 앙앙하게 여기는 양이었다.

"댁은 어디시오?"

"광통교 근처요……. 더 볼 일이 없으면 먼저 가도 되겠수?"

이양걸이 고개를 끄덕이자, 승안이는 빠른 걸음으로 사라졌다.

장사로 꽤 돈을 모은 낙안이는 운종가를 지척에 둔 광통교로 이사했다. 상인은 손님 가까이 있어야 한다는 김태준 옹의 가르침 때문이었다. 낙안이가 칠패에서 새우젓과 생선을 떼다가 되파는 행상으로 책력 보아가며 밥 먹는 신세를 면하게 된 것은 한양 온 지 몇 년이 지나서였다. 그들이 광통교 부근으로 이사하기 전 개천변 움막에서 살 때의 일이다.

수표교는 종루길에 잇대어 있는 한양 도성 안에서 가장 큰 돌다리인데, 정초부터 정월 대보름까지 수표교를 중심으로 개천 위 아래로 연날리기가 성황이었다. 특히 대보름 전야와 대보름 밤에는 액막이 연날리기가 절정을 이루었다. 꼭지연, 반달연, 치마연, 초연, 박이연 등 각양각색의 연에 액(厄) 자를 쓰거나 송액(送厄), 송액영복(送厄迎福)이라 써서 날리기도 했다. 설날 전후 이틀간은 연싸움도 성행되었고, 아이들은 연싸움을 벌이다 남의 집 담도 넘고 지붕에도 기어오르며 자신의 연을 찾아 야단법석을 떨었다.

어느 설날이었다. 승안이가 친구들과 연을 날리다 연이 끊어져 어느 집 마당의 대추나무 우듬지에 걸렸다. 대추나무는 그리 높지 않아 또래보다 키가 큰 승안이가 담장 위로 올라갔다. 나뭇가지를 비틀어 연에 손이 닿는 순간, 승안이는 기우뚱거리며 담장 안 장독대 위로 떨어졌다. 장독이 깨지며 간장이 쏟아졌다. 깨어진 장독 쪼가리에 승안이의 어깨죽지가 찔렸다. 놀란 또래 녀석 하나가 낙안이를 부르러 달려갔다.

"웬 놈이야, 너 어디 살아?"

채수염을 기른 주인이 득달같이 달려와 말했다. 네모난 얼굴에 작은 좁쌀눈이 첫눈에 보아도 고약한 인상이었다.

"저…… 저…… 기…… 개천 움집서 삽니다."

승안이가 이빨을 맞부딪히며 말했다.

"뭐? 깍쟁이 새끼로군. 이놈아, 너 이 쏟은 장과 깨진 독 어떻게 할래?"

그때 낙안이가 헐레벌떡 뛰어와 지게를 내려놓았다.

"미안하오, 내 물어 주리다. 얼마면 되겠수?"

질동이에 든 새우젓국이 뚜껑 밖으로 넘쳤고 등태는 흘러내려 땅에 닿을 정도였다. 낙안이의 행색도 가관이었다. 승안이에게 겨울 차렵을 입히고 나니 낙안이는 차렵 입을 형편이 되지 않았다. 입었던 무명 겹옷은 낡아서 군데군데 미어졌고 홑바지는 승새가 굵어 어레미집 같아 도무지 겨울옷이 아니었다.

주인은 채수염을 만지작거리며 가살을 부렸다.

"이거 원, 젓갈과 간장내가 진동을 하는군. 닷 냥만 내어라."

"뭐요? 간장독 하나 값으로 콩 세 섬 값이나 달라니, 그 무슨 해괴한 처사요? 간장독 하나에 메주콩이 대체 몇 말이나 들어간다고 그러시오? …… 저 장독이면 콩 서너 말이면 충분하겠구먼. 열 배나 물어내라니 소드락질도 유만부동이지."

낙안이가 승안이에게 다가갔다.

"승안아 다친 데는 없느냐? 이런, 어깨에 피멍이 들었구나."

채수염을 돌아보는 낙안이의 표정이 험악해졌다.

"거, 다친 아이나 좀 돌보고 그런 말 하시우. 수표교에서 연 날리는 때는 의례히 이런 일 있는 거 아니우? 아이에게 강다짐하다니. 뭐 보아 하니 간장도 얼마 남지 않았구먼. 나도 장사로 잔뼈가 굵은 사람이우. 기껏해야 한 냥 밖에 줄 수 없으니 관아에 일러바치든 말든 맘대로 하시우."

"이런 우라질 놈이 어디서 행짜를 부려, 행짜를? 이놈아 내말대로 닷 냥 안 내놓으면 멍석말이 할 테다, 이 깍쟁이 놈아."

"뭐라고? 이런 모리배 같으니. 승안아 일어나라, 나가자."

낙안이는 한 냥을 채수염 앞으로 던졌다.

채수염이 설렁줄을 당겨 하인을 불렀고, 장정 세 명이 달려 나왔다.

"저놈을 잡고 되우 쳐라."

장정 둘이 낙안이의 양팔을 붙잡았고 다른 장정은 낙안을 쥐어질렀다. 곧이어 세 명이 매와 몽둥이를 들고 낙안이의 무명겹옷이 너덜너덜해지도록 싸다듬이를 했다.

승안이는 온몸이 간장에 뒤범벅이 된 채 부들부들 떨면서 울고 있었다. 그때 이후 승안이는 말을 잘 하지 않았고, 억울하거나 흥분하면 말을 더듬게 된 것이다.

수년이 지나 김 부가옹의 차인으로 들어간 낙안이는 수표교의 채수염이 어느 지주의 마름으로, 장리빚으로 남의 땅을 빼앗고, 이중 장부를 만들어 주인에게 돌아갈 소출을 투식한 것을 알게 되었다. 마름의 주인 되는 사람은 도성 밖에 많은 장토가 있었고, 김 옹이 알고 지내는 사이였다. 낙안이는 그 지주에게 채수염의 투식을 발고했고, 그를 관아에 넘기기 전에 징치해야 할 일이 있으니 빚을 갚게 해 달라고 말했다.

이듬해 정월 대보름날, 낙안이는 지주의 편지를 들고 포선(布扇)으로 얼굴을 가린 검객 한 명과 마름의 집으로 찾아갔다. 집에 들어가기 전 낙안이는 액(厄) 자를 쓴 연을 그의 집 대추나무 가지 위에 걸어 둔 참이었다.

"부가옹 아무개의 차인 아무개라 하오."

낙안이는 정중하게 인사하며, 마름의 지주가 수결한 편지를 펼쳐 보였다.

채수염은 사시나무 떨듯 떨었다.

"살려 주시우. 무엇이든 시키는 대로 하겠소이다."

"가솔과 가노들을 모두 불러 마당에 모이라 하시오."

영문을 모르는 식솔과 종복들이 옹긋쫑긋 나와 서자 낙안이는 목소리를 낮게 깔았다.

"하인에게 장을 한 바가지 떠오라고 하시오."

"시키시는 대로 하게. 어서, 큰 바가지로 장을 떠 오너라."

"여기 이곳에 서시오."

낙안이는 장 바가지를 기울여 채수염의 머리에 천천히 부었다.

"이건 내 동생의 빚이다."

마름의 식솔들은 모두 경악을 했고, 처와 어린 아들 딸은 악머구리처럼 울어댔다.

"너의 주인어른은 내일 너를 관아에 고발할 것이야. 주인의 마음을 돌리려면, 너의 모든 가산과 땅을 내어 놓아야 할 것이다. 너의 운은 이제 다했다. 저기를 봐라. 너의 집 대추나무 가지에 액이 끼었군."

낙안이는 손가락으로 대추나무를 가리켰다. 문밖으로 나가다가 등을 돌려 채수염의 면상을 줴지른 후 말했다.

"내 빚은 잊을 뻔했군."

2

필운대에서 집으로 돌아온 영석이가 저녁밥을 먹고 나니 사립문 밖에서 승안이의 목소리가 들렸다.

"영석이 형님, 계시우?"

"승안이 자네, 이 시간에 어쩐 일인가? 어서 들어오게."

방에 둘이 앉자 승안이가 대뜸 글이 빼곡한 종이를 펼쳤다.

"삼위일체, 태극, 도(道)를 설명하는 부분을 필사하다가 이해되지 않아서 찾아온 거유. 재서 형님에게는 지금 가기에 멀고, 영석이 형님이야 소장통교라 한 마장 거리니 말이우."

영석이는 손사래를 치며 데설궂게 말했다.

"아, 그만두게. 나는 이제 그 책에 대한 거라면 듣기도 싫고 보기도 싫네."

승안이는 무안했던지 잠깐 있다가 작심한 듯이 채쳐 물었다.

"그러면 이거 하나만 말해 주시우. 일이 왜 삼이우?"

영석이는 한동안 망설이다가 궁금한 것을 꼭 밝혀내고야 마는 승안이의 성격이 떠올랐고, 이왕 집까지 찾아온 터라 풀어서 설명해 주었다.

"한 일(一)자는 점(ヽ) 세 개로 되었으니 삼(三)이지. 《주역》에서 끊어진 선인 음효는 점(ヽ) 두 개와 같으니 숫자로는 둘(二)이고, 이어진 선인 양효는 점(丶) 세 개이니 삼(三)이지. 양효는 일(一)과 외양이 같지 않은가? 《주역》에서 맨 먼저 나오는 두 괘는 건괘와 곤괘인데 건괘(☰)는 양효가 셋, 곤괘(☷)는 음효가 셋이니, 숫자로 건은 삼 곱하기 삼이니 9가 되고 곤은 삼 곱하기 둘이니 6이 되는 게지."

"그렇다면, 음(陰)이 야소라니 그건 또 무슨 말이우?"

승안이가 미간을 찌푸렸고, 영석이는 승안이가 필사한 지면을 가리켰다.

"자, 여기 보세. 《설문》에 〈6은 역의 숫자라, 음이 변하여 6이 되었다〉⁻하지 않던가? 음(陰)에서 좌부방(阝)을 제하면 음(숲)이 남지 않는가? '이제(今) 말씀(云)'이란 뜻이고, 그가 곧 성자인 야소인데, 곤괘(☷)의 숫자인 육(六)이 되었다는 것은 성자인 야소가 땅으로 내려왔다는 말이네."

"그거 참. 어이가 없수. 그 말을 믿으란 거유? 그러면 《주역》을 찬(撰)한 공자가 야소가 태어날 것을 미리 알고 있었던 선견자란 말이우?"

"그건 나도 모르겠네. 난들 그걸 어떻게 알겠는가? 그 책에 그렇게 되어 있으니 설명한 것뿐일세."

"그런데, 일(一)이 어떻게 삼위일체가 되고 태극과 같단 말이우?"

"일은 중국의 고서에서 태일(太一)로도 불렸고, 〈위대한 하나는 셋을 포함한다(太一含三)〉고 하는 전통이 있다고 하네. 《한서》에는 〈태극은 생명의 근본으로 셋이자 하나를 포함한다〉⁻하지 않았나? 《설문》에서 〈태초에 도는 삼위일체 하느님(一)으로 있었고 하늘과 땅을

○-○-○-○-○-○

一.　六 : 《易》之數, 陰變於六.
二.　太極元氣, 含三為 一.
三.　一 : 惟初太始, 道立於一, 造分天地, 化成萬物.

만들고 나누며, 만물을 변화시키고 완전하게 한다〉ᵉ하였네."

"허허, 일이 만약 삼위일체라면 공자가 말한 오도일이관지는 '나의 도는 이 삼위일체 하느님(一)을 이해하는 것이다'가 되겠구려. 그게 말이나 되우? 아무도 그렇게 해석하는 사람은 없을 거외다. 아무튼 그건 그렇고, 도와는 또 무슨 연관이 있는 거유?"

"그러게 말일세. 공자가 그런 뜻으로 말했다면 믿기 어려울 것이야. 아무튼 도에 관해 말하겠네. 도는 책받침 변(辶)과 머리 수(首)로 되어 있지 않은가. 《설문》에서 책받침 변은 '하다, 움직이다, 나아가다'를 뜻하고, 머리 수는 머리, 근원이며 〈옛적에는 百로 쓰였다〉ᵉ하였네. 그런데 '百'는 '一'과 '自'로 되었으니 '一'이 셋이자 하나인 삼위일이라면 '自'는 '태초부터', '그 자신에 의해'가 아닌가. 따라서 道(도)라는 문자의 진정한 의미는 '모든 움직임의 머리와 근원'이니 그것은 영원 전부터 그 자신에 의해 움직이는 셋이자 하나인 삼위일체 하느님이란 뜻이 된다는 것일세. 그가 천지를 주관하는 하느님, 곧 유가의 상제라는 게지. 그러니 《역경》에서 〈모든 형태를 초월한 것을 가리켜 도라고 한다〉ᵉ하고, 노자는 〈인간은 땅을 본받고 땅은 하늘을 본받고 하늘은 도를 본받고 도는 자기 자신을 본받는다〉ᵉ하였는데, 《중용》에서 말한 바 〈도는 바로 그 자신(道自道)〉이기 때문이지……. 나도 모르는 것을 더 이상 묻지 말게. 난 책에 있는 대로 설명했을 따름이네."

승안이가 눈빛을 반짝이다가 이마를 손끝으로 쓸었다.

"그렇다면 일, 태극, 도는 모두 셋이자 하나인 삼위일체 하느님, 곧 상제란 뜻이오? 그거 참, 신기하기는 하오만, 믿기는 어렵수."

o‑o‑o‑o‑c‑o

四. 首 : 百同. 古文百也.
五. 形而上謂之道.
六. 人法地 地法天 天法道 道法自然.

영석이가 지면을 접으며 말했다.

"여기까지만 하세. 벌써 날이 어두워졌네."

╬

남산 아래 마른냇골(乾川洞)의 민가에서 해괴한 일이 벌어진 것은 그다음 날이었다. 한바탕 낮잠을 자고 난 집주인은 닭들이 마당에 보이지 않아 이상하게 여기고 집안을 둘러보았다. 뒤란의 담벽 아래에서 닭들이 다투어 뭔가를 쪼고 있었는데 사람의 손이었다. 손목의 한 치 정도 위에서 잘렸는데, 잘린 부분은 닭들이 쪼아 먹고 뼈가 드러나 있었다.

바로 위 붓골(筆洞)의 초가에서는 파리 떼가 마당 한구석에 수북하게 모여 있었다. 밭을 매는 남편에게 갖다 주려고 자배기에 기승밥을 담아 머리에 이고 부엌을 나서던 아낙이 가까이 다가갔다. 파리 떼가 날아가니 사람의 발꿈치처럼 생긴 살덩어리가 드러났다. 아낙은 기함을 하고 자배기를 떨어뜨렸다. 붓골 바로 옆 생민골(生民洞)의 한 농가 돼지우리 안에서도 비슷한 살덩어리가 발견되었다. 붓골에서 활한 바탕 거리의 오래된 은행나무 옆에는 폐포파립의 선비가 두 발꿈치와 오른 손목이 잘린 채 죽어 있었다. 이 사건으로 포도청은 난리법석을 떨어야 했다. 그날 오후 좌포도청의 포도부장 남경식(南慶式)이 이양걸을 찾아왔다.

"피살자는 먹절골(墨寺洞) 사는 운관의 관원일세."

"먹절골? 중들이 먹을 만들어 판다는 그 절이 있는 마을 말인가? 그곳은 좌포도청 소관이지 않나? 그리고 운관이면 교서관이란 말인가?"

"그러니 내가 기찰했지. 교서관 창준인데 체아직이고 이름은 최한길이네."

포도부장과 종사관의 품계는 같은 종육품이었지만 종사관이 포도부장보다 직급은 높았다. 그러나 좌포청의 포도부장 남경식은 우포청의 종사관 이양걸과 오랜 지기였다.

"빈대이던가? 아니면 모기이던가?"

"남촌이니까 모기가 맞겠지만 이상하게도 그자의 옷깃이 길던걸."

남 포교가 대답하자, 이양걸이 "그래?" 하고 의아한 표정을 지었다.

당시 노론과 소론의 분쟁이 격렬했다. 숙종은 장씨를 희빈으로 맞아 경종을 낳았고 인현왕후의 무수리였던 숙원 최씨를 맞아 연잉군을 낳았는데, 경종은 소론의 지지를 받았고 연잉군은 노론의 지지를 받았다. 경종의 나이 열한 살 때 생모인 장희빈이 사사되자 심한 충격을 받아 그때부터 병약해졌고, 심지어 경종이 고자라는 소문까지 궁중에 퍼졌다. 소론의 세력을 등에 업은 경종이 즉위하자 소론은 노론을 척결하고자 기회만 엿보고 있었다. 왕위를 이을 세자를 정하는 건저 논의에서 노론과 소론은 극명하게 갈라섰다. 노론은 경종이 병이 있으니 연잉군을 세제로 책봉할 것을 주장한 반면, 소론은 경종이 아직 젊으니 왕의 아들을 기다렸다가 세자를 삼아야 한다며 노론을 반박했는데, 당시 소론의 맹주는 유봉휘였다. 노론과 소론은 길에서 만나도 서로 모르는 척했으며, 노론은 소론을 모기라 불렀고 소론은 노론을 빈대라 불렀다. 옷깃도 서로 달랐는데, 노론은 옷깃을 길게 하였고 소론은 짧게 하였다. 경종 즉위 시에 영의정 김창집과 좌의정 이건명은 노론이었고 우의정 조태구는 소론이었다. 그러나 권력의 무게는 점차 소론으로 쏠리고 있던 터였다.

이양걸이 남 포교에게 말했다.

"사는 곳은 먹절골인데, 붓골에서 발꿈치가 잘린 채로 마른내골까지 오진 않았을 테고?"

"아니겠지. 마른내골에서 살해하고 붓골로 올라가 손과 발을 초가집 담장 너머로 던졌겠지."

"살해를 드러내고자 했다는 얘기군. 경서를 인쇄하고 반포하는 사람에게 왜 그런 일이 벌어진 건가?"

"그게 내가 자네를 찾은 이유일세. 그자는 체아직이라 몇 달간 일 없이 놀고 있던 처지였네. 그런데 시친을 탐문했더니 자네가 지금 맡고 있는 사건 있잖은가? 아, 그 죽은 서쾌. 최을호였던가? 최한길은 그의 결찌이던걸."

"최한길? 최을호의 결찌?"

"맞네. 자네, 조문명이라고 알지?"

"학암 조문명? 그 홍문관 부교리 지내는 양반 말인가? 두어 삭 전에 붕당의 폐해를 통렬히 상소했던? 그게 5월이었던가?"

"그렇지. 교서관원 최한길은 부교리 조문명을 잘 따랐다고 하네. 그러나 조 부교리는 최한길이가 지망지망히 나서는 사람이라 별로 달가워하지 않는 것 같았네. 조 부교리를 만나서 얘기했더니 '최한길이? 그 들창눈이 말인가? 궐자가 죽은 것이 나와 무슨 관련이 있다고?' 그러더군."

이양걸이 채쳐 물었다.

"그래서 어떻게 되었나?"

"그런데, 조 부교리가 이런 말을 하더군. 며칠 전 최한길이가 자기를 찾아와 먼 친척 중에 서쾌가 있으며, 그가 어떤 책을 보여 주었는데, 경전을 왜곡하는 궤격한 내용으로 가득 차 있다고 했다더군. 그러면서 그 최한길이가 부교리에게 '내가 그 내용을 발고한다면 소론에서는 고변한 상급으로 무엇을 주실 수 있소? 노론이 이 책을 썼다고 덮어씌우면 되지 않겠소? 노론 무리들을 간당율에 처할 기회가 될 수 있을 것이오' 하고 말했다는군. 조 부교리가 '자네도 또한 노론에 속하지 않았는가? 그런데 왜 같은 노론을 공박하려는고?'라고 말하자 최한길이가 '헤헤, 노론에게서 손바닥만 한 볕조차 쬔 적이 없었지요. 소론 측이 제가 고변하는 공로를 인정해 주신다면 이참에 아예 옷깃을 자르겠소이다'라고 하였다네. 조 부교리가 '선비가 상급을 탐하여 무엇을 발고하다니? 게다가 증거도 없는 터에 노론을 모함하다니⋯⋯. 경을 왜곡되게 해석하는 것보다 더 큰 문제는 한 당파가 자기 이익을 위해 다른 당파를 모함하는 것일세' 하고 돌려보냈다고 했네. '나리는 소론이라도 완소(緩少)라 안 되겠소. 내가 글을 다 쓰면 준소(埈少)의 수장인 김일경 대감을 만나야겠소' 하며 최한길이 골을 내며 나갔다더군."

"이조참판 아계 김일경 대감 말인가?"

"응. 김참판은 유봉휘와 함께 소론 가운데서도 과격한 준소파의 좌장이 아니겠는가."

이양걸이 남 포교의 말에 고개를 끄덕였다.

"그런데 잠깐만, 조 부교리는 소론이면서도 외가와 처가가 노론 집안으로 알려지지 않았는가?"

"그렇지. 그의 외가는 광산 김씨고, 처가는 안동 김씨 집안이지. 서쾌나 최한길 둘 다 그 책과 관련 있는 게 틀림없네. 어떤가? 이 사건을 자네가 맡는 게 순리인 듯하이. 그래야 두 사건이 동시에 타첩될 거 같네."

"최한길이가 김참판을 만났는가?"

"아니, 그런 것 같지는 않으이. 내 수하에 있는 포졸의 일가가 김참판댁 별배를 다니는데 최한길이 김참판 만난 것 같지는 않으이."

"최한길이가 혹시 편지나 글귀를 남기지는 않았는가?"

"없었네. 최한길의 괴춤에는 아무것도 없었네. 아마 글을 들고 김참판에게 전하려고 길을 나섰다가 봉변당한 거 같으이."

"알겠네. 내가 맡아봄세."

전날 오후부터 이양걸은 낙사에 속한 사람들 가운데 중인들 위주로 몇몇 사람들을 탐문했지만, 최을호와 연계된 사람이나 살인 사건과 관련된 정황은 찾을 수 없었다. 그는 낙사를 결성한 중심인물의 한 명으로 백운동에 사는 중인 출신 시인 홍세태를 찾아갔다. 낙사의 구성원들을 알고 싶다고 하자 시사의 명단과 내규, 첫 시회의 작품 등을 담은 낙사유첩(洛社遊帖)을 건네주었다. 제목 옆에 권일(卷一)이란 부제가 붙어 있었다. 권이(卷二)를 출간하고자 최을호에게 부탁한 것으로 짐작되었기에 홍세태에게 물었더니 뜻밖의 대답이 돌아왔다.

"뭐라고 하셨소? 최…… 을…… 호? 난 전혀 모르오. 그리고 낙사유첩 권이를 언제 출간하겠다는 계획은 아직 없소."

칠순을 코앞에 둔 홍세태는 돋보기안경을 꼈고 귀도 어두운지 오른손으로 귓바퀴를 감싸 나팔 모양으로 만들었다.

"그러면 이틀 전에 여기서 시사 모임을 갖진 않았소?"

"아니오. 우리 모두는 업이 달라 봄, 가을에만 모임을 가질 뿐, 여름에는 같이 모이기 쉽지 않소이다."

이양걸은 경상 위에 놓인 낙사유첩의 서차(序次)에 소개된 11명의 명단을 다시 살펴보았다. 나이는 열여덟부터 서른아홉까지였다. 생업은 서당 훈장, 규장각 서리, 역관, 화원 등으로 제각각인 듯하나 글이나 그림과 관련된 일을 하는 공통점이 있었다. 이들은 모두 중인이었고 이양걸이 군관 김시겸과 포졸들에게 하명하여 기찰을 마친 사람들이었다. 나머지 둘은 사대부들이라 아직 탐문하지 못한 상태였다.

3

"이거 이제 그만 필사하려우. 이해하기도 어렵고 믿기는 더욱 어려우니 말이우. 이 책을 재서 형님께 전해 주시구려. 나는 내일 낙안이 형님과 어디 다녀와야 하니 말이우."

승안이가 그다음 날 저녁 영석이를 다시 찾아와 괴춤에서 책을 꺼내 들고 말했다.

영석이가 책을 받아 서가에 얹었다.

"왜? 내일 어디 가는 게야?"

"얘기하자면 길우. 어디 가서 술이나 한잔하려우?"

소광통교 주변의 주막 술청에는 손님이 둘밖에 없었다. 영석이와 승안이가 술청에 들자 눈초리가 칼날같이 매서운 한 사내가 이어 들어와 술청의 한쪽 구석에 앉았다.

승안이가 술을 한잔 켜더니 말했다.

"옥화 때문이우. 궐녀를 데려오려고 문경에를 다녀오려는 거요."

"옥화? 그 남장한 여검객?"

영석이는 옥화를 기억하고 있었다.

낙안이 형제가 안동에서 한양으로 올라오던 그해 겨울, 눈이 많이 내리던 밤이었다. 문경새재를 넘어 오다가 형제는 어두운 산길에서 길을 잃었고 화적들에게 붙잡혔다. 이들 형제가 가진 것이 없음을 알고 화적들이 죽이려고 했다. 그러나 형제의 사연을 듣고 나서 기골이 장대한 두령 되는 자가 말했다.

"변덕이 죽 끓듯 하는 임금에게 멸문을 당했으이끼네 기양 놔 또라. 어린애들이니 쪼매 머물게 했다가 눈 멎으마 고마 돌리 보내뿌라."

기사환국으로 인현왕후 민씨를 옹위하던 서인을 축출하고 장희빈을 후원한 남인이 집권하였다. 그러나 5년이 지나 장희빈의 오라버니 장희재가 남인들과 결탁하여, 숙종의 총애를 받던, 인현왕후의 무수리 숙원 최씨를 독살하려는 음모가 들통 났다. 이것은 서인을 제거하려 했던 남인 함이완의 고변에 따라 의금부에서 서인 관련자들을 국문하던 중 서인 김인의 역고변으로 밝혀지게 되었다. 숙종 20년 4월 1일 한밤중에 숙종은 서인 관련자들의 국청에 참여했던 남인측 대신 이하 모든 관료들을 삭탈관직, 문외송출하는 갑술환국을 단행하였다. 이 돌발적인 갑술환국으로 기사환국 때보다 더 많은 135명의 남인 측 인사들이 화를 당하게 되었다. 기사년 후 숙종의 총애 때문에 장희빈으로부터 목숨을 보전하기 힘들만큼 고초를 겪었던 숙원 최씨가 숙종 19년 10월에 왕자를 낳자 장희빈과 집권 남인들로서는 이보다 더한 위기가 없었다. 비록 그 왕자는 생후 2개월 만에 죽었지만, 그 이듬해인 갑술년 9월에 훗날 영조가 되는 왕자를 낳았으니 최숙원에 대한 숙종의 총애는 참으로 대단하였다.

함이완의 고변에 따라 서인 관련자를 국문하던 중 폐비 민씨를 복위시키고 재집권을 꾀하던 서인의 환국음모는 노론 김춘택과 소론 한중혁을 중심으로 이루어졌음이 밝혀졌다. 김춘택은 권모술수에 능한 사람이라 궁인의 동생을 매수하여 첩으로 삼아 궁궐과 내통하기도 했고, 장희재의 처와 간통하고 궐녀를 이용하여 남인을 정탐하기도 하였다. 한중혁은 환국을 위한 거사자금을 갹출하여 상당한 은화를 모집하였고, 서인들이 한 집에 노비 너덧 명만 차출하여도 대사를 도모할 수 있다고 부추겼다. 안동에 세거(世居)하던 낙안이의 부친은 남인 측 선비였는데 남인들이 모인 술자리에서 김춘택과 한중혁을 성토했다가 졸지에 함이완의 고변 관련자로 분류되어 화를 당했던 것이다.

숙종 21년(1695년)과 그 이듬해에 걸친 을병(乙丙) 대기근 때, 삼남에 흉년이 들어 아사자만 수십만 명에 달했다. 두령 되는 자는 원래 경상도 함안의 여항산 아래에서 밭을 갈던 외거노비였다. 초근목피로 연명하다가 누렇게 부황 든 얼굴로 굶어 죽느니 차라리 처자식을 데리고 도망하는 편을 택했다. 주인이 다른 노비들을 동원해서 그를 잡으러 왔다. 낫과 칼, 몽둥이를 든 다른 노비들에게 에워싸이고도 그는 두려워하지 않고 당당하게 말했다.

"잡히가가 짐승 맨키로 사는 거보다 여서 끝내자. 근데 함 묻자. 너것들, 언제까지 저 상전 똥구무만 딱으미 살라카노? 그래 사는 기 뭔 재미고? 짐승 맨키로 계속 그래 살라카마 날 쥑이라. 근데 날 쥑일라카마 저 뒤에 부둥켜안고 울고 있는 내 처와 딸까지 마카 쥑이고. 인자 그래 안 살라카마 저 상전 쥑이뿌라. 너거 다 알제? 상전 저놈이 건드린 여종이 어데 내 마누라뿐이가?"

둘러선 노비들 중 두셋이 핏발선 눈빛을 서로 주고받았다. 곧 다른 노비들도 웅성거리더니 노비 모두가 합력해서 상전을 없애 버렸다. 오갈 데 없게 된 그들은 그를 두령으로 삼았고, 모두 문경새재로 들어오게 된 것이다. 도망친 노비를 잡아들이는 것은 관아의 도움이 없이는 어렵고, 상전에게는 특히 목숨마저 잃을지 모르는 위험한 일이었다. 그 상전이 그 사실을 몰랐던 탓이거나, 아니면 다른 양반들처럼 평소 여종을 노리개 취급했던 대가를 혹독하게 치렀던 것이다. 낙안이 형제는 이러구러 스물 명 남짓 되는 화적의 소굴에서 겨울을 나게 되었다. 두령에게는 승안이와 비슷한 또래의 딸이 있었는데 그 여식의 이름이 옥화였다. 승안이와 말동무도 하고 밥도 같이 먹고 친구처럼 친하게 지내다가 승안이가 떠나게 되었다. 떠나기 전 날, 저녁을 같이 먹던 옥화가 승안이한테 "여서 같이 살마 안 되나? 이담에 커서 니캉내캉 신랑각시하마 되잖아?" 하는데 옥화의 눈에 눈물이 왈칵 쏟아졌다. 낙안이가 한양에서 자리를 잡은 후, 문경 일대를 수소문하였더니 옥화의 아비 되는 자는 이미 죽었고, 옥화는 그 일대에 소문난 검계(劍契)의 일원이 되어 있었다. 낙안이는 옥화를 불렀고 호위무사로 데리고 다녔다. 먼 거리를 오가며 장사하던 낙안이에게는 신변을 지켜 줄 무사가 필요했고, 옥화의 무예는 상당한 수준이었다. 채수염을 한 수표교 마름의 집에 형제가 당했던 일을 앙갚음하러 갔을 때도 낙안이가 작반한 사람은 다름 아닌 옥화였다. 옥화는 중키에 해당하는 낙안이보다 한 뼘이나 더 컸고 승안이와 비슷했다. 몸은 마른 편이었으나 짙은 남색 바지저고리 일습에 행전을 날렵히 차고 머리는 두건을 질끈 동인 남장이었고, 다른 사람들 앞에서는 포선으로 얼굴을 가렸다. 동접들이 모일 때 옥화가 낙안이를 따라 가끔 오긴 했지만, 동석은 하지 않고 먼발치에 따로 떨어져 있었다. 옥화는 동연들이 함께 있을 때 승안이가 없으면 승안이만을 찾느라 그 눈길이 바삐 움직였고, 승안이가 있으면 승안이만을 주목하곤 했었다.

그러던 옥화가 승안이를 떠나 문경으로 돌아간 것은 해소수 전의 곡경 때문이었다. 승안이가 옥화와 함께 집으로 돌아오는데 수표교에서 가까운 실골목 한쪽에 화톳불을 피워놓고 왈패 너덧 명이 둘러 앉아 관목(貫目, 말린 청어)을 굽고 있었다. 승안이가 먼저 가고 옥화가 뒤를 따르는데, 그중 하나가 발을 툭 걸어 승안이가 앞으로 꼬꾸라지며 갓이 큰 막걸리 동이에 부딪혔다. 동이 안에 있던 막걸리가 출렁 넘쳐 승안이의 구겨진 갓양태 위로 흘렀다.

"아니 이거 웬 놈이 남의 탁배기를 흘리고 지랄이야. 갓양을 보아 하니 쥐뿔도 없는 놈이구만."

왈패 하나가 승안이의 멱을 잡고 종주먹을 들이대는데 입에서 탁배 기 냄새가 진동했다.

"이, 이, 이, 무슨 짓이오? 먼, 먼저 발을 걸어 놓고 왠 시비요 시 비가?"

승안이가 왈패의 손을 잡아채 밀치며 일어났다.

"어허! 이놈이 사람을 밀치네. 너 이놈 잘 걸렸다. 오늘 본때를 보 여 주마."

왈패들이 모두 일어나 승안이를 에워쌌다. 옥화가 달려오지 않았다 면 승안이는 봉변을 좋이 당했을 터였다. 승안이와 옥화가 왈패 넷과 뒤엉켜 싸움질을 했다. 승안이가 이놈을 쥐어지르니 저놈이 승안이의 뒷덜미를 후려쳤고, 옥화가 그놈의 옆구리를 제기는가 싶더니 다른 놈 이 옥화의 머리를 틀어쥐었고 뒤에 있는 놈은 씨름하듯 옥화의 허리를 휘 감았다. 서로 얽혀 엎치락뒤치락하는 사이에 한 놈이 몽둥이를 주 워들자 옥화는 마침내 칼등으로 그놈의 어깻죽지를 내려쳤다. 옥화의 칼을 보자 왈패들이 마침내 주춤하는 기색이었다. 그때 옥화의 망건 당줄이 끊어져 삼단 같은 머리가 어깨까지 흘러내렸다. 그 모습을 보 자 왈패들이 눈을 커다랗게 뜨고 벌린 입을 다물지 못했다. 그 와중에 도 고개를 갸우뚱하며 승안이를 바라보던 왈패 하나가 말했다.

"너 혹시 승안이 아니냐?"

승안이가 왈패를 쳐다보니, 왈패가 승안이 앞으로 바짝 다가섰다.

"맞지? 수표교에서 같이 연 날리던 승안이 맞지?"

"너, 너, 넌 붙들이?"

승안이도 그를 알아보는 듯 이름을 더듬거렸다.

"맞아, 나 붙들이야. 너 승안이 맞구나. 야, 이놈아, 개천 움터에서 네가 나가고 나서 어디서 뭘 하고 있는지 궁금했는데 이게 얼마만이야?"

두 패는 싸움질 뒤끝이라 소 닭 보듯 닭 소 보듯 하다가 결국 둘러앉아 미안하다느니 괜찮다느니 다친 데는 없냐느니 하게 되었다.

붙들이는 승안이가 수표교에서 연을 날리다가 채수염의 집 담장 안으로 떨어졌을 때, 맨 먼저 낙안이에게 달려가 울먹이며 '승안이가 크게 경을 치르게 생겼다'며 낙안이를 데려온 승안이의 동무였다. 함경도 출신으로 어릴 때 모친과 단 둘이 한양에 온 붙들이는 여전히 인근에서 살고 있었는데 어머니의 국밥 장사를 돕기도 하고 뱀을 잡아 팔아 용채를 얻어 쓰기도 하며 가끔 동네 왈패들과 어울려 술도 마시고 하던 터였다.

붙들이의 패거리들이 탁배기를 권해서 승안이와 옥화도 한 잔씩 받아들고 마셨다. 붙들이가 옥화와 승안이를 번갈아 보았다.

"승안이 정인이우? 그 보니 택견을 익혔는지 몸이 날렵하더이다. 아직도 턱이 얼얼하구만. 남정네가 아닌 줄 눈치챘었수. 허리를 감싸 안았을 때 감촉이 다르더이다. 감촉이. 허허."

"정인이 아닐세. 그냥 같이 알고 지내는 사이일 뿐이네."

"아, 그럼 내게나 오시우. 나와 정인하게. 나 이래 뵈도 이 수표교에서는……."

사설을 늘어놓으려는 붙들이를 옥화가 노려보니 붙들이가 말꼬리를 흐렸다.

"뭘 그리……. 눈빛에 타버리겠구먼. 농담이우, 농담. 승안이와 죽마고우라 너무 반가운 나머지 결례했소이다.”

이번에는 승안이에게 눈을 치뜨니 옥화의 이마에 주름이 잡혔다. 한 마디도 하지 않던 옥화가 불쑥 일어나더니 욱걸음으로 돌아갔다. 그다음 날 아침 옥화는 문경으로 떠나버렸다.

승안이가 건안주를 집어 들었다.

“낙안이 형님이 이럴 때 옥화가 있어야 안심이 된다고 하고는 내일 당장 문경에를 다녀오자고 한 거였수. 그러고 보니 나도 옥화가 그립더이다.”

“내가 뭐랬나? 자네하고 옥화가 잘 어울린다고 하지 않던가? 옥화만 한 여인이 어디 흔한가? 용모 청수하고 국량(局量)도 깊고 말이지. 그때 못 가게 잡지 않고 뭐했는가?”

승안이가 연거푸 술을 켜는데, 벌써 취기가 오른 얼굴이었다.

“왜 아니겠수? 못 가게 붙잡았더니 궐녀가 도끼눈으로 ‘내가 추풍선(秋風扇)이야? 정인도 아닌데 왜?’ 하고는 뿌리치고 가버리더이다. 옥화가 싫다고 생각한 적은 한 번도 없었수. 어릴 때 온갖 고생하며 어렵게 살아온 탓인지 남에게 속내를 드러내기 어렵수. 속마음을 말하다가 견모(見侮)될 까 두려웠던 게요.”

승안이가 한숨을 내쉬었다.

“그렇지. 사람도 사랑도 떠난 후에야 그 진가를 아는 법이지……. 승안이 자네야 떠난 사랑 다시 잡으면 그만 아닌가? 그런데 연모하는 마음을 묻어만 두고 한 번도 내색 못 한 사람도 있으이.”

영석이가 내뱉고 보니 숙진이 생각에 새삼 가슴이 저렸다.

“그게 뭔 말이우? 누가 그렇단 말이우?”

“아니, 아닐세. 그냥 해본 말일세.”

"참, 오는 길에 붙들이 그놈을 만났는데 오늘 남산골 딸깍발이 선비 하나가 발꿈치와 팔이 잘린 채로 죽었다고 하더이다. 거 왠지 꺼림칙한 게 꼭 책 거간꾼 최을호 죽은 게 생각나지 뭐유? 그게 이틀 전인가?"

"응. 최을호가 죽은 건 그 전날이고 이틀 전에 발견된 거지. 그런데 왜? 그 딸깍발이가 어떤 사람인데?"

"힘 잃고 몰락한 양반인데 붙들이 말로는 '소문에는 빈대'라고 하였소. 먹절골에서 가난하게 살다가 볕 볼 날만 기다렸다지."

"빈대나 모기나 사람 피 빨아먹는 건 매양 한가지지. 그런데 노론이 지금 힘이 있나? 소론을 등에 업은 임금이 즉위한 이후 노론이 오히려 숨죽이며 사는 신세인데. 그런데 왜 그렇게 발꿈치와 팔을 잘라 죽였다던가?"

"그러게 말이우. 붙들이 그 친구 말로는 '장안에서 사흘간 두 명이 죽었는데 한 놈은 코가 베여 죽고, 한 놈은 발꿈치와 팔이 잘려 죽었으니 민심이 흉흉해져 해가 지면 사람들이 밖에 나다니질 않는다' 하더이다."

"승안이 자네 오늘 우리 집에서 자고 가지 않을 텐가? 왠지 꺼림칙하구먼."

"사위스럽게 왜 그러시우? 여기서 엎어지면 코 닿을 곳이 내 집인데. 또 내 친구 붙들이 놈이 이 동네 왈패 두목이우. 그리고 서쾌야 책 때문이라고 치더라도 남산골 딸깍발이가 책과 무슨 관련이 있겠소?"

불콰한 얼굴로 승안이가 호기롭게 말했다. 술을 몇 잔 더 마신 후, 내일 일찍 길 나서기로 낙안이 형님과 약속해 두었으니 그만 일어나겠다고 했다. 술청의 한쪽 구석에 혼자 앉아 술을 마시던 사내가 승안이와 영석이를 지켜보고 있다가 그들이 나가자 슬그머니 뒤를 따랐다.

4

다음 날 아침 포청에 좌기한 이양걸에게 김시겸이 다가와 말했다.

"종사관 나리, 주상전하께서 남산골 딸깍발이와 지난번 최을호 사건을 저지른 자를 몸소 친국하시겠다고 범인을 색출해서 잡아오라는 전교를 오늘 아침에 내리셨다고 하더이다."

"그래? 심약한 임금이 말까지 더듬거리면서 무슨 친국까지 하시겠다고? 후사나 보실 일이지. 허허."

김시겸도 낄낄거리며 덩달아 웃었다.

"최을호를 살해한 자가 남산골 샌님도 죽였겠지요?"

"남 포교의 시장에 최한길이의 자상도 왼손잡이의 소행임이 드러났으니 그렇겠지."

김시겸이 머리를 주억거렸다.

"범인이 무엇을 노렸을까요? 나리."

"글쎄, 최한길이는 그 책의 내용이 불경(不經)이라고 발고하는 편지를 준소의 좌장 김일경 대감에게 전해 주려다가 봉변을 당했다고 생각하네. 최을호가 자신에게 만약 무슨 일이 생긴다면 그런 내용을 관아에 알리라고 했을 수도 있을 걸세. 두 사건은 모두 책에 대한 경고가 아닐까? 서쾌를 살해한 것이 그 책의 유통을 막은 것이라면 최한길이를 죽인 것은 그 책이 어떤 형태로든 유포되는 것을 막을 의도 아니겠는가?"

"그것을 드러내는 것만이 목적이었다면, 발꿈치와 손목은 왜 베었는지요? 그리고 최을호는 노론이 아닌가요?"

"최한길이를 죽이지 않고 그냥 두었으면 김참판 대감의 귀에 들어가지 않았겠는가? 최한길이는 노론이지만 뚜렷한 노론계는 아닐세. 노론이면서 옷깃을 자를 수도 있다고 했으니 소론으로 바뀔 수도 있는 인물이지. 게다가 남촌은 소론들이 많이 살고 있지 않은가? 아무튼 소론의 수장에게 불경인 책을 발고하고자 하는 남촌 샌님을 발꿈치와 손목을 자르고 죽였는데, 나도 어젯밤부터 그 생각에 골몰했다네. 왜 손목과 발꿈치를 잘랐을까? 최을호의 코는 왜 베었는가? 코를 벤 것은 책을 냄새조차 맡지 말라는 뜻이고, 발꿈치를 자른 것은 책 내용을 알리려고 다니지 말라는 뜻 아니겠는가? 손목을 자른 것은 책 내용을 베끼거나 옮기지 말라는 뜻 아니겠는가?"

이양걸이 여기까지 얘기하자 언뜻 승안이가 이틀 전 지전에서 한지를 잔뜩 사 들고 나오던 모습이 떠올랐다. 승안이가 만약 그 책을 베꼈다면 그에게 살(煞)이 끼었음을 직감하고 한시바삐 그 책을 압수해야겠다고 마음을 먹는데 포졸 하나가 달려왔다.

"나리! 박승안이가 광통교 근처에서 살해되었습니다."

개천에서부터 달려왔는지 더그레의 등판이 땀으로 젖었고 벙거지는 빼뚜름했다.

이양걸은 군관 둘과 포졸들을 모아놓고 명령했다.

"당장 서촌의 이재서, 북촌의 조명한, 중촌의 황영석이를 불러 개천 살해 현장으로 오게 하오. 혹시 그들 중 누구든 그 책을 가졌다면 반드시 책도 지참하게 하시오. 그리고 곡암당에도 들러 그 책이 있는지 확인하오. 당장 가시오."

포졸들이 벌 떼처럼 사방으로 흩어졌다.

승안이가 시체로 발견된 광통교 아래 개천 변에는 죽은 쥐와 오물
이 뒤섞여 고약한 냄새가 진동했지만 자가사리 끓듯 사람들로 북적였
다. 승안이의 주검은 머리를 풀어 헤친 채 천변에 엎드러져 있었다.
낙안이는 영석이가 다가가니 인사 대신에 울음을 내놓는데 입술을 내
밀고 코를 들이마시며 흑흑 흐느꼈다.

재서가 다가오자 낙안이가 대뜸 재서의 귀퉁배기를 때렸다. 철썩거
리는 소리에 물기가 가득 배어 있었다. 낙안이는 목자를 부라리며 재
서의 멱을 잡았다.

"야, 이 오사리잡놈아. 네가 책임지겠다고 했지? 승안이 살려내라.
우리 승안이 살려내라고 이놈아."

낙안이는 재서의 면상을 주먹으로 쥐어질렀다. 재서는 아무 말도
않고 눈물만 좌르르 흘릴 뿐이었다. 옆에 있던 군관과 포졸들이 낙안
이를 뜯어 말렸다.

낙안이는 다시 승안이의 주검을 부여안았다.

"승안아! 승안아! 아이고 승안아! 이게 어인 일이야, 말 좀 해다고,
말 좀. 고생고생 생고생, 온갖 고생 다 하고 이제 살 만하니 이렇게 가
다니…… 승, 안, 아! 승, 안, 아!"

포졸 한 둘이 눈물을 훔쳤다. 명한이는 차마 못 보겠다는 듯이 등을
돌린 채 손으로 입을 틀어막고 흐느꼈다.

벗의 죽음이 남겨진 사람들에게 어떤 고통과 슬픔을 주는지 어찌
말로 다 하겠는가.

영석이는 생각했다.

'내 집에 왔다가 돌아가는 길에 저리 되었으니 어젯밤에 승안이가

집으로 가겠다는 걸 말렸어야 했다. 바로 그때까지 그는 나와 같이 있지 않았던가? 어젯밤 그 한 순간의 선택이 승안이와 남은 사람들을 죽음으로 갈라놓았다. 인생은 이렇게도 어리석고 허무한 것인가.'

"칼에 찔려 죽은 피자치사가 분명하오. 지난번 최을호, 그리고 어제 최한길을 살해한 자와 동일 인물의 범행이오. 왼쪽 가슴에 난 칼자국이 같소. 그런데 이상한 점은 왼쪽 관자놀이에 먹으로 어떤 글자가 자자(刺字)되어 있는데 흐릿하오."

시형도를 그리던 검관이 이양걸에게 다가와 고개를 갸우뚱하며 말했다.

"알고 있네. 邪(사) 자일세. 흐리긴 하지만 '邪' 자가 분명하네."

이양걸이 이 말을 했을 때 동접들은 비로소 황망한 정신을 수습할 수 있었다. 승안이의 왼쪽 관자놀이에 한 치 크기의 '邪' 자가 먹으로 새겨져 있었던 것이다.

이양걸이 재서를 향해 돌아섰다.

"이 경면(黥面)에 대해 어떻게 생각하시오?"

"묵형(墨刑)이오. 최을호는 의형(劓刑)이고, 최을호의 결찌는 비형(剕刑)이었소."

재서가 이양걸에게 말하는데, 그 얼굴에는 뺨맞은 손자국이 뚜렷했고 주먹으로 맞은 광대뼈와 눈초리는 부어 있었다.

이양걸이 막 생각난 듯이 되물었다.

"아! 신체를 훼손하는 묵형, 의형, 비형, 궁형(宮刑), 살형(殺刑)이 오형(五刑)이지. 짐작은 어렴풋이 했소만. 가만있자 《서경》 어디였더라?"

"《서경》 순전(舜典)이오."

"邪(사)를 새긴 이유는……. 바로 그 책 때문 아니겠소?"

재서는 아무 대꾸도 없었다. 낙안이가 다시 오열하며 짐승같이 울부짖었다. 슬픔이 극한의 분노로 바뀌어 있었다.

"그냥 죽인 것도 아니고 얼굴에 글자를 새겨 넣어? 내 이놈을 찢어 발기고야 말리라. 승안아! 승안아! 이 형이 반드시 보구(報仇)해 주겠다. 내 동생 승안아!"

이양걸이 낙안이의 어깨를 토닥거렸다.

"그만 진정하시오. 박 형! 그것 참. 세 번 이상 도망한 노비나 흉악범에게 죄명을 새기는 경면을 당하다니……. 邪(사)를 새긴 건 분명 책 내용 때문일 거요……. 박 형의 집으로 가 봅시다. 박승안이가 무엇을 베낀다고 했으니 혹시 무슨 단서가 있을지도 모르오."

적에 대한 공포는 적에 대한 분노를 상쇄하는 것인가. 낙안이가 극도의 분노를 드러냈을 때, 영석이는 오히려 극도의 공포를 느꼈다. 재서와 명한이의 표정도 두려워하는 빛이 역력했다. 적의 정체를 모를 때 느끼는 공포가 원래 더 큰 것이다. 승안이의 집이 광통교 근처라 살해 현장에서 지척의 거리였지만 그들에게는 멀게만 느껴졌다. 알 수 없는 적에 대한 공포로 그들은 떨고 있었다.

낙안이의 집 안채에는 대청마루를 사이에 두고 두 개의 방이 있었는데 안방은 낙안이가, 건넌방은 승안이가 사용했다. 승안이의 방은 단출하고 정갈했다. 벽에는 묵죽(墨竹) 그림 한 점이 걸렸고, 바닥에는 단풍나무로 만들고 호두나무 천판을 위에 댄 경상과 목침이 놓여 있었다. 책이 가지런히 정리된 서가가 벽 한 면을 장식했다. 붓이 얹힌 필격 옆에는 벼루와 먹이 보였다. 경상에 붙어 있는 서랍을 열었더니 글이 빼곡하게 적힌 종이가 여러 장 있었다. 이양걸은 종이를 경상 위에 펼쳤고, 소리 내어 읽기 시작했다.

5

다음 그림을 보라.

이 단순한 점 하나, 둘 그리고 셋은 삼위일체와 태극 그리고
도를 충분히 설명한다. 《역경》의 64괘는 기본적으로 팔괘에서
비롯되며, 이 모든 것은 아주 간단한 한 점(丶)에서 시작된다.
태초나 태극을 의미하는 주(丶)는 어떠한 말이나 형상으로도
표현될 수 없고 《역경》의 모든 근원이 되는 음과 양이 이를
뒤따르는데, 위 그림은 사실상 아래와 같다.

丶 태극

-- 음   — 양

상형문자 '丶'는 절대적으로 창조주를 의미하는 주(主)와 같다.
음(陰, --)은 말씀이고 양(陽, —)은 성령을 지칭한다.
거룩한 성삼위의 조화 속에 --는 제2위로서 유일한 丶에 의해
아들로 태어났다. —는 제3위로서, 마치 불처럼 제1위(丶)와
제2위를 뒤따른다. 그 이유는 무엇인가? 일(一)이 세 점(丶)으로

구성되기 때문이다. 음(--)은 두 점(ヽヽ)이고, 양(—)은 세 점(ヽヽヽ)이다. 따라서 상형문자 일(一)은 본성에 있어서는 한 분이지만 인격에 있어서는 세 분인 진정한 하느님을 표현한다. 옛날의 고서에는 태일로 불렸으며, 《사기》는 〈이 위대한 하나는 하늘 하느님의 다른 이름이다〉+라고 말했다. 공자는 〈내 모든 지혜는 이 '삼위일체 하느님'인 일(一)을 이해하는 것에 귀착된다〉^하였다. 신중한 독자들과 길리시단(吉利是段) 독자들은 이 모든 설명에 주의를 기울이기를 요청한다. 인간은 자기 스스로의 힘으로는 거룩한 삼위일체의 지식에 도달할 수 없으므로 중국의 서적에 보존된 전통은 의심의 여지없이 아주 먼 과거로 거슬러 올라가야 한다.

이양걸은 허허 웃었다.

"이런 내용이니 취조(取嘲)를 당해도 용혹무괴가 아니겠소? 말살에 쇠살이라더니. 《논어》에 나오는 공자의 오도일이관지를 이렇게 해석하는 사람은 온 천하에 아무도 없을 것이오. 그러니 정학이 아닌 사학이라 할밖에."

명한이가 재서를 흘긋 보며 데설궂게 내뱉었다.

"그것 보게. 내가 뭐랬는가? 그렇게 고집을 부리더니 결국 이렇게……."

낙안이는 다시 재서의 멱살을 움켜잡고 흔들었다.

"야! 이 염병할 놈아. 왜 이 쓸데없는 걸 갖고 와서 이 지랄이야 지랄이……."

o-o-o-o-c-o

七. 太一天帝之別名也.

八. 吾道一以貫之.

주위에서 낙안이를 다시 말렸다. 재서는 죄인처럼 고개를 앞으로 꺾었다.

이양걸이 남은 부분을 소리 내어 읽은 뒤 '그것 참' 하며 연신 혀를 찼다.

"이 책을 쓴 사람은 남만 홍모적이오?"

"털이 붉은 서양 사람인 것은 맞소만, 중국남쪽 오랑캐는 아니오."

재서가 어두운 표정으로 대답했다.

어두운 건 모두 마찬가지였다. 처음 이 내용을 알게 되었을 때는 책의 내용을 받아들이거나 아니면 배척하거나 선택할 수 있었다. 그러나 지금은 다르다. 이 책을 빌미로 세 사람이나 살해되었고 설상가상으로 책의 내용이 드러나게 되었다. 이제는 책과 관련된 모든 것을 철회할 수도 없고, 책에서 도피할 수도 없게 된 것이다. 영석이는 두려움이 밀물처럼 밀려드는 것을 느꼈다. 명한이도 굳은 얼굴로 경상 위에 놓인 필사한 문서만 응시하고 있었다. 그렇지만 낙안이의 표정은 달랐다. 그는 필사한 종이라도 태울 듯이 살기로 가득 찬 눈빛이었다.

"그럼 아난타국(阿難陀國, 네덜란드) 사람이오?"

이양걸은 경상에 팔꿈치를 대고 손으로 이마를 만지며 재서에게 물었다. 그의 이마에 맺힌 땀이 열린 지게문으로 쏟아지는 햇빛에 번들거렸다. 당시에 박연과 하멜 일행의 이야기가 전해 오고 있어 아난타국은 알려져 있었다.

"저 멀리 대서양의 법국(法國, 불란서)이란 곳에서 중국으로 온 사람이외다."

"대서양? 대서양이라면 서역인데……. 법국이란 나라는 어디 있소? 그런 나라는 만국전도에서도 보지 못했소."

"아무튼 홍모적이 어떻게 이렇게 경전과 한문에 능통하오? 난 여기 있는 말을 다 이해도 못하겠소. 그리고 여기 내용은……. 그 뭔가 존교(尊教, 기독교)의 가르침이오?"

"존교에서 가르치는 내용을 경전에서 되찾은 거요."

"나도 《천주실의》를 읽어서 야소가 상제의 아들인 건 알겠소만, 길리시단은 무슨 뜻이오?"

"길리시단은 야소의 가르침을 흠숭하는 사람을 뜻하오."

"삼위일체라는 말은 듣느니 처음이오. 대체 그게 무슨 해괴한 소리요? 이마두의 책에도 그런 내용은 없더구만……. 그리고 성현인 공자를 이렇게 욕되게 하다니 아주 궤격하다고 할밖에……. 아무 말도 없는 걸 보니 인정은 하시는구먼."

이양걸은 목자를 위로 치켜 올려 재서를 노려보았고, 다시 눈을 경상으로 가져갔다.

모든 경전이 성인에 관해 언급하고 있음은 너무도 분명해서 이것을 부정하는 중국인은 없다. 모든 경전은 《역경》과 결부되는데, 《역경》의 모든 내용은 성인과 관계가 있다. 그런데 이 성인을 지칭하는 용어가 경전마다 조금씩 다르다. 《역경》은 대인이라 칭하고 《서경》은 한 분뿐이라는 의미에서 일인, 《시경》은 미인, 《중용》은 성인, 《춘추》는 천왕으로 부른다. 《역경》의 모든 괘에서 그를 언급하고 있는 부분을 찾을 수 있고, 《서경》은 여러 유형으로 그를 꿰뚫어보게 한다. 《시경》은 송가의 모든 부분에서 그를 찬미하고 있다. 《중용》은 앞으로 오셔야 할 성인에 대한 찬양으로 대부분이 할애되어 있다. 《중용》은 그를 때로는 성인, 때로는 지성(至聖)으로 부르며 여기서는 지성(至誠), 저기서는 군자로 부르고 있다. 《역경》

건괘에는 〈인류의 머리되신 분이 오시면 모든 나라는 평화롭게
될 것〉[九]이라고 하였다. 주석에서 언급하기를 〈물(物)은 사람을
의미하고, 성인은 인류의 으뜸이신 분을 의미한다〉[十] 하였다.
이 성인이 참된 구세주가 아니면 누구인가? 신(神)과 신명(神明)의
통상적인 의미는 하느님이다. 그렇기 때문에 그분을 '신성한 인간'
혹은 신인이라고도 부른다. 성인은 종종 《역경》에서 대인으로
불리기도 하는데 대(大) 자가 일인(一人)을 포함하기 때문에 같은
의미이다. 〈한 사람은 위대하다(一人爲大)〉. 〈단 하나의 위대한
것은 하늘이다(一大爲天)〉. 이것이 사실이라면 공자가 말했듯
〈오직 하늘만이 위대하며(惟天爲大)〉, 이로부터 '한 위대한'의
의미인 일인(一人)이라는 칭호는 하늘과 다르지 않다. 《설문》은
이것을 확증한다. 〈일은 삼위일체 하느님을 의미하며, 인은
하늘과 땅의 성품 가운데 가장 귀한 사람〉[十一]이라고 설명한다.
이 사람이 어떻게 보통 사람이겠는가? 옛날에 장(長) 자는 '大'
혹은 상인(上人) 즉 '위에 있는 사람'이란 의미로 쓰였다.
《설문》에 의하면 〈장은 영원한 사람을 의미한다.〉[十二]
《역경》 사괘는 〈맏아들이 군대를 통솔한다(長子帥師)〉 하였는데,
《역경》 미제괘에서 〈장자 곧 맏아들인 진(震, ☲)이 흑암의
세력인 귀방을 멸했기 때문이다(震用伐鬼方).〉
주석가들은 다음과 같이 말한다. 〈무릇 우리가 지금 갖고 있는
《역경》이 포함하고 있는 모든 것은 후천에 속한 것이고

九.   首出庶物, 萬國咸寧.
十.   物獨人也 聖人人類之道也.
十一.   一 : 惟初太始, 道立於一 ; 人 : 天地之性最貴者也.
十二.   長 : 久遠也 从兀从匕 兀者, 高遠意也.

마찬가지로 모든 부분이 맏아들인 장자에 속한 것이다.〉[十三]

《역경》에서 끊어진 선인 음(--)은 육(六)이고, '이제(수) 말씀
되신(云)' 성자를 지칭한다. 그렇기 때문에《설문》에서 〈숫자 육은
《역경》에 적합한 숫자이며 음이 변하여 육이 된다〉[十四] 한 것이다.
중국인들은 후천이 문왕에서 시작된다는 것만 알고 있다. 후천을
지배하는 맏아들에 대한 정확한 이해를 하지 못하기 때문이다.
그러나 진리를 드러내 주면 쉽게 진리를 식별할 것이다.
그밖에 미인(美人)·지인(至人)·기인(畸人)·천인(天人)·
진인(眞人)도 모두 구세주를 지칭한다.

이양걸은 어이없다는 표정을 지었다.

"성현이 쓴 경을 어떻게 이렇게 아전인수격으로 해석한단 말이오?
대체 이런 이단이 어디에 또 있겠소?"

명한이가 노기를 띠며 받았다.

"《역경》미제괘에 나오는 진용벌귀방은 기제괘에 있는 고종벌귀방
(高宗伐鬼方)과 같이 상(商)나라 고종 무정(武丁)이 서쪽 오랑캐(西羌)
인 귀방을 정벌한 고사인데 어떻게 그것이 '맏아들이 흑암의 세력을
멸한다'고 해석이 되는가? 그게 대체 말이나 되는 건가?"

재서가 아무 대꾸도 않으니 이양걸이 채쳐 물었다.

"여기에 대해 어떻게 대답하시겠소? 어서 말해 보시우."

"《죽서기년》에 고종이 귀방을 정벌한 내용이 실린 것은《시경》의
상송편과《역경》의 그 부분을 가지고 지어낸 위작이라고 청의 선비들
이 이미 고증하였네."

o-o-o-o-o-o

十三.　凡今易中所言 是後天之易耳.
十四.　六 :《易》之數, 陰變於六.《說文解字》

재서가 발명하자 명한이가 암상스럽게 받았다.

"이런 옹고집이라니! 대체 자네는 뚫린 귀로 왜 그 이상한 말밖에 듣지 못하는가? 승안이도 죽었네, 승안이도. 이게 다 자네 고집 때문일세. 대체 생각이 있는 건가 없는 건가?"

낙안이의 표정이 흉측하게 일그러졌다.

"그 말이 맞소. 야, 이놈아. 네놈 때문에 승안이가 죽었다. 내 동생 살려 내라고. 이놈아."

재서의 멱을 잡고자 뻗치는 낙안이의 손을 이양걸이 막았다.

이양걸이 입고 있던 철릭의 등과 겨드랑이 부분이 땀으로 젖었다.

"그런데 말이오. 이런 식이라면 경전의 모든 내용이 야소에 관한 거 아니겠소?"

허우룩한 표정이었지만, 재서의 어투는 단호했다.

"그렇소. 그것이 이 책을 쓴 사람의 주장이오. 유가의 목표가 원래 야소였고 경전을 깊이 연구한다면 하느님과 그 외아들인 야소를 알게 된다고 하였소."

낙안이가 험악하게 재서를 노려보았다.

"이놈이 터진 입이라고 아직까지 지껄이다니. 그 서양귀신 야소 얘기는 이제 듣고 싶지도 않다는데, 왜 그런 책을 가져와 승안이를 죽게 한 거야? 네놈이 그 책만 안 가져왔으면 이런 일은 없었잖아."

"미안하오. 내게 전적으로 책임이 있으니 뭐라 할 말이 없소……. 정말 미안하오. 허나 한마디만 하겠소. 공자는 야소의 탄생과 죽음을 예견했고 그가 그런 뜻으로 육경을 찬했다는 생각이 들었소. 처음에는 기연가미연가 했으나 아무리 생각해보아도 그렇지 않다면 경전의 해석이 일관되기 어렵다는 것을 알게 되었소. 그래서 그 책을 펴내야겠다고 한 거였소."

낙안이가 다시 눈을 부라리며 재서에게 뭐라 쌍소리를 퍼부으려는데 이양걸이 등을 톡톡 쳤다.

"박 형! 그만 진정하시오. 그런다고 죽은 사람이 어찌 돌아오겠소? 동생을 죽인 자도 이 사람이 아니지 않소. 그런데 이 내용을 나는 믿을 수도 없거니와……. 그저 기가 막혀 말문이 다 막히는군."

이양걸이 날카로운 눈빛으로 셋을 번갈아 보며 말했다.

"그런데, 가만있자. 오형 가운데 셋은 이미 실행되었으니 남은 것은 궁형과 살형뿐이오. 그런데 이 책과 관련된 사람은 여기 세 명이지 않소? 아, 미안하외다. 여기 당자들 모두 두려울 텐데……. 범인은 어쩌면 망중한 인사에 닿아 있을 수도 있겠다 싶소. 사람 셋을 이리도 잔혹하고 대범하게 죽이는 것으로 봐서 말이오."

이양걸의 말에 두려움이 먹장구름같이 그들을 덮쳤다. 최을호가 의형, 최한길이 비형, 승안이가 묵형이라면 재서, 명한이, 영석이 가운데 둘은 궁형과 살형에 해당하는가? 적은 그들을 알고 있는데 그들은 적을 모른다는 것이 문제였다. 어쩌면 이렇게 두려움에 떨고 있는 것까지 알고 있을지도 모른다. 모두 온몸으로 공포를 표현하고 있었다. 재서는 얼굴에 이는 경련을 숨기려는 듯 입을 앙다문 표정이었다. 명한이는 불안한 눈빛을 이리저리 굴리고 있었다. 영석이는 공포감도 우월감과 마찬가지로 감춰져 있을 때가 더 크다는 것을 깨닫게 되었다. 어느 검계에서는 도망자에게 매질을 가할 때 눈을 검은 천으로 가린 후 여러 명이 몽둥이로 때린다고 했다. 매를 맞는 사람은 언제, 누가, 어느 방향에서 타격이 가해질지 모르기 때문에 두려움이 극대화된다고 한다. 그들도 지금 눈이 가려져 있는 것과 마찬가지 아닌가. 언제, 어디서, 누가 다음 희생자가 될지 모른다. 알 수 없는 적에 대한 공포로 영석이는 정신이 흐릿해질 지경이었다. 신부를 만난 것도 후회되었고, 심지어 재서와 명한이를 알게 된 것조차 후회되었다. "시간을 되돌려 놓을 수만 있다면, 작년 연경을 떠나기 이전으로 되돌릴 수만 있다면. 그리하여 죽음의 위협이 도사린 이 암울한 상황을 벗어날 수만 있다면" 하고 되뇔 뿐이었다.

영석이는 넋 놓은 듯 멍하니 있다가 이양걸이 말할 때에야 비로소 깨어났다.

"그런데 궁금한 게 있소. 그 서역에 나타났다던 야소가……, 그의 가르침이 어떻게 중국의 경전과 한자에 있을 수 있다는 게요?"

재서가 이 상황에서 그런 질문에 답하는 것이 힘에 부치는지 낮은 목소리로 대답했다.

"야소는 희백래(希伯来, 히브리) 민족으로 여덕아국(如德亞國, 유대국)에서 약 1,700년 전에 태어났소……. 그런데 야소가 태어나기 훨씬 이전부터 그의 탄생과 죽음 그리고 부활이 여덕아의 예언자와 현인들에 의해 예견되었다고 했소……. 그 민족은 원래 아각포(雅各布, 야곱)란 조상이 낳은 열두 형제가 기원인데……, 아주 오래전에 열 형제의 후손들은 이색렬국(以色列國, 이스라엘)으로, 나머지 두 형제의 후손들은 여덕아국으로 나뉘게 되었소. 그런데 이색렬국은 야소가 태어나기 721년 전에 아서리아(亞西利亞, 앗시리아)라는 왕국에 의해 망하고 그 열 형제의 후손들은 동방으로 흩어지게 되었소……. 희백래 민족의 일부는 야소 탄생 약 700년 전부터 중국에 정착하기 시작했고 그 시기는 중국의 경전이 작성되기 전이오. 이들은 미새아(弥賽亞, 메시아)라 불리는 구원자의 도래를 알고 있었고, 마서(摩西, 모세)라는 그들의 조상이 만든 다섯 가지 경전(모세오경)의 가르침을 따른다고 하오. 중국의 경전과 고전, 공자의 주석서, 역사, 철학, 종교 등 모든 방면에 걸쳐 이들 희백래인들의 규범이 상당한 영향을 미쳤다고 들었소."

　재서의 말은 느릿느릿 시작되었다가 차츰 평소의 어투를 되찾았다. 재서는 자기가 하는 말에 몰두하면서 두려움에서 벗어나고 있던 것이다.

　"그러니까 공자도 그 뭐냐, 희백래인의 영향을 받았다는 거요? 그 사실을 어떻게 믿소?"

　이양걸은 터무니없다는 듯이 고개를 옆으로 비스듬히 기울였다.

　낙안이한테 맞은 볼에는 손자국이 아직 남았고 부어오른 눈초리는 퍼렇게 멍이 든 채, 재서가 말하는 모습은 묘한 여운을 남겼다. 그렇게 얻어맞았고 또 둘러선 사람들에게 조롱과 미움을 받고 있어도 당자가 진적(眞的)하다고 믿는 바를 내뱉어야 한다는 당위가 서려 있는 듯했다. 옳다고 믿는 바를 거리낌 없이 말함으로써 그 태도가 점점 더 결연해지고, 그것이 그의 말에 힘을 더 실어주고 있었다. 재서의 그런 모습에서 낙안이도 분이 조금은 누그러뜨려지는 양이었다.

　"공자는 유대인들이 중국에 정착한 지 약 150년 후에 태어났소. 중국의 개봉(開封)에는 유대교회당(犹太敎会堂, 시나고그)이 있는데 열 가족 가량의 유대인이 살고 있다고 하오. 서양 신부에게 들은 바로는 희백래어(希伯来语, 히브리어)를 할 줄 아는 두 명의 법국 신부가 그 교회당을 각기 다른 시기에 방문했다고 했소. 그들 유대인들은 오륙백 년 동안 보존해 온 마서의 오경을 갖고 있었고 처음에는 일흔 가족에 모두 천 명가량 되었지만 그 수가 점점 줄었다고 하였소. 그들의 희백래어에는 파사(波斯, 페르시아)라 불리는 나라의 단어가 남아 있던 것으로 봐서 그들이 파사를 거쳐 중국에 왔던 것으로 보인다고 하였소. 그뿐 아니라 유대인 가운데 학자와 현인들은 공자를 존경한다고 했고 그들이 기도할 때 이색렬의 수도인 야로살랭(耶路撒冷, 예루

살렘)쪽으로 바라보며 한다고 하였소. 그 교회당 안에 비문이 셋 있는데, 유대인이 중국에 건너온 시기가 명기되어 있다고 하오. 비문에 따라 다르지만 가장 앞선 시기는 이색렬의 소라문(所罗门, 솔로몬)이라는 왕이 다스릴 때라고 했소. 그때는 야소가 태어나기 천 년가량 이전이오. 어떻든 야소가 탄생하기 육칠백 년 전부터는 유대인들이 중국에 있었던 듯하오. 따라서 유대의 현인과 학자들이 가진 사상이 중국의 선조들에게 전승되어 한자와 경전에 담겨졌다고 보는 것 같소."

재서가 언급한 히브리어를 아는 두 명의 법국 신부란 락보록(駱保祿, Jean-Paul Gozani, 1647-1732)과 맹정기약망(孟正氣若望, Jean Domenge, 1666-1735)을 가리킨다.

"호오? 도무지 이해할 수 없는 이야기만 늘어놓는구려. 서역에 관한 지명이라 어디인지 알지도 못하겠구만. 그 말이 맞다고 하더라도 난 믿기 어렵소. 아, 참, 그런데 박승안이가 필사한 이 책을 쓴 사람, 그러니까 그 뭐냐, 법국 신부란 사람은 대체 누구요? 그리고 그 책이 지금 어디에 있소? 승안이의 방은 아무리 뒤져도 없던데……."

이양걸은 수사에 다시 초점을 맞추는 양이었다.

"책의 원 저자는 마약슬(馬若瑟)이라는 사람으로 중국에 전교사로 활동하고 있소. 책이 어디에 있는지는 나도 모르오."

"아니, 필사한 지면은 있는데 원본이 없다는 게 말이 되오? 이 책은 너무 위험하오. 지금까지의 살인은 이 책 때문에 일어난 게 분명하오. 아직 그 켯속을 모르겠소만, 지금까지의 일은 이 사건의 뿌다구니에 지나지 않을지도 모르오. 어쩌면 망중한 인사가……."

명한이가 이양걸의 말을 낚아챘다.

"망중한 인사가 어떻게 닿아 있단 말이우?"

"최한길이가 어떤 글을 쓴 후 준소의 좌장인 김일경 대감에게 갖다 주려다 그리 되었을 게요. 범인이 최한길이의 편지를 갖고 있을지도 모르오. 소론을 등에 업은 임금이 즉위하자 노론은 임금의 건강 문제를 이유로 영인군의 세제책봉을 서두르고 있지 않소? 소론은 임금이 멀쩡하게 살아 있는 터에 건저(建儲)는 가당치 않고 노론이 건저를 감행한다면 대역죄로 치죄할지도 모르지 않겠소. 노소 대립으로 한바탕 광풍이 몰아치지 않을까 걱정이오. 이렇게 한 치 앞을 내다볼 수 없는 판국에 이런 일이 벌어졌소. 이번에 이 책을 둘러싼 살인사건은 노론, 소론 어느 쪽이든 상대방을 옭아매는 데 작히 좋은 구실거리가 될 수 있을 게요. 범인이 누구든 그는 이 책이 세상으로 나오는 것을 싫어하는 게요. 그게 서쾌를 죽인 이유라 생각하오. 두 번째는 그 책은 이단의 내용으로 가득 차 있으니 그 책을 옮기지도 말고 그 책을 전파하지도 말라. 최한길이의 살해에 담긴 뜻이 그런 거 아니겠소. 세 번째 박승안이에게는 사(邪) 자를 새겨 넣어 정(正)의 반대, 곧 바르지 않다는 것을 드러낸 것일게요. 범인은 아마도 '정학과 반대되는 그 책을 출간하지 말라. 그 책을 전하려고 하지도 말며 베끼지도 말라. 너희는《서경》에서 언급하는 다섯 가지 형벌을 받고 죽으리니!' 이런 의지를 밝힌 것이라 생각하오. 이 책의 내용을 알고 있는 사람이 여기 모인 사람들 말고 누가 또 더 있소? 그리고 어서 책을 내어 놓으시오. 아니면 책을 가진 자가 위험해질 수 있소."

"여기 우리 셋과 곡암 선생뿐이오. 책은 승안이가 서쾌에게서 돌려받았고 사흘만 필사하고 돌려준다고 하였소. 그런데 어제 그만 그런 일을 당했으니……. 나도 정말 모르오. 어디에 있는지."

"사흘 전에는 왜 책이 없다고 잡아떼었소? 곡암당에 갔을 때는 박승안이가 책을 받아왔다고 토설하지 않았단 말이오."

이양걸이 다그쳤다.

"미안하오. 그때는 책을 감추려고 했소만 지금은 정말 모르오."

낙안이가 어금니를 깨물었다.

"결국 네놈이구나. 네놈이 승안이를 죽였구나."

이양걸이 구레나룻을 만지며 생각하더니 옆에 앉은 김시겸을 보았다.

"밖에 포졸들은 몇이나 있나? 잠깐 나가세. 잠시 나갔다 올 테니 꼼짝 말고 여기서 기다리시오."

이양걸은 밖에서 김시겸에게 귓속말로 뭐라고 일렀다.

"네, 급히 달려오겠습니다!"

김시겸이 떠났다.

영석이는 승안이가 어젯밤 책을 전해 주고 간 사실을 토설하기가 두려웠다. 일변으로는 당자가 말하지 않는 한 아무도 그 사실을 모를 것이라는 판단이 들었다. 일변으로는 '만약 승안이를 살해한 범인이 내가 책을 갖고 있는 것을 알고 있다면' 하는 우려도 있었으나 '만약 범인이 모르고 있다면 내가 책을 가졌다고 공개하는 것은 죽음을 자초하는 짓'이라는 생각도 들었다. 영석이는 책의 소재를 알려야 할지 갈팡질팡했다.

책을 갖고 있는 사람은 죽는다. 왼손잡이 범인이 날카로운 칼날로 남근을 도려내고 가슴을 찌르는 환영이 영석이의 머릿속을 맴돌았다. 온몸이 얼어붙어 버린 듯 옴짝달싹할 수조차 없었다.

"그 마약슬이라는 신부에 대해 얘기해 보시오. 고부사(告訃使)로 연경 가서 만났다고 했었소? 그와 만난 얘기, 그가 한 말을 다 말해 보시오……. 이쪽은 황 역관이고 그리고 댁은 자제군관으로 갔다고 하셨소? 누구의 자제군관이었소?"

이양걸은 재서와 영석이를 번갈아 돌아보았다. 재서는 묵묵부답이었고 영석이가 말했다.

"청나라에서……. 험, 학식이 뛰어난 선비 서너 명을 자제군관의 형식으로 데려와도 좋다고 허락했고……. 험험, 재서 형님은 그중의 한 분으로 가게 된 거요."

재서가 영석이에게 도움을 요청하는 눈길을 주었을 때, 영석이는 겨우 정신을 차렸고 마른기침으로 떨리는 목소리를 진정시킬 수 있었다. 그 질문에는 영석이가 답하지 않을 수 없었다. 거기에는 복잡한 사정이 있는데, 자세한 내용은 때가 되면 밝혀질 것이다.

이 순간부터 영석이와 재서는 번갈아가며 신부를 만난 얘기를 이어나갔다. 중간중간 이양걸이 말을 자르고 더 자세한 설명을 요구하기도 했지만, 그가 궁금해하던 모든 의문은 해소될 만큼 언급되었다. 영석이 역시 연경에서 신부를 만난 이야기에 몰두함으로써, 좀 전에 재서가 그랬던 것처럼 공포에서 벗어날 수 있었다.

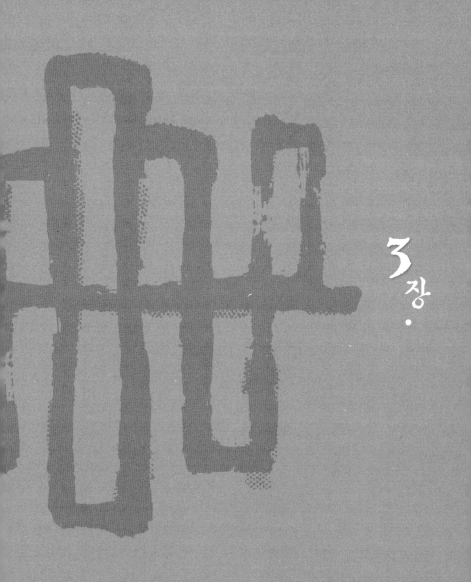

3
장.

1

한양을 떠나 의주까지 천 리 길은 이십여 일이 걸렸고, 의주에서 요동벌을 지나 심양을 거쳐 북경까지 이천 리길은 달포가 소요되었다. 한양에서 연경까지 가는 데 구경(究竟) 두 달 넘게 걸렸던 셈이다. 재서와 영석이가 심양에 도착한 것은 한양을 떠난 지 달포가 지난 팔월 중순의 오후였다. 신시가 조금 지나 심양관에 도착했고, 재서와 영석이는 여장을 푼 후 심양의 거리를 구경하고자 밖으로 나갔다.

"이보게, 영석이, 이 묘한 냄새가 바로 고수풀이라는 향초서 나는 게지? 국경을 넘고부터 여염집이 있는 거리 곳곳에는 이 냄새가 진동을 하더군."

"잘 맞혔수. 여기서는 샹차이(香菜)라고 하는데 청국 사람들이 음식에 고명으로 많이 넣는다우."

"이 소리는 무엇인가? 소고 치는 소리가 들리는군."

재서가 걸음을 멈추었다.

"면화 타는 소리우. 책문의 한 농가에서 씨아질과 물레질하는 계집을 보셨잖우? 베를 짤 때 날실에 풀을 먹이지 않고 도투마리에 그대로 감고 쇠꼬치가 없어도 씨실의 꾸리를 넣는 북만 던져 바디질이 저절로 되는 것이우."

영석이는 이번이 두 번째 연행길이라 청나라의 문물은 친숙한 편이지만, 재서는 초행인데도 불구하고 중국에 대해 상당한 지식을 갖고 있었고 중국어도 어느 정도 알고 있었다.

"아, 그렇구만. 그 왜 있잖은가? 봉황성에서 푸른 창을 낸 붉은 여염집 사람들이 집집이 나와 우리를 구경할 때 말일세. 듣기는 했지만 막상 보니 의복이 괴이하여 초견에 놀랍더군. 머리는 앞을 깎아 뒤만 땋아 늘어뜨렸고, 홍당사로 댕기하고 검은 저고리는 깃도 옷고름도 없고 단추만 달았더구만."

"그게 변발이우. 그런데 청녀와 당녀는 이제 구분하시겠수?"

"청녀는 발이 남자 발과 같이 크고 당녀는 발이 작아 두 치 남짓 되지 않는가?"

"그 용하시오. 난 청국 땅에 들어와 한참이나 지난 후에야 알았는데 금방 아시니 말이우."

거리의 한 푸자(庖廚, 음식점)에 들어서니 주인이 떠들썩한 목소리로 그들을 맞았다. 약간의 고기 안주와 술을 주문하였고 그들은 낮술을 마시기 시작했다.

"그런데 궁금한 게 있수. 정사 대감께서 어떻게 형님에게만 심양의 거리를 구경하고 오라고 허락하셨우? 원래 사행단에서 따로 흩어져 밖에 나다니게 하지 않는 법인데 말이우."

"허허. 글쎄……. 때가 되면 알게 되겠지. 술이나 마시세."

중국에서 흔한 술인 바이주(白酒)는 조선의 소주와 달리 도수가 높았고 달포 넘은 여독 탓으로 둘은 쉽게 취했다. 하긴 요동 지역의 구련성부터 백탑평까지 이어지는 길은 들판에 군막을 치고 삿자리로 둘러막은 곳에서 유숙하는 노정이었으니 그럴 만도 했다. 군막이라 하여도 무명 한 겹뿐이었고, 사면에서 외풍이 불어 늦여름이라도 밤에는 한기가 들 정도였다.

"티엔 요우 신, 지 뿌 추오. 션 시 션, 오 시 오. 티엔 요우 코우, 뿌 슈오 화······."

바깥에서 노래 소리가 들려 내다보니 푸자 밖에서 사양머리(머리털을 좌우 귀밑에서 두 갈래로 갈라서 땋은 머리)에 꽃가지를 꽂은 십여 세 여아 대여섯이 함박웃음을 지으며 노래를 부르고 있었다.

"이 노래는 무슨 뜻인가?"

"하늘을 숭배하는 노래인데 중국에서는 흔히 들을 수 있지요. 뜻은 이렇수.

하늘은 지각이 있어 모든 것을 기억하네(天有心 記不錯)

선한 사람은 선하고 악한 이는 악하다네(善是善 惡是惡)

하늘은 입이 있으나 우리처럼 말하지 않네(天有口 不設話)

그는 기뻐도 웃지 않고 노여워도 저주하지 않으시네(喜不笑 怒不罵)

하늘은 눈이 있어 모든 사람을 훤히 보고 계시네(天有眼 忍得人)

그에게 거짓은 거짓이고 진실은 진실이네(假是假 眞是眞)

하늘은 귀가 있어 분명히 들으시네(天有耳 聽得見)

원하는 바를 말하면 누구도 업신여기지 않으시네(任你言 他不壓)

아마 이 노래를 모르는 중국 사람은 남녀노소 간에 아무도 없을 것이외다."

재서는 귀 기울여 노래를 끝까지 들었다.

"거 참. 일반 백성이 하늘이 숫제 인격을 가진 조물주라도 되는 양 흠숭하는구만."

영석이는 그 노래를 여러 번 들었지만 재서와 같이 생각했던 적은 없었기에 대수롭지 않게 대답했다.

"권성징악을 가르치는 노래 아니겠수?"

"이 노래는 중국 사람들에게 예전부터 전해 내려오는 것이란 말이지? 그러니까 소현세자께서 심양에 볼모로 계실 때에도 이 노래를 들으실 수 있었겠구만?"

"아마 들으셨겠지요."

"아까 건너왔던 혼하(混河)로 다시 가세. 남은 술을 가져가서 강을 완상하며 마시세."

혼하는 아리강이라고도 불리는데 심양의 동남쪽을 휘감아 흐르는 강이다. 시원한 바람이 불어오는 강변에 앉자 재서가 강을 바라보았다.

"소현세자 일행이 강변을 갈아 야판을 설치하고 채소와 과일을 심기도 하고 목축도 하셨다고 하네. 또 겨울이면 여름 더위에 대비해 아리강의 얼음을 떠다가 저장하기도 하셨고…… 세자께서 답답할 때면 이 야판에 나와 바람을 쐬기도 하셨다지?"

"모두 오백 명 가량이 심양관으로 오셨다고 들었수."

"세자 일행은 백팔십이 명에 말이 예순 필이 넘었네. 호송하는 관리 둘에다가 종인은 삼백오십 명 가량에 말도 삼백 필이 넘었다고 들었네. 세자께서 청 태종의 권유로 며칠에서 길게는 이십여 일이나 걸리는 사냥에도 참가하셨는데 사냥에서 돌아오면 질병에 시달리셨다고 하더군."

"그건 왜 그랬수?"

"조선에서는 마부가 말을 끌고 가게 하니 세자께서 기마에 익숙하지 못하신 탓이지."

"소현세자의 심양관 생활에 대해 어찌 그리 잘 아시우?"

영석이는 아무렇지 않게 던지며 재서를 보았다. 놀랍게도 재서가 눈물을 뚝뚝 떨어뜨리고 있었다. 그 울음은 마음 깊숙한 곳에서부터 터져 나오는, 주체할 수 없는 슬픔을 담은 것으로 보였다. 재서가 이렇게 우는 것을 본 적이 없었기에 영석이는 적지 않게 당황했고 무슨 말을 어떻게 해야 할지 몰랐다.

"형님! 무슨 일이우? 왜 이렇게……."

"아닐세……. 아무것도 아닐세. 그냥 인생이 무상해서 그러네……."

재서의 눈물이 어떤 질문도 허락하지 않을 듯이 보였기에 영석이는 더 이상 채쳐 물을 수 없었다.

재서는 갖고 온 술을 병 채로 입에 대고 벌컥 마시더니 울고, 또 울더니 마시기를 반복했다. 저녁노을이 지평선에 낮게 깔린 두터운 구름을 품어 안은 채 아리강을 붉게 물들였다. 재서의 얼굴도 노을빛에 젖었다. 재서의 허전하고 쓸쓸한 표정은 이룰 수 없는 꿈을 꾸다가 좌절한 사람의 아픔과 슬픔, 비애와 연민을 담은 듯했다. 혼하의 강변에 땅거미가 지고 나서야 둘은 돌아왔다.

그날 밤, 재서는 심양관 내부를 걸어 다니면서 석조 기둥과 벽을 몇 번이고 손으로 만졌고, 관사의 마당과 정문을 한참동안 바라보기도 했다. 영석이는 숙소의 창문을 통해 재서가 숨죽여 우는 모습을 두어 번 보았다. 어깨가 들썩이는 재서의 뒷모습을 희미한 장명등 불빛이 비춰주었다.

영석이가 자려고 누웠다가 재서의 행장 안에서 빨간 색간봉투를 보게 되었다. 길이가 한 자, 너비가 두 치 정도 되는 봉투였는데, 봉투를 묶는 띠가 풀려 있었다. 영석이는 직감적으로 숙진이가 보낸 편지라고 여겼고, 머리에서 읽을지 말지 결정을 내리기도 전에 그의 손이 먼저 봉투를 풀어헤쳤다.

2

편발(編髮) 처녀가 연행 간 낭군에게 우서(羽書)를 보낸다면
조명날 일이겠지요? 그렇지만 개의치 않기로 했답니다. 일에
응해서 사물에 접하고 정을 쏟아 부어야 뜻이 통하는데 오직
편지만이 그렇다고 《소학》 가언편에서 말했지요. 며칠 밤을
궁싯거리며 고민하다가 오늘 작정했어요. 마음속에 담아둔 말을
토로하지 않고 삭히느니, 차라리 남들의 비웃음 받는 편을
택하기루요. 상직어멈이 편지를 쓰라고 용기를 주었지요.
상직어멈 얘기가 나왔으니 말이지, 어멈이 저에게 누차 이렇게
말했어요.
"아씨, 내 오래 종살이하며 터득한 게 있소. 사람 속을 가늠하는
제일 좋은 수는 종들을 대하는 태도를 보는 거요. 나리 마님의
문하생들 중에 이재서 그 양반이 제일 후덕하우. 아, 행랑아범의
늦둥이 아들 돌이한테 곰살궂게 대하는 거 보시우. 그놈 글공부
잘한다고 칭찬한 게 벌써 몇 번이우. 그것만 봐도 알지."
　상직어멈이 어떻게 우리 집에 오게 되었는지 말하지 않았지요.
아버님이 강릉 외가에를 다니러 오셨다가 죽마고우인 강릉 부윤의
초대를 받아 객사에 가셨을 때였어요. 초로의 어멈이 그때
객사 관노로 있었는데, 눈발이 휘날리던 엄동설한에 버선짝도

없이 맨발로 소반을 들고 왔었답디다. 아버님이 부윤에게 부탁해 어멈을 노비문서에서 **빼냈고**, 어머니의 동자치로 오게 된 것이지요. 무명 한 동을 끊어 주고 말이에요. 벌써 십 년도 더 지난 일이에요. 어머니가 돌아가신 후, 저는 상직어멈을 많이 의지했답니다.

종을 대하는 태도에 인품이 배어있다는 상직어멈의 말이 맞을지도 모르겠네요. 종의 손자인 개구쟁이 아이들에게 수염을 끄당겼어도 호통은커녕 "아야, 아야" 하기만 했다는 황희 정승의 이야기 알고 계시지요. 또 다른 이야기도 있어요. 친손녀가 아기를 낳았는데 젖이 부족해 마침 비슷한 시기에 출산한 종의 손녀를 친손녀의 아기 젖어미하게 보내 달라고 했답니다. 내 증손자 살리자고 남의 증손자 죽일 수는 없다며 그 요청을 거부했다지요. 결국 자신의 증손자는 몇 달 못 가 죽었다는데 바로 이황 이야기입니다.

땅거미 진 저물녘처럼 어스름이 갑자기 몰려옵니다. 비꽃 듣는 소리가 두둑두둑 나더니 소나기가 쏟아지네요. 이렇게 비 오는 날이면 돌아가신 당신의 부친을 떠올리게 된답니다. 돌아가시기 한두 삭 전이라고 하셨던가요? 인천의 바닷가에서 수평선 너머 지는 해를 바라보시며 어린 당신의 손을 꼭 잡으셨다고요. 그리고 부친이 돌아가신 후, 까치놀 번득이는 바다는 이별과 아픔임을 배웠다는 당신의 그 말에 가슴이 저려 옵니다. 부친께서 시와 술과 여색에만 탐닉했었다고 하셨지요. 당신은 그런 삶이 싫었지만, 어떤 사실을 알게 된 이후부터 부친이 한없이 가엽게 느껴졌다고 하셨고요. 그럼에도 불구하고 당신은 부친이 사셨던 방식과 다르게 살아갈

방도가 없다고도 하셨었지요. 그렇게 말하며 고개 숙일 때 당신의
그 눈빛이 어찌나 애잔하던지요.

당신의 이야기를 들으며 저의 어머니를 떠올렸답니다. 어머니
얘기를 하지 않았던 것은 드러내고 싶지 않은 내막이 있었기
때문입니다. 어머니가 병약해서 아들을 못 낳는 것이라고 여기신
할머니가 강제로 강릉 외가로 쫓아내셨었지요. "제 한 몸도
주체궂어 하는 형편에 어찌 손자를 보겠는고" 하시면서요.
아버님이 그 사실을 아시고 다시 부르셨지만, 어머니는 돌아오지
않으셨지요. "칠거지악이니 감심해야 할밖에" 하고 말씀하셨던
할머니가 미웠어요. 어머니가 돌아가시기 전에 제가 강릉에서
한 삭가량 같이 지냈는데, 외가가 바닷가 근처라 저녁이면
어머니와 바닷가를 산책했었어요.
그때가 가장 행복했답니다. 여자라도 문식은 섭부해야 한다는
외조부님의 영향으로 어머니는 어려서부터 허난설헌을
좋아하셨고 시도 잘 지으셨답니다.

밤바다는 담요같이 잔잔하건만
속으로 눈물만 가득 품었구나
어깨 겯고 밀려온 파도가 큰 소리로 울부짖네
나도 그랬지
해안가 바위 옆
남모르는 틈새에서

어머니의 시랍니다. 갯바위 틈에서 어머니가 밤이 늦도록 우시곤
했다고 강릉에 계시는 외삼촌이 그러시더군요. 그 아픈 심정이

고스란히 전해졌어요. 겉으로 내색하지 않으셔야 했던 슬픔이니
더 슬픈 건지도 모르지요. 제가 서울로 돌아갈 때, 어머니는 손수
만드신 두루마기 한 벌을 장롱에서 꺼내 아버님께 드리라고
주셨어요. 맨드리를 보니 공이 많이 든 옷이었지요. 서촌의 집에
당도하니 어머니의 부고가 선통되었더군요. 아버님은 백설같이
흰 두루마기를 쓰다듬으시며 많이 우셨답니다. 어머니 얘기를
꺼내니 슬퍼지는군요. 하지만 당신을 좋아하고부터 잃어버린 줄
알았던 기쁨을 되찾았어요. 기쁨이 머물지 않고 멀리 달아나
버릴 것 같은 불안도 있답니다. 그렇지만 불안한 기쁨이라도
끌어안으렵니다.
저도 어쩔 수 없으니까요.

비가 즞줏해졌네요. 부용(芙蓉) 꽃망울엔 물구슬이 맺혔고,
꽃망울 몇 개는 땅에 떨어졌어요. 바람이 불면 물구슬도
떨어지겠지요. 물구슬이 땅에 떨어진대도 소멸하지는 않을
거예요. 그 물방울이 갈개를 흐르다가 도랑을 이루고 강과
어우러져 마침내 바다에 닿을 테니까요. 하늘에서 내리는 비가
산과 바다를 이어 주다니 참 오묘하기만 합니다. 그래서 겸재
선생님의 그림에서 오히려 바다가 느껴졌던 것일까요?
허리안개를 두른 인왕산 그림에서 저는 바다가 보였답니다.
　어머니의 시처럼 바다는 어쩌면 눈물이 모인 것일까요?
그래서 뭍으로 하얀 눈물을 쏟아내는 것인지도 모르지요.
포구에서는 물보라를 뿌리며 부서지는 파도의 거품을
메밀꽃이라고 부른다고 그러셨지요?
당신을 알지 말았으면, 알더라도 연모하지 않았으면 하는

생각도 했었답니다.

왜냐고요?

노을 진 바다 얘기를 할 때 왠지 그런 느낌이 들었어요. 상직어멈
말대로 당신이 좋은 분이라는 걸 알아요. 하지만 그 눈빛에는
가을 같은 짙은 우수가 배어 있지요. 그렇게 느껴졌어요.

당신의 그 우수는 피기를 갈망하지 않고 스스로 맺혀 버린 꽃망울
같아 보였어요. 저 부용꽃망울처럼 말이에요.

왠지 그렇게 느껴졌답니다.

이상하지요?

그 눈빛에 빠져 버릴까 아니면 달아나 버릴까 고민했답니다.

처음에는 도망치려 했지요.

불에 덴 것 같았으니까요.

하지만 달아날 수 없었지요.

그게 운명이란 건지도 모르겠네요.

　영석이가 여기까지 읽었을 때, 재서의 기척이 들렸다. 영석이는 서
둘러 서간지를 접어 봉투에 넣고 모른 체하고 자리에 누웠다. 그러나
영석이는 잠을 잘 수가 없었다. 아, 그랬었구나. 짐작은 하고 있었지
만 그게 사실이었구나. 재서의 눈물은 뺨을 타고 흘렀었지만 영석이
의 눈물은 가슴속으로 흘러내렸다.

　그다음 날 산해관으로 가는 길에 있는 다음 숙박지인 변성을 향해
길을 나섰다. 숙종의 부고를 알리기 위한 고부사였기 때문에 사신단
의 규모는 동지사나 사은사에 비해 적었다. 노론의 지도자인 이이명
이 정사였고 부사는 이조, 서장관은 박성로 그리고 군관이 네 명이었
다. 군관이란 자제군관을 뜻하는데, 주로 정사나 부사의 자제나 조

카들이다. 이들은 연경의 문물을 구경하고 식견을 넓힐 의도로 간 것인데, 사신단의 다른 관료들에 비해 임무나 시간에 있어서 자유로웠다. 군관 넷 가운데 셋은 정사나 부사의 아들—정사 이이명의 아들 이기지가 여기에 속한다—이나 조카인데 비해 유독 재서만이 예외였던 점을 영석이는 의아하게 여기고 있던 터였다. 재서의 부친은 거의 자살에 가깝게 죽었다. 그런 재서가 어떻게 자제군관으로 연행길에 오르게 되었는지 떠나기 전부터 물어 보았으나, 재서는 가볍게 웃기만 할 뿐이었다.

"아침부터 아무 말도 않고 뭘 그리 곰곰이 생각하는 겐가? 저기 저, 바위 한번 보게. 기가 막히는군."

어색한 군복 차림의 재서가 말 위에서 영석이를 돌아보는데, 어제의 슬픔이 사라지고 다시 활기를 되찾은 듯하였다. 의주를 넘어 청나라 땅으로 접어들고부터 재서가 묻기도 전에 영석이가 이런저런 풍물을 자세하게 설명해 주곤 했다. 그러나 어젯밤 숙진이의 편지를 읽고 난 후, 영석이는 재서에게 암상스럽게 대했다. 재서에게 질투를 느끼기 시작했고, 한편으로는 재서가 미워지기까지 했다. 숙진이를 연모하는 마음이 속으로 가득한데도 한 번도 드러내 놓고 표현하지 못했던 자신을 원망하며 얼마나 많은 밤을 끙끙 앓았던가. 재서가 어제 그렇게 울었던 것은 숙진이의 편지 탓이겠거니 하고 생각하니 진심으로 그가 부러워졌다.

영석이는 심사가 뒤틀려 곤란한 질문으로 재서를 곤경에 빠뜨릴 생각까지 들었다.

"천산(天山)이우. 기봉, 괴석, 범송(凡松), 배꽃으로 유명한 산이우. ……. 그런데 자제군관 자격은 어떻게 얻게 된 것이우?"

"……. 허, 이 사람, 그건 또 왜 묻는 겐가?"

"저⋯⋯. 혹시⋯⋯. 혹시 말입니다. 형님 댁에 가끔 드나들던 그 귀인 풍모를 지닌 양반이 이번 일에 관련된 건 아니우?"

재서의 표정이 굳어졌다가 이내 명랑하게 바뀌었다.

"글쎄, 음, 때가 되면 알게 될 걸세. 자네한테 내가 뭘 숨기겠나. 더구나 연행까지 같이 가는 마당이니⋯⋯."

재서가 밝은 표정으로 받아 넘기자 영석이는 실망스러웠다. 재서의 집에 가끔 드나들던 그 양반에 관해 물어도 재서가 함구해 오던 터였다. 연배가 재서보다 낮아보였고 황토색 비단도포를 입고 마미립을 쓴 그 사내는 누가 보아도 지체 높은 양반 행색이었다. 두 번째 봤을 때 그 사내는 미복(微服) 차림으로 책보자기를 들고 있었다. 하지만 미복조차도 그 풍모를 가려줄 수 없었다. 그 젊은 양반에 대해 재서에게 물었을 때, 처음에는 그냥 집을 잘못 찾아온 사람이라고 말했고, 그다음에는 책을 빌리러 온 지인이라며 더는 말하지 않았다. 연행 길을 떠나기 전부터 재서가 자제군관으로 발탁된 것이 혹시 그 양반과 관련된 것이 아닐까 하는 생각이 들긴 했지만, 재서가 난처해 할까 봐 말을 꺼내지 못했던 것이다.

영석이는 생각했다. 곤란한 질문으로 재서를 곤경에 빠뜨리겠다는 의도는 영석이 당자의 사고와 정신이 조야함을 드러내는 것일지도 모른다. 그런 점에서 자신이 특수한 재서에게 미치지 못한다고 느꼈고 숙진이가 왜, 언제부터 재서를 좋아하게 되었을까 생각을 들추어냈다. 명한이, 낙안이 그리고 영석이를 포함해 모두 숙진이를 연모하고 있었는데도 숙진이는 유독 재서를 택했던 것이다. 그 겨울에 있었던 난로회(煖爐會)의 기억이 홀제 되살아난 것은 천산을 막 지날 무렵이었다.

3

눈 내린 달밤에 난로회를 가졌던 때는 동문들이 막 정이 도타워지던 병신년(1716년) 11월 보름이었다. 한겨울인데도 윤삼월이 낀 해라 아직은 덜 춥게 느껴졌다. 동접들은 곡암당에서 《주역》 공부를 마치고, 청풍계 아래 터 넓은 바위 옆에 멍석을 깔고 모여 앉았다. 잔설을 가볍게 얹은 푸른 소나무 아래는 난로회에 맞춤하였고, 맑은 하늘엔 보름달이 떠 있었다. 그런데 이상한 광경이었다. 달을 한가운데 품은 거대한 빛의 고리가 마치 사람의 눈동자처럼 보였다. 보름달의 달무리가 목성(木星)의 테두리를 둘렀던 것이다.¯

그들은 화로에 숯불을 피워 번철에 쇠고기와 돝고기를 구웠다. 큰 접시에는 강정과 경단, 각종 나물이 담겼고, 개다리소반 위에는 유기로 만든 탕기와 국자가 있었다. 소주는 독하기는커녕 달착지근하기까지 했고 어한하기에도 좋았다. 대낮 같은 달빛이 웃음으로 가득한 그들의 얼굴을 비추었다. 젊은 시절에만 만끽할 수 있는 작히 좋은 밤이었는데, 재서가 주흥을 깨뜨리지 않을 때까지는 그랬다.

술잔이 몇 순배 돌자, 재서가 곡암 선생에게 말했다.

"외람된 말씀이지만 감히 여쭙고자 합니다. 이제 속현하시고 후사도 보셔야 하지 않은지요?"

명한이가 선생과 숙진이를 번갈아 보며 손사래를 쳤다.

"이 사람아. 왜 그 이야기를 꺼내는가?"

숙진이가 고개를 숙이는 모습을 지켜본 영석이가 거들었다.

"스승님, 다른 양가집 규수와 달리 숙진 아씨가 이렇게 우리와도 잘 어울리고 학문도 섭부한 것은 어떤 연유인지요?"

좌중을 둘러보는 선생의 표정은 자애로웠다. 유건에 갈색 쾌자를 누비저고리 위에 걸쳤고 소주를 몇 잔 마셨지만 형형한 눈빛은 전혀 흐트러짐이 없었다.

"사람들은 일변 관습이 지켜지기를 바라지만, 일변 타파되기를 원하기도 하네. 사람에게는 이 둘이 섞여 있지. 관습은 때로 옭아매기도 하지만 관습에 머물러 있을 때는 답답은커니와 편안하기도 하거든. 그렇지만 나의 여식에 국한하자면 저 아이를 고루한 관습으로 옭아매는 것이 싫네. 숙진이 어미가 죽은 후 외롭게 자랐지. 그런 아이에게 관습을 좇아 규방에만 머물러 있게 한다면 너무 가혹하지 않겠는가? 게다가 숙진이만큼 자유로운 영혼이야 더 말해 무엇하겠는가? 자네들과 교유하면서 시도 쓰고 학문도 토론하는 것을 말릴 이유가 없네. 숙진이가 그렇게 하기를 내가 바라던 바이기도 하니 말일세. 그리고 나는 종손도 장손도 아닐세. 내게 후사는 숙진이만으로 족하다고 여기네. 여식이면 어떤가? 친손이나 외손이나 내겐 다 같은 후사일세. 숙진만 행복하다면 나는 그것으로 충분하다네. ……그런데 재서, 자네는 어디서 익혔는가? 《역(易)》을 빨리 배우더군. 그래, 어느 구절이 좋던가?"

"스승님의 가르침 덕분입니다. 《주역》 계사하전에서 〈역은 하늘, 인간, 그리고 땅의 도와 관계를 갖고 있으며, 이들 세 힘을 결합시켜 숫자 육이 되도록 한다고 하였습니다. 육은 다름 아닌 세 힘의 근거이며 따라서 삼재의 도라 한다〉²는 대목이 관심을 끌었습니다. 〈삼 곱하기 이는 육이며, 이 곱하기 삼도 육이기 때문이겠지요.〉² 〈숫자 육은 하늘과 땅이 함께 하나가 되는 것〉⁴이라 했고, 《설문》에서 숫자 육은 역의 숫자이며 음이 변하여 육이 된다고도 했지요. 이 말들을 모두 모으면 하늘, 땅, 그리고 사람이 모두 연합된다 함일 테지요……."

"그렇지. 삼재의 도란 삼천 양지를 뜻하네. 괘를 이루는 여섯 개의 효를 각각 두 개씩 세 부 부분으로 나누면 맨 아래서부터 하극, 중극, 상극이 되는데 이들은 각각 땅, 인간, 그리고 하늘을 의미하지. 여섯 개의 효는 각각 세 개씩 두 부분으로도 나누어지는데, 아래에 있는 세 효는 내괘, 위의 세 효는 외괘라 불리지. 내괘를 이루는 세 효에서도 첫 번째는 땅, 두 번째는 인간, 그리고 세 번째는 하늘이고, 이는 외괘를 이루는 세 효도 마찬가지일세. 내괘와 외괘에서 세 개의 효로 이뤄진 괘가 두 개 있으니 삼 곱하기 이니 육이 되며 양지(兩地)라 부르고, 세 개의 극은 이 곱하기 삼이니 육이 되어 삼천(參天)이라 하는 게지. 두 번째 효는 내괘로서는 인간이고 하극 안에서는 땅이며, 다섯째 효는 외괘로서는 인간이지만 상극 안에서는 하늘이지. 이 같은 방법으로 지여인합, 인여천합, 천여인합, 곧 하늘과 땅과 사람이 모두 연합되었음을 알 수 있다네."

선생이 설명하는 동안 술만 계속 들이키던 재서가 뜬금없이 내뱉었다.

o‑o‑o‑o‑c‑o

二.　易之爲書也. 廣大悉備. 有天道焉. 有人道焉. 有地道焉. 兼三才而兩之. 故六.
　　　　六者非他也. 三才之道也.
　　　　三.　參其則爲六 其參亦爲六.《역혹》(易或).
　　　　四.　如此則六與地合一.《상상》(像象).

"허나 그런들 무엇하겠습니까?"

"무엇하다니?"

"아, 아닙니다. 천지인이 연합되려면 누군가 하늘에서 내려오거나 아니면 누가 땅에서 하늘로 올라가야 하는 게 아닌가 합니다."

재서가 말문을 닫자 선생은 빙긋이 웃었다.

"《주역》은 천지만물이 변화하고 운행하는 이치를 논한 것이네. 누가 하늘로 올라가고 혹은 땅으로 내려오고 하는 문제가 아닐세. 사람은 실로 놀라운 존재지만 누구나 자신의 내면 깊이 들어가면 오물이 뒤엉겨 있는 것을 발견하게 된다네. 천지인이 연합되었기 때문 아니겠는가. 하늘에 순명하며 살지 못하는 사람, 그것이 인간이 타고난 운명일세……. 자네, 특수한 성정이더만 요즘 부쩍 음울한 기색이던데 무슨 말 못할 사정이 있는 겐가?"

"죄송합니다, 스승님. ……넌더리나도록 싫어서 그렇습니다."

"뭐가 그렇다는 말인가?"

술로 얼굴이 붉게 달아오른 재서가 한숨을 내어 쉬었다.

"사는 것도…… 운명도…… 심지어 저 달조차도…… 모든 게 다 그렇습니다."

명한이가 재서의 말을 낚아챘다.

"이 사람아, 달은 또 왜?"

재서가 보름달을 보며 넋두리하듯 말했다.

"너무 밝아서. 보름달이……. 저것 보게. 오늘은 꼭 사람 눈동자같이 속내까지 살펴보겠다고 을러대는 양……. 저 달이 말일세. 하긴 하늘과 땅과 사람이 연합되었으니 사람의 눈이 저렇게 하늘에 달려 있다고 해도 놀랄 것도 없지. 그런데 말일세. 하늘이 따갑게 눈총을 주며 사람을 달구치는 것 같아 싫다네."

순식간에 좌중이 어성버성해졌다. 영석이는 그 순간 재서를 유심히 주목하는 숙진이의 눈빛을 놓치지 않았다.

"자네, 데설궂게 그게 무슨 말인가."

명한이가 재서에게 핀잔을 주고는 곧 화제를 바꾸려는 양 선생에게 말했다.

"스승님, 관직에 잠깐 몸 담으셨다고 들었습니다."

"명한이 자네, 내 속을 눈치챘나 보군. 《주역》 얘기는 이제 그만하라는 말이구먼. 허허, 알았네."

선생이 말하자 모두 웃었고, 분위기는 다시 유쾌해졌다. 술이 한 순배 돌았다.

"지난 내 관직 얘기는 앞으로 꺼내지 않기로 하세……. 한때 부와 명예를 추구했던 적도 있었지. 허나 다 부질없다는 걸 깨달았네. 자네들에게 한마디하겠네. 인생은 물과 같이 빠르고 느린 흐름이 갈마드는 걸세. 부와 명예를 붙좇는 것은 일견 빠른 흐름 같지만, 실상은 느린 흐름이란 걸 뒤늦게야 깨닫게 되지. 결국엔 세속의 티끌에 불과하다는 것을 말일세."

"왜 그런지요? 스승님."

"명한이, 한번 생각해 보게. 부와 명예는 누구의 아람치인가 하는 소속의 문제가 있지 않은가? 누구에게 속한 부냐 명예냐, 곧 그 주인이 있다는 말이지. 주인이 더 많이 갖고자 욕망하기도 하고, 거꾸로 욕망이 주인을 더 부추기기도 하지. 욕심이란 한마디로 끝을 모르는 법일세. 넘치는 부와 명예는 오히려 올무가 되기 쉽네. 적게 갖는 자는 그만큼 남에게 적게 소유 당한다네. 재물은 일단 내 집 담장만 넘어가면 쉽게 죄를 짓고 명예가 제 스스로 자라고자 할 때는 이악스럽기 그지없지. 적당한 가난과 공명심 없는 소박함이 진정한 품격을 위해서는 더 유익할 수 있음이야……."

"일각에서는 스승님을 노론이라 하고 일각에서는 소론으로 여기기도 한다고 들었습니다. 그런데 사람을 통 만나지 않으시더군요. 교유하시는 벗도 겸재 선생님을 제외하고는 없지 않으신지요?"

"황 역관, 노론, 소론이 다 무엇인가? 관직을 떠난 후 파벌을 짓는 일도 관심 없네. 자네들을 가르치는 즐거움만 못하단 말일세. 자네들 모두 동기간에 정이 도탑다는 것도 알고 있으이. 원백에 대해서라면 이렇게 말하겠네. 벗이라면 벗의 침묵에 익숙해야 하고 추측에는 능해야 하는 법일세. 내게 그런 벗이야 원백 하나면 족하지 더해 무엇하겠는가? 원백이 자주 그리는 저 나무와 바위를 보게나. 품위 있게 침묵하는 법을 알고 있지 않은가. 저 큰 가지를 뻗고 있는 소나무와 같아져야 한다네……. 너무 늦게까지 마시지 말고 적당히 들게나. 그리고 올 때는 자네들 중 누구 하나는 숙진이를 집까지 배웅해 주어야 하네."

선생은 미소 띠며 일어났다. 그 웃음에는 숙진이는 물론 동연들에 대한 선생의 애정과 신뢰가 담겨 있었다. 영석이는 단정하게 걸어가는 선생의 뒷모습에서 먹 냄새가 밴 방에서 결가부좌를 한 채 경전을 읽는 모습이 떠올랐다.

선생이 떠난 후 잠시 조용했지만, 그 침묵조차 유쾌한 것이었다. 재서도 이내 활기를 되찾은 듯이 보였다.

"명한이 형님! 을유년에 서자와 얼자도 문무과 응시가 허용되지 않았던가요. 그 후로 시행은 제대로 되고 있는가요?"

승안이가 명한이의 잔에 술을 부으며 물었다.

"제대로 시행되지 않고 있어. 국초부터 서얼금고법에 따라 서얼들이 과거 응시와 관직임용에 제한을 받고 있는 건 변함없네. 을유년에 허통이 될 듯했지만 여전히 서얼들을 옭아매고 놓아주지 않는구면……. 나는 스승님의 말씀과 달리 부와 명예를 추구하는 것이 인생의 빠른 흐름이라고 여기네. 더 많이 갖되 베풀면 되지 않겠는가?"

"어떻게, 어떻게 베푼단 말인가?"

취한 듯 재서의 말이 끊어졌다.

"거기까지는 생각해 보지 않았네. 과거도 못 보는 내 처지에 그런 생의야 언감생심 아닌가?"

"누님은요? 스승님의 말씀에 대해 어떤 생각이신지요? 별 말씀이 없으셨는데……."

승안이가 숙진이를 바라보았다. 승안이는 두 살 위인 숙진을 늘 누님이라 부르며 깍듯하게 대했다.

"부와 명예를 좇는 것이 인생의 강물에서 빠른 흐름인지 느린 흐름인지는 각인의 관점 나름이겠지요. 소박하고 단순한 삶이라도 자족하고 행복하다면 그걸로 충분하지 않을까요? 세상은 높은 곳을 향한 열망으로 가득하지요. 그렇지만 야심가들은 순복해야 할 때 하지 않고, 의무를 다해야 할 때 내던지는 경우도 많더군요. 그런 사람들은 자신을 귀하게 여기는 것밖에 모르지요. 자신에 대한 깊은 사랑을 가진 사람은 때로 자신을 경멸하기도 하지 않을까요? 자기 삶이 혐오스러울 때가 오히려 가장 강렬하게 사랑하는 때가 아닌지도 모르겠네요. 깊은 사랑과 깊은 혐오는 결국 서로 맞닿아 있을 테니까요. 또한 이것이 음이 차면 양이 되고 양이 차면 음이 되는 《주역》의 이치가 아닌지요?"

달빛이 가지런한 치아를 드러내며 상글 웃는 숙진이의 얼굴을 비추었다. 재서의 표정이 일순간 일그러졌지만, 아무 말도 하지 않았다.

밥 한 솥 지을 시간이 지나 낙안이와 전주댁이 쇠고기와 술을 들고 나타났다. 낙안이가 가죽신을 벗지도 않은 채 돗자리 위로 한 발을 옮기며 반갑다고 인사하다가 전주댁에게 핀잔을 들었다.

"신이나 좀 벗으시구라. 뭐 그리 급하시오. 눈 때문에 손님이 뜸해 서둘러 주막일 작파하고 왔수."

전주댁은 거들치마 단을 걷어 붙이고 주저앉아 가져온 쇠고기를 굽기 시작했다.

"아, 첨부터 오고 싶었는데, 그놈의 장사 때문에……."

자리에 털썩 앉자마자 낙안이가 소맷자락에 붙은 굳비늘 몇 조각을 떼어내는데 연기 마신 고양이 상이었다.

"무슨 일 있수? 거조가 꼭 화난 뒤끝 같구먼."

영석이의 말에 낙안이가 새된 목소리로 답했다.

"아, 말도 말게. 도감(훈련도감을 지칭)의 구실아치 하나가 말린 석수어(石首魚, 조기) 서너 두름 살 것처럼 하다가 흥정 끝에 비싸다고 그냥 가더구먼. 뒤에다 대고 한 소리 했더니 '생선 비린내 풍기는 어물전 여리꾼 주제에 감히 누구한테 행역이야, 행역이' 하는 게 아닌가. 퇴청에 앉아 있던 점포 주인이 득달같이 달려와 허리가 접히도록 구실하치에게 사죄하고서야 가더군. 아, 시시콜콜 쏟아 놓는 지청구까지 당하며 혼쭐났지. 제길, 내 이곳 한 푼도 아니 볼 수는 없지 않은가……. 에구, 남의 돈 벌어 먹고살기 힘들구만."

낙안이가 딱한듯 숙진이가 "술 한 잔 하시지요" 하고 권했다.

팥 자루 벌어지듯 입이 벌어진 낙안이가 상 앞으로 바싹 다가앉았다.

"우리 숙진 아씨가 술을 권하니 이렇게 좋을 수가 없구려. 그간 잘 지내셨수?"

"아이고! 또 숙진 아씨 타령이우?"

쇠고기를 뒤집던 전주댁이 기다렸다는 듯이 할기족거리니, 그제서야 모두 웃었다.

"눈 내린 달밤에 이렇게 모였으니 오늘 밤은 실컷 마시고 놀아 봅시다그려."

흥이 오른 낙안이의 말에 숙진이가 웃으며 되받았다.

"네, 그렇지만 많이 드시지 말고 적당히 하세요. 내일 장사에 지장을 주어선 아니 되지요? 그럼요! 아니 되고말고요."

숙진이는 오른손을 들어 좌우로 크게 흔들었는데, 그 말과 손짓에 모두 웃음이 쏟아졌다. 평소 낙안이는 함께 술을 마시다가 일찍 자리에서 일어날 때면 으레히 오른손으로 긴 장죽을 잡고 좌우로 흔들며 "내일 장사에 지장을 주어선 아니 되지! 암, 아니 되고말고!" 하고 먼저 사라지곤 했다. 낙안이의 그 어투와 표정을 숙진이가 똑같이 흉내 내었던 것이다.

"내가 장사로 돈을 벌면 뭐 하노! 우리 숙진 아씨가 이렇게 나를 놀리기만 하는데……. 그래도 나는 숙진 아씨뿐이라오……. 우리 숙진 아씨! 한 점 더 드시구려. 많이많이 드시구려. ……거 다른 분들은 조금만 드시우!"

낙안이의 너스레에 다들 폭소를 터뜨렸고, 주흥은 한껏 고조되었다.

술이 제법 올랐는지 전주댁이 벌떡 일어나 노래를 부르기 시작했다. 첫 마디를 시작하자 여기저기서 추임새가 쏟아지며 신명을 더해 갔다.

노세 노세 매양 장식 노세 낮도 놀고 밤도 노세
벽 위에 그린 황계 수탉이 뒷날개 탁탁 치며 긴 목을
느리워서 훼훼쳐 울도록 노세 그려

인생이 아침이슬이라 아니 놀고 어이라

전주댁이 재서의 소매를 잡고 끄당겼다. 재서가 술을 더 마시겠다고 거부하니 명한이가 돗자리 밖으로 끌려 나왔다. 둘이 서로 마주 대하고 빙글빙글 돌며 덩실덩실 춤을 추는데 명한이는 소매를 떨치고 전주댁은 손을 뒤집는 춤사위가 보는 이들마저 어깨를 들썩이며 춤추게 만들었다. 춤은 모든 생명의 참모습이라고 했던가. 꼭 사람이 눈웃음치듯 달마저 그들과 같이 춤추는 양이었다. 그때였다. 만취한 재서가 어깨춤을 멈추고 혀 꼬부라진 소리로 숙진이에게 말했다.

"아까 뭐라고 하셨소? 자신을…… 사랑하는 이는…… 때로 자신을…… 경멸한다고 하셨소? 당자 자신을 말이오? ……그게 더 사랑하는 거라고 말이오? 허허허…… 내 보여 드리리다."

재서가 비틀거리며 일어나더니 이인무를 추고 있던 전주댁 앞으로 다가섰다.

"길가의 버드나무…… 담 아래 꽃이니…… 노류장화라. 꽃밭을 날아다니는…… 나비의 즐거움을 어디 한번…… 맛봅시다그려!"

재서가 전주댁을 껴안더니 한 손으로 전주댁의 엉덩이를 움켜잡았다. 전주댁과 춤을 추던 명한이는 화들짝 놀라며 뒤로 물러섰다. 전주댁은 주흥이 오른 탓이려니 여겨 몸을 피하지 않고 있었다. 그러나 재서의 손이 치마를 들치고 속치마까지 헤집자 얼음장같이 차갑게 돌변했다. 모두 눈을 화등잔처럼 뜨고 전주댁과 재서를 바라보았다. 전주댁이 재서의 어깨를 양손으로 밀치며 일갈했다.

"노류장화 출신이라 날 무시하는 거유? 대체 이런 견모가 어디 있수!"

재서가 꼬꾸라지며 술상을 엎었고, 상 위에 놓인 것들이 돗자리 위로 쏟아졌다. 모두 아연실색하여 동작을 멈추었다. 재서의 갓이 옆으로 빼뚜름하게 기울어졌고, 얼굴에는 술국물이 흘렀다. 재서가 고개를 들어 사위를 천천히 둘러보는 데 눈빛은 이미 초점이 풀렸고, 유기그릇에 부딪힌 한 쪽 볼은 붉게 변했다. 상 앞에 앉았던 숙진이는 놀란 토끼눈을 하며 수삽한 태를 지었다.

"괜찮으신가요?"

숙진이가 다가오려고 하자, 재서가 손을 들었다.

"가까이 오지 마시오. 나는 서캐가 많은 사람이니……. 이 옮을까 두렵단 말이오."

재서가 너털웃음을 터뜨리며 일어섰다. 먼저 가야겠다며 몇 걸음 비틀비틀 걸어가니 숙진이도 일어났다. 명한이가 뒤쫓아가 재서를 부축하며 말했다.

"자네, 이대로 혼자 못 가네. 이렇게 함세. 숙진 아씨를 함께 배웅하고 나서 내 자네와 작반해 필운대까지 데려다 줄 테니 그리하세."

명한이한테 몸을 기대 있던 재서는 고개도 바로 세우지 못할 정도로 취해 있었다. 숙진이가 고개를 기울여 재서와 눈을 맞추었다.

"저 좀 보세요."

재서가 눈꺼풀을 올려 멍한 눈을 뜨자, 숙진이는 재서를 쏘아보며 앙앙한 심사를 숨기지 않은 채 한마디했다.

"이렇게 무너지다니 놀랍군요. 잊지 못할 모습을 보여 주셨네요."

숙진이가 재서에게 괜찮으신가요 할 때는 어린아이가 놀란 듯한 순진한 표정이었으나, 재서를 비아냥거릴 때는 서릿발처럼 선뜩한 눈빛이었다.

이러구러 세 사람이 가는데, 갓조차 빼뚜름하게 쓰고 이리저리 배쓱거리는 재서를 명한이가 부축했고, 그 몇 걸음 뒤로 숙진이가 따라갔다. 영석이는 숙진이의 모습이 시야에서 사라질 때까지 물끄러미 바라보고 서 있을밖에 없었다. 그들이 사라지자 달을 보았다. 숙진이를 몰래 연모하는 영석이 당자의 속내를 들킨 것 같은 기분이 들었다. 하늘의 눈동자가 사람 속내를 들여다본다는 재서의 말이 맞는 것도 같았다.

영석이는 그때 숙진이가 했던 말뜻을 몰랐지만, 천산을 지나면서 깨달을 수 있었다.

'자신에 대한 깊은 사랑을 가진 사람은 때로 자신을 경멸하기도 하지 않을까요? 자기 삶이 혐오스러울 때가 오히려 가장 강렬하게 사랑하는 때가 아닌지도 모르겠네요.'

명한이의 야심가적인 열망을 숙진이는 이미 알고 있었고, 재서가 드러내는 음울한 모습은 오히려 당자에 대한 깊은 사랑에서 비롯되었다는 의미였을 터이다. 바로 그 이유로 숙진이는 재서에게 마음이 끌리고 있었던 것이다.

4

  한양을 떠난 지 두 달이 지난 구월 중순 재서 일행은 연경에 도착했다. 강희제는 휴양차 열하로 떠난 후였기에, 사행단은 예부에 사신의 의도를 문서로 제출한 뒤 황제의 명령을 기다리고 있었다. 도성의 정남쪽의 정양문 오른쪽에 자리한 옥하관이 사관이었는데, 앞 담이 십여 칸으로 모란을 새긴 벽돌을 쌓아올려 무늬가 영롱했다. 정사는 정당에 거처했고 가운데뜰에는 동서 양당이 있어 서장관 등이 머물렀으며, 재서와 영석이는 전당(前堂)에서 묵었다.

  황도에 도착한 지 사흘이 지난 저녁때 상방 비장이 전당을 찾아왔다.

  "황제께서 조선의 사신들은 열하로 오되, 길이 칠백 리나 되니 사신단 전체가 움직이지 말고 정사와 서장관, 당상역관 등 수뇌들만 말을 타고 신속히 오고 나머지는 연경에 머물러 있으라는 칙명을 내렸다고 하오."

  비장은 오른손에 쥔 등채를 왼손 바닥에 탁탁 두드렸다. 등채가 왼손에 부딪힐 때마다 전립에 달린 공작 깃이 가볍게 흔들렸다.

  "내일 아침에 출발할 예정이오. 이대감(정사 이이명을 지칭)께서 여기 머물러 있으면서 자유롭게 연경 구경을 하셔도 좋다고 하셨소. 예부에서 허락했으니 전하라고 하셨소……. 그런데 이재서라고 하셨소? 이대감과는 어떤 관계인 게요? 대감께서 남천주당에도 기별을 넣어 방문해도 좋다는 통보를 받았다고 말씀을 전하라는 분부시오……. 자제군관이 넷이나 되는데 유독 이 양반만 각별히 배려하시는구먼."

그건 그랬다. 한양을 떠날 때부터 정사 이이명이 재서에게 특별한 관심을 기울이고 있었다. 그렇지만 공개적인 자리에서는 내색을 하지 않았기 때문에 영석이도 압록강을 건널 때에야 그 사실을 알게 되었다. 압록강을 건너기 전 큰비가 퍼붓더니 강물이 범람하여 며칠씩 객관에 머물러 있을 때였다. 한적한 저녁 시간에 정사가 머무는 방에서 재서가 얼마간 있다가 돌아왔는데, 심양에서 연경으로 오는 길에도 몇 차례나 그랬던 것이다. 그러나 재서는 그 내막을 말하지 않았고 영석이도 심양의 가슴 아픈 기억 때문에 묻지 않았다. 상방 비장의 말을 듣는 순간, 영석이는 재서가 연경에 가면 천주당을 꼭 방문하고 싶다고 말했던 것이 기억났고 본인의 그런 바람을 정사가 기꺼이 수락했던 것으로 짐작할 수 있었다. 재서와 영석이는 그러구러 연경에 머무르게 되었고, 천주당을 방문하게 되었다.

다음 날 아침. 정사, 서장관이 열하로 출발할 때, 당상역관 세 명과 관주관, 장무관이 함께 떠났다. 연경에 남았던 역관과 자제군관 등은 인삼 팔십 근에 해당하는 은으로 청나라 물건과 어떻게 무역할지 서로 얘기하며 유리창으로 구경 나갔다. 이때부터 자제군관은 군복을 벗고 평복으로 갈아입을 수 있었다. 재서와 영석이도 홑바지 저고리에 중치막을 걸치고 이들과 함께 나왔지만, 남천주당에서 유리창까지는 지척의 거리였기에 남천주당을 먼저 방문하고 유리창에 들러보기로 했다.

선무문 동편에 있는 남천주당은 사관에서 열 마장이 채 안 되는 거리였지만, 활기로 가득 찬 연경을 완상하기에는 충분했다. 한양에 비해 폭이 넓은 길을 사이에 두고 단청한 여염집들이 즐비하고 네거리 시전들도 금칠한 집이 무수했다. 길가에 늘어선 점포와 술집에는 무늬를 새긴 창문과 수를 놓은 문이 눈에 띄었다. 또한 점포가 늘어선 거리로 여러 종류의 수레가 있었다. 어떤 수레는 빨리 달리고 있었는데 재서의 눈이 휘둥그레졌다.

"저건 태평차라고 하우. 바퀴 높이는 팔꿈치에 닿을 정도로 높고, 바퀴살은 서른 개지요. 대추나무로 바퀴테를 만들고, 철판을 바퀴에 두른 다음 쇠못을 박아 고정하우. 바퀴 위에 둥근 가마를 올려 세 명 정도는 탈 수 있지요. 저기 짐을 실은 수레는 대차라고 하우. 태평차보다 바퀴 높이는 조금 낮고, 짐이 팔백 근일 때는 말 두필을 매고, 팔백 근이 넘으면 말 수를 더 늘리는 거라우. 대차는 굴대가 회전하는데 두 바퀴가 똑같이 둥글어서 고르게 회전하기 때문에 빨리 달릴 수 있다우……. 저기 왼쪽에 사과, 떡, 엿을 파는 장사치들이 보이지요? 모두 독륜거라는 외바퀴 수레를 이용하우. 독륜거는 뒤에서 한 사람이 끌채를 겨드랑이에 끼고서 밀고 가지요. 끌채 아래에 짧은 막대가 양쪽으로 드리워 있어서 갈 때는 끌채와 함께 들리고 멈출 때는 바퀴와 함께 멈추는데, 버팀목 역할을 하기 때문에 수레가 쓰러지지 않는다우……. 여기서 사과와 절편을 조금 사서 가지요."

"지금까지 삼천리 길을 오면서 날마다 많은 수레를 보았네. 조선에도 수레가 없지는 않으나 바퀴 자국이 한 궤도를 그리지 못하는데 비해, 여기는 앞 수레와 뒷 수레가 같은 바퀴 자국을 따라가더구만……. 중국의 풍족한 재화가 골고루 유통되는 것은 수레를 사용하는 까닭이라는 생각이네. 조선에서 영남의 어린아이들은 새우젓을 모르고, 관동의 백성들은 장 대신 산사자(산사나무의 열매)를 담가 먹지 않는가. 내포의 생선과 소금, 관서의 명주, 영호남의 닥종이, 해서의 솜과 철

같은 것은 모두 백성들의 생활에 필요한 일상용품인 까닭에 서로 유통시키지 않으면 안 될 걸세. 이곳에 흔한 물건이 저곳에서는 귀하기만 하고 평생 구경조차 할 수 없는 것은 실어 나를 방도가 없기 때문 아니겠는가?”

영석이는 놀랐다. 이번 연행길이 두 번째이고 중국의 수레에 대해 잘 알고 있었지만, 재화를 유통시키는 수레의 기능을 조선에 적용시켜 생각해 본 적이 없었다. 그러나 재서에게는 이런 범상치 않은 식견이 있었다.

“그런데, 저기 저 아이는 왜 저러고 있는가?”

재서가 손가락으로 가리키는 곳에는 구걸하는 듯한 아이가 있었다. 이 사람 저 사람에게 다가가 뭔가를 얘기하는데 어른들은 아이의 말을 귀담아 들으려 하지 않았다. 가까이 가서 보니 옷차림이 남루한 나이 대여섯 정도의 여자아이였다. 눈에는 눈물이 그렁그렁 맺혔는데, 운 지가 한참 되었는지 때 묻은 얼굴에는 눈물이랑이 여러 겹 남아 있었다.

“엄마가……. 우리 엄마가…….”

아이는 이 말만 되뇔 뿐 꺼이꺼이 하며 말을 제대로 이어 나가지도 못했다. 아이 앞으로 다가가 무슨 일이냐고 물었을 때, 재서는 무릎을 꿇고 아이와 눈높이를 맞추었다. 아이는 여전히 “엄마가, 우리 엄마가”만 반복했는데, 슬픔과 애원이 담긴 아이의 눈빛이 모든 걸 말하고 있었다. 아이가 재서의 옷소매를 붙잡아 끌어당겼고 그들은 아이가 이끄는 대로 따라갔다.

아이는 앞서 내어 달렸다. 제대로 따라오는지 확인하는 양 여러 차례 뒤를 돌아보았고, 그들이 뒤따라오는 것을 보자 다시 달렸다. 실골목으로 잡아들자 아이는 초라한 방으로 들어갔다. 작고 어스름한 방

안에는 가구가 거의 없었다. 헌 농이 벽에 있었고 칠이 벗겨진 탁자에는 물병과 물잔이 놓여 있었다. 캉에 누워 있던 아이 엄마는 병색이 완연한 누렇게 뜬 얼굴로 힘겹게 눈을 떠 재서와 영석이를 보았다. 재서가 품에서 우황청심환을 꺼내 아이 엄마에게 먹였다. 아이에게는 독륜거에서 샀던 사과와 절편을 내어 주었더니 아이는 처음에는 엄마의 표정을 보며 먹지 않았다. 그러나 엄마가 먹어도 좋다는 눈짓을 하자 먹기 시작했다. 재서가 아이와 엄마를 돌보는 동안 영석이는 급히 달려 의원을 수소문해 데려왔다.

"열병이오. 며칠 치료하면 나을게요. 그런데 치료비는 어떻게 낼 거요?"

중국인 의원은 아이 엄마의 관자놀이와 인중에 침을 놓으며 재서 일행을 돌아보았다. 영석이가 오는 길에 조선에서 온 사신단의 일원이라고 말했으니 당연히 당화를 갖고 있지 않을 것으로 여기고 한 말이었다.

재서가 다시 우황청심환을 꺼내려고 하자 영석이가 손을 들어 제지하고 의원에게 인삼 반 근을 주었다. 의원은 반색을 했다.

"이 여인이 다 나을 때까지 돌보겠소. 조선인들은 아주 따뜻한 사람들이구만."

"고마워요. 고마워요."

아이는 재서와 영석이에게 방실 웃는데, 아래 잇몸에서 간니가 막 돋아나고 있었다.

아이의 집을 나오니 문 앞에서 아청(鴉靑)색 바지저고리 일습인 사십대 중반의 중국인이 그들을 기다리고 있었다. 아이를 만났을 때부터 뒤따라왔으며 의도하지는 않았지만 다 지켜보게 되었다고 했다.

"제궁자(弟宮子, 자제군관)로 조선에서 오신 이노야(李老爺)가 맞으시지요? 저는 남천주당의 목인강(穆仁剛)이라고 하며, 신부님의 일을 돕는 전도사입니다. 신부님이 천주당으로 모시고 오라고 하셔서 옥화관으로 가다가 길에서 아이와 얘기하는 모습을 뵙고 곧바로 조선에서 온 분들인 줄 알았지요. 자, 가시지요. 이제부터는 제가 안내하겠습니다."

하긴 그들이 흰 중치막에 갓을 썼으니 검은색 복장 일색인 중국인들 틈에서 눈에 띌 수밖에 없었을 것이다. 그러나 영석이는 놀라지 않을 수 없었다. 재서가 누구길래 신부가 사람을 보내 모셔오게 할 정도인가. 그리고 정사 이이명이 천주당에 어떻게 기별을 했길래……. 남천주당은 지난번 연행길에도 들렀지만, 이번과는 달랐다. 그때는 그들이 직접 천주당을 찾아갔었고, 또 방문한다고 해도 쉽게 신부를 만날 수 있었던 것도 아니었다. 전에는 겪어 보지 못한 뜻밖의 환대가 분명했다.

5

남천주당에 이르니 건물의 법식이 입 구(口) 자 모양이었다. 동서로 기둥이 다섯이요 남북으로 기둥이 일곱이었으며, 전면의 삼 층 누각은 벽돌을 쌓아 만들었는데 높이가 여섯 장(丈)쯤 되어 보였다. 북쪽 정전(正殿)의 가장 높은 벽 위에 천주상이 그려져 있는데, 한 사람이 붉은 옷을 입고 구름 가운데 서 있었다. 좌우 벽에는 여러 장면의 그림이 연이어 있는데, 젊은 남자가 십자가를 지고 가거나 쓰러진 몸을 반쯤 일으켜 세우고 여자와 대화하는 모습, 머리에 가시관을 쓰고 채찍을 맞는 모습 등이었다. 야소를 그린 그림은 영석이도 알고 있던 터였다. 그러나 다른 그림에 대해서는 들은 바도 없었고, 무슨 내용인지 알 수도 없었다. 재서와 영석이는 벽화를 보느라 누가 곁에 가까이 와 있던 것도 모르고 있었다.

"비아 돌로로사(via dolorosa)!"

파란 눈에 코가 높고 넓은 이마에 변발을 한 서양 사람이 재서와 영석이에게 인사하며 집게손가락으로 벽화를 가리켰다. 상의는 넓고 길어 넓적다리까지 내려오고, 옷자락이 넷으로 갈라지며 옷깃 옆과 소매에 모두 이어다는 끈이 있었다. 하의는 주름이 잡혀 치마같이 보였다. 그 옷차림이 야릇해 영석이는 피식 웃고 말았다. 지난번 연행길에서 만났던 신부의 복식과 판이했기 때문인데, 그때 신부는 가슴에 금빛으로 열십자를 수놓은 흉배를 붙인 두루마기 비슷한 검은 옷을 입고 있었다. 처음 보는 서양인이라서인지 재서는 깜짝 놀란 표정으로 몇 걸음 뒤로 물러섰다. 그러나 서양인 신부는 그런 반응에 익숙한지 가볍게 웃을 뿐이었다.

잠시 후 재서가 진정이 되었는지 중국어로 더듬거리며 말했다.

"고난의 길이란 뜻이지요? 그러면 야소가 당했던 고난을 의미하는 것인가요?"

서양인 신부는 느린 속도로 또박또박 대답했다.

"오, 놀랍습니다. 라어(羅語, 라틴어)도 아십니까? 그렇습니다. 벽화의 내용은 야소가 당한 열네 가지 고난을 그린 것입니다."

재서가 라어를 알고 있다니. 영석이는 깜짝 놀랐다.

대화 한마디를 주고받으니 외관이 다른 서양인에 대한 경계심이 사라졌는지 재서가 영석이에게 통역을 부탁했다.

"저는 천지의 동쪽 끝에 살고 노야(老爺)께서는 천지의 서쪽 끝에 사는데 이처럼 얼굴을 마주 대하니 놀라운 인연이 아닐 수 없습니다. 신묘한 마음이야 노야와 제가 다름이 없을진대 뜻이 서로 통한다면 어찌 가깝고 먼 것을 따지겠습니까? 저의 이름은 아무개인데, 청컨대 감히 노야의 성명을 알고자 합니다."

"저는 마약슬(馬約瑟)이라고 합니다."

통성명을 한 후, 신부는 짧지만 알찬 내용으로 각 그림의 의미를 손가락으로 가리키며 친절하게 설명해 주었다. 군복을 입고 둥근 모자를 쓴 병사 두 명이 젊은 남자가 입고 있는 붉은 옷을 벗기는 그림부터 시작되었다.

"악한 자들이 야소의 옷을 강제로 벗기고 있습니다."

중간쯤 이르자 그 야소가 십자가를 지고 쓰러지는 그림이 이어졌다.

"야소가 십자가를 지고 두 번째 넘어집니다.

야소가 길가에서 슬픔에 잠긴 부녀들을 위로합니다.

악한 군병이 야소를 십자가에 못 박습니다.

야소의 어머니가 야소의 주검을 안고 있습니다.

야소의 주검을 새 무덤에 두려고 선인들이 옮기고 있습니다."

신부의 중국어는 유창해서 중국인이 말하는 것처럼 자연스럽게 느껴질 정도였다. 그뿐 아니라 중국의 고관 귀족이 쓰는 격식 있는 표현을 구사하고 있었다. 신부의 따뜻한 눈빛과 부드러운 목소리는 대화를 즐겁게 이끌었고, 두 사람에게 뭐라 설명할 수 없는 푸근함을 주었다. 그랬다. 재서와 영석이는 신부를 좋아하게 되었고, 그를 신뢰할 수 있다는 확신이 뭉게구름처럼 피어올랐다.

신부가 그림 설명을 마치고 말했다.

"목인강 전도사에게 얘기 들었습니다. 어린아이와 아이의 엄마를 돌보아 주셨다는 것을요."

신부의 눈빛은 감사와 애정으로 가득 차 있었고, 눈부시게 흰 얼굴에 서린 선량하기만 한 신부의 표정에는 세속의 어떤 티끌조차도 찾기 어려웠다. 그래서인지 신부의 연치는 도무지 종잡을 수 없었다. 나중에 알았지만 신부는 그 당시 쉰다섯이었다. 눈이며 코가 조선에서 늘 보던 양은 아니었지만 나이보다 훨씬 더 젊어 보였고, 특히 겸손한 태도가 그 얼굴을 더욱 빛나게 해 주었다.

"신부님께서는 강서(江西)에 처음 도착하셨을 때부터 역병에 걸려 버려진 고아들에게 많은 관심과 사랑을 베푸셨습니다. 이들을 위해 법국의 후원을 받아 고아원과 병원을 세울 계획도 하셨었지요. 남풍(南豐)에서는 예닐곱 명의 아이들에게 영세를 베푸시기도 하셨답니다."

목인강이 신부의 옆얼굴과 재서 일행을 번갈아 보면서 말하자 재서가 물었다.

"그러면 신부님께서는 원래 이곳 남천주당에 계셨던 것이 아니신가요?"

"네. 저는 요주(饒州), 건창(建昌), 남창(南昌) 그리고 구강(九江) 등에 오래 있었습니다. 연경에는 수학자의 자격으로 잠시 머물고 있지요. 그렇기 때문에 복장이 이렇습니다. 그러나 미사를 드릴 때에는 다르게 입지요."

"신부님이 떠나 오셨던 법국은 여기서 얼마나 멀리 있습니까?"

"아주 멀지요. 법국을 떠나 중국까지 오는 데 배로만 해도 칠 개월이 걸리는 거리입니다."

그때 서쪽 익실(翼室)의 문이 열렸다. 정사 이이명의 자제인 이기지(李器之)가 역관을 대동하고 전당으로 나오고 있었고 변발을 하고 청나라 옷을 입은 서양인 신부 세 명이 뒤따랐다. 세 사람은 모두 덥수룩한 수염에 범상치 않은 모습으로 코가 우뚝하게 솟아 있었고 눈썹은 짙고 가늘었다. 가운데 사람은 키가 구척은 넘어 보였다.

이기지가 재서를 보고 정중하게 머리 숙여 인사를 했다.

"여기서도 뵙게 되어 아주 기쁩니다. 저는 대인(이이명을 지칭)의 명으로 이분들을 관소에 초청하고자 여기 들렀습니다. 저는 가야 하니 두루 구경하시기 바랍니다."

재서도 이기지에게 예의를 다했다.

"감사합니다. 대인께서 배려해 주신 덕입니다. 은혜를 잊지 않겠습니다."

세 명의 서양인 신부는 마약슬 신부와 재서 일행과 눈인사를 주고받은 후 서쪽 문으로 나갔다.

물이
바다를
덮음같이

이종화 지음

홍성사

"첫 번째 사람은 소림(蘇霖)이고 그다음은 장안다(張安多), 세 번째 사람은 맥대성(麥大成)이라고 합니다. 저 문을 통과하면 신부님들의 숙소가 있는데 지금 여덟 명의 신부님이 묵고 계시지요."

목인강이 말하자 마약슬 신부가 손으로 서쪽 문을 가리켰다.

"숙소관의 식당으로 옮겨 간단한 다과를 드실까요?"

숙소관은 천주당의 서쪽에 연하여 있었는데, 'ㄴ' 자 모양으로 좌우 각각 이십 보가량 되어 보였고 한가운데 모서리가 식당이었다. 서쪽 문에서 숙소관 입구까지는 정원이 꾸며져 있었고 정원 사이에 난 소폭의 길 좌우에는 갖가지 채소들이 보였다. 숙소관 정문 위에는 '통현가경(通玄佳境)'이라고 쓴 현판이 걸려 있었다. 길이 넉 자 가량에 높이는 한 자 정도 되는 현판은 붉은색 바탕이고 글씨는 황금색이었다.

재서가 마 신부에게 물었다.

"통현가경이라. 이렇게 독특한 문구는 처음 봅니다. 이 현판은 누가 쓰신 것입니까?"

질문을 기다렸다는 듯이 신부가 일을 열었다.

"순치제께서 쓰신 것입니다. 약 칠팔십 년 전의 일이지요. 순치제가 탕약망(湯若望, 아담 샬)의 건의를 받아들여 시헌력을 시행하였고, 그에 대한 답례로 탕약망에게 이곳 남천주당의 건축을 허락한 것이지요."

"시헌이라 함은 《서경》의 유성시헌(惟聖時憲)에서 인용한 게 아닌지요?"

"그렇습니다. 오직 성인만이 시간을 명한다는 뜻이지요."

"자세히 설명해 주시면 좋겠습니다."

"네. 그렇게 하지요. 1644년 8월초에 일식이 일어났습니다. 그런데 종래의 대통력이나 아라비아의 회회력은 그 시기를 맞추지 못했지만, 탕약망의 시헌력은 이를 정확히 계산할 수 있었지요. 황제께서는 탕약망에게 정이품의 품계를 내렸고 흠천감(欽天監)에 임명했습니다. 직무를 부여받은 탕약망은 여러 해가 지났지만 근면과 성실을 다했습니다. 순치제께서는 탕약망을 신뢰했고 존중했는데 이런 말씀을 하셨습니다.

'여러 해를 지켜봤지만 탕약망의 순수함과 겸손함은 한결같다. 천주의 법에 따라 자신을 드러낼 뿐, 천주의 법으로부터 한 치의 벗어남이 없었다. 바라건대 과인의 신하들도 천주를 섬김과 과인을 받드는 일에 있어 그가 보여준 근면함의 그림자만이라도 닮는다면 좋겠다. 과인과 이 나라 전체가 더 잘되고 번영하기를 바라는 것은 과인의 간절한 바람이다. 과인은 그를 좋아하고 치하하는바, 이 일을 영원히 기리고자 그가 지은 성당의 명칭을 다음과 같이 지어 내린다. 통현가경(通玄佳境, 하늘로 통하는 가장 아름다운 곳)…….' 그런데 조선에서 오신 두 분은 이 탕약망이 조선의 세자를 만난 것은 알고 계시지요?"

이상한 일이었다. 마약슬 신부의 이야기가 이어지자 재서가 안절부절못하며 평정을 잃어 가는 양이었다. 마 신부도 얘기하는 중간중간 그런 재서의 표정을 유심히 관찰하는 것을 영석이는 알 수 있었다. 탕약망이 조선의 세자를 만난 대목에 이르렀을 때, 재서의 얼굴은 형언하기 어려울 만큼 복잡하게 일그러졌다. 착잡함과 슬픔, 기대와 분노, 기쁨과 절망이 동시에 뒤섞인 듯했다.

"아닙니다. 모르는 일입니다. 계속 말씀해 주시면 좋겠습니다."

영석이는 병자호란 때 소현세자가 심양에 볼모로 잡혀왔고, 명이 멸망하고 청이 연경을 차지한 후에야 세자가 조선으로 귀국한 정도는 알고 있었다. 세자가 심양에서 팔 년을 살았다는 것만 알고 있을 뿐, 연경에서 탕약망을 만났다는 사실은 몰랐었다. 그뿐 아니라, 마 신부는 듣는 사람이 이해하도록 배려하면서 얘기했기 때문에 그의 말을 듣는 것 자체가 즐거웠고 이야기를 더 듣고 싶었다.

마 신부는 재서를 주목하면서 말을 이었다. 신부의 이야기를 요약하면 다음과 같다.

연경이 함락되자 청은 도읍을 심양에서 연경으로 옮겼다. 소현세자 일행 역시 심양에서 연경으로 이주하였고 동화문 앞 문연각에 머물게 되었다. 순치 원년(1644년) 가을에 세자는 탕약망의 명성을 듣고 천주당을 방문해 천문학과 천주교의 교리에 관해 묻고 들었다. 세자 또한 탕약망을 자신의 궁으로 초대하여 극진하게 환대하며 오랫동안 이야기를 나누기도 했다. 두 사람 사이에는 깊이 뜻을 같이하는 바가 있었고 세자가 연경에 체류하던 두 달 동안 거의 매일 만나다시피 했다. 탕약망은 천주교가 바른 길임을 얘기하였고, 세자도 듣기를 좋아해서 자세히 묻곤 하였다. 그해 동짓달 스무엿샛 날, 세자 일행이 조선으로 돌아가게 되자 세자는 많은 눈물을 흘렸다. 세자가 글 읽기를 좋아하는 것을 알게 된 탕약망 신부는 떠나는 세자에게 천문·산학·성교정도와 여지구(輿地球)와 구세주의 성상을 선물로 주었다. 세자는 이 선물에 얼마나 감사했는지 손수 아래 글월을 써 탕약망에게 보냈다.

어제 뜻밖에 저에게 보내 주신 천주상과 역서(曆書)들, 서학서들을 선물로 받고 제가 얼마나 기뻐하며 감격했는지 상상조차 못하실 것입니다. 이로 인해 저는 신부님께 큰 빚을 졌습니다. 몇몇 서책들을 대충 살펴보니 저희가 이제까지 모르던 교리를 다루고 있더군요. 마음을 닦고 덕을 기르는 데 적절한 교리입니다. 우리나라는 명오(明悟)가 어두워 이제까지 이 교리를

알지 못했습니다. 성화상은 장중하여 벽에 걸어 놓으니,
바라보는 이들의 마음을 가라앉히고 마음에서 온갖 불결과
속진을 없애 줍니다. 천문도와 역서들로 말하면 우리 시대에는
없어서는 안 될 만큼 소중한 것들입니다. 우리나라에도 천구의와
역서들이 있기는 합니다만, 고백하거니와 오류투성이라 몇백
년 전부터 자주 틀리곤 했습니다. 제가 조선으로 돌아갈 때
이 책들을 궁정으로 가져갈 뿐 아니라 이를 인쇄하고 책으로 펴내
선비들에게 널리 알리겠습니다. 선비들은 마치 사막에 살다가
학문의 전당으로 옮겨가는 행운을 맞은 양 탄복할 것이요,
조선인들이 이 모든 지식을 서양인들에게 신세졌다는 것을 알게
될 것입니다. 우리 두 사람은 대양이 가로놓여 있어 매우 멀리
떨어진 땅에서 각기 태어났건만 이 이국의 땅에서 상면한 이래
마치 혈연으로 맺어진 것처럼 상호 경애하는 사이가 되었습니다.
인간 본성 속에 숨겨진 어떤 힘이 작용해서 이렇게 되었는지
모르겠습니다. 다만 사람들이 매우 먼 땅에서 서로 떨어져 있어도
사람들의 마음은 학문으로 합치될 수 있다는 사실만은 고백하지
않을 수 없습니다. 이제 책들과 성화상을 제 나라로 가져가고
싶사오나, 제 나라의 백성이 경신예식(敬神禮式)을 알지 못하니
잘못된 예식으로 천주의 존엄성을 훼손할까 두렵습니다.
이 두려움 때문에 저는 적지 않게 번민하고 있습니다.
성화상을 갖고 갔다가 무슨 잘못을 범하느니, 차라리 신부님께
돌려드리기로 했사오니 양해하시기 바랍니다. 사은의 정표로
제가 환국하면 합당한 것을 찾아서 만분의 일이라도 보답하는

o-o-o-o-ᄃ-o

五. 라틴 원문 직역 1993. 12. 21 정양모에서 발췌.

뜻으로 신부님께 바치겠습니다.[ㅈ]

신부의 이야기가 끝난 방안에서 사내의 흐느낌 소리가 새어나왔다. 재서였다. 고개를 숙인 채 어깨를 들썩이며 우는 재서의 얼굴은 눈물과 콧물로 범벅이 되어 있었다. 그러나 이런 일을 예상하고 있었다는 듯한 신부의 침착한 태도에 영석이는 더 놀랐다. 신부는 재서에게 다가가 어깨를 쓰다듬었다.

"이제 말씀하셔야 할 순간이 온 듯합니다. 저는 직접 말씀하시기를 기다렸습니다."

"……신부님은 알고 계셨군요."

재서가 눈물을 닦으며 신부를 보았다.

"예부에서 왕족 한 분이 남당을 찾아갈 것이라고 알려왔습니다. 그러나 구체적으로 밝히지 않고 조선 세자의 후손이라고만 했습니다. 조선에서는 민감한 사안이므로 비밀을 유지해야 한다는 당부도 있었습니다."

목인강이 덧붙였다.

"며칠 전 조선 사신단의 대인께서 선통을 띄웠는데, 세자의 후손은 다른 사신단과 달리 접견해 주시면 좋겠다고 요구하셨지요. 이곳 남천주당의 신부님들이 모여 회의를 했는데 다른 사신단은 남당에 거주하시는 신부님들이 접견하고 세자의 후손만은 잠시 머물러 계시는 마 신부님께서 맞이하시도록 얘기가 된 것입니다."

영석이는 그때처럼 놀랐던 적이 없었다. 믿어지지가 않았다. 재서가 왕족이라니. 그것도 소현세자의 후손이라니. 몇 년을 동문수학했던 재서가 그런 신분이었다니. 영석이가 정신이 든 것은 재서가 차분한 어투로 자신에 관한 이야기를 시작했을 때였다.

"소현세자의 계녀(季女, 막내딸) 경순군주가 저의 조모님이십니다."

소현세자의 후손, 정확하게는 소현세자의 외증손자인 재서의 내력은 다음과 같다.

소현세자와 세자빈 강씨는 삼남 삼녀를 두었다. 이들이 조선으로 귀국하자마자 인조는 청이 자신을 몰아내고 소현세자를 왕으로 삼을지 모른다는 의혹을 가졌다. 소현세자의 의문의 죽음 뒤에는 인조의 그런 의혹이 증오로 변해 세자를 독살시켰다는 소문이 있을 정도였다. 소현세자의 장남과 차남은 소현세자가 죽은 뒤 제주도로 귀양을 가 어린 나이에 사약을 받았다. 계남 경안군 이회는 1644년에 심양에서 출생했다. 4세에 제주에 유배되었다가 효종 때 방면되어 1659년 경안군에 책봉되었다. 경안군은 허씨를 부인으로 맞아 1663년 장남 임창군 이혼을 낳았고, 이혼은 응천군부인 박씨와 혼인하여 밀풍군 이탄(1698-1729)을 낳았다. 밀풍군 이탄은 인조의 장자인 소현세자의 증손이자 소현세자의 계남 경안군 이회의 손자이다. 만약 소현세자가 죽지 않고 왕위를 이었다면 적통은 임창군에게, 그리고 그 다음은 밀풍군으로 이어졌을 것이다.

경순군주(1643-1697)는 심양에서 태어났으며, 이름이 정온이다. 혼인한 지 얼마 되지 않아 1661년 현종 2년 19세의 나이로 남편을 잃었다. 소현세자 이왕(1612-1645) 일행이 심양에 볼모로 갔을 때, 주전파 대신과 수행원을 포함해 약 오백 명이 함께 떠났다. 세자를 수행한 일행 가운데 두 사람이 천주학에 깊은 관심을 가지고 있었다. 한 명은 묵재 이경상(1602-1647)이라는 인물로 그는 15세에 문과에 급제하였고, 심양 시절 소현세자의 교육을 담당한 세자시강원 문학이었다. 서양 신부의 도움 없이 천주교가 자생했던 조선에서 그 중추역할을 했던 이벽(1754-1785)은 이경상의 5대 손자였다. 두 번째는 이영주(1613-1660)라는 인물로 예조에 속하여 세자의 의전을 담당하는 신하였다. 그는 심양으로 와서 천주학을 접하자 천주교에 귀의하였고 서양 학문에도 밝았다. 소현세자가 탕약망을 만날 때마다 이영주를 대동하고 다녔을 만큼 세자의 신임이 두터웠으며 라틴어에도 능통했다. 심양에 온 이듬해 이영주는 아들을 낳았고 이반석(1638-1680)이라고 이름 지었다. 신앙심 깊고 경건한 아버지 아래서 자랐던 반석도 품성과 도야가 탁월했으며 천주에 관한 깊은 사랑을 품고 있었다. 이영주는 반석이 어렸을 때부터 나중에 어른이 되면 신부가 되어야 하며 탕약망처럼 훌륭한 사제가 되어 올곧게 하느님의 길을 가야 한다고 했었고, 반석 역시 어린 마음에도 그런 열망을 품고 있었다. 만약 그들이 심양에 남았더라면 반석은 사제의 길을 갔을 터였다. 그러나 반석이 일곱 살 되던 해, 갑작스런 귀국길에 올랐었던 것이다. 이영주는 조선에 와서도 천주에 대한 신앙을 버릴 수 없었고, 반석 역시 심양에서와 같이 천주를 공경하며 자랐다.

반석의 나이 27세 되던 해인 1665년, 경순군주 댁에서 매파를 보내왔다. 경순군주는 황창부위 변광보에게 하가했으나 남편이 죽자, 시댁에서 열아홉 어린 나이인 공주에게 수절을 명하기 어려웠다. 당장 친정으로 돌아가라고 시댁에서 종용했으나 경순군주는 기어코 삼년상을 치렀고, 그 후에야 시댁 어른들에게 인사를 하고 떠나 왔다. 재혼을 하면 아들과 손자까지 문무과는 물론 생원진사시에도 응시하지 못하므로 처음에는 많이 망설였다. 그때 경순군주에게 용기를 준 사람이 바로 한 살 아래 동생이자 소현세자의 막내아들인 경안군 이회였다. '반석을 오랫동안 지켜보았는데 그만 한 인물이 없으며 어차피 하가할 거면 이왕이면 심양의 추억을 공유하고 있는 사람 가운데서 고르는 것이 좋을 듯하며, 그중 반석의 됨됨이가 반듯하다'라고 설득하였던 것이다. 그렇게 해서 경순군주는 이반석과 재혼하게 되었다. 술을 좋아하고 시재가 탁월했던 재서의 부친 이석윤(1667-1697)이 바로 이반석과 경순군주 사이에서 태어난 아들이었다. 그러니까 재서의 집안, 아니 소현세자의 집안에는 태생적인 불운이 예비되었던 것이다. 이 불행한 상황을 그나마 버틸 수 있게 해준 것이 천주에 대한 서적들이었다. 재서 일가는 그 책들을 위안삼아 겨우 견뎌 낼 수 있었지만, 시대로부터 철저히 소외되었으며 숨죽여 살아갈밖에 달리 도리가 없었다.

영석이는 재서를 이해하게 되었다. 심양의 노을을 보며 울던 모습, 탕약망과 소현세자의 만남 그리고 음울하고 냉소적인 단면은 그 탓이라고 헤아리게 된 것이다. 그러나 화는 꼭 쌍으로 온다더니 불행한 운명의 역사는 되풀이되는 것인가? 자신의 외증조부인 소현세자가 탕약망을 만나고 칠십육 년이 지난 후, 재서는 마약슬 신부를 만났다. 이 불행한 사내는 외증조부인 소현세자의 편지 내용 가운데 '귀국하는 즉시 이 책들을 인쇄하여 선비들에게 널리 알리고자 한다'는 대목을 신부가 언급할 때, 서럽게, 아주 서럽게 울던 모습을 영석이는 놓치지 않았다. 재서는 그때 무슨 생각을 하고 있었을까?

그 순간 영석이는 곡암 선생이 언급했듯이 '벗이라면 벗의 침묵에 익숙해야 하고 추측에는 능해야 한다'는 말이 생각났다. 그렇지만 그 당시 영석이는 재서의 침묵이 무엇을 의미하는지 추측할 수 없었다. 그와 동시에 떠오른 것은 숙진이가 보낸 편지의 한 구절이었다. '당신의 그 우수는 마치 피기를 갈망하지 않고 스스로 맺혀 버린 꽃망울 같아 보였어요. 저 부용꽃망울처럼 말이에요. 왠지 그렇게 느껴졌답니다. 이상하지요?' 숙진이는 그때까지만 해도 재서가 왕족인 것을 몰랐다. 그런데도 숙진이는 그 우수의 깊이를 짐작하고 있었던 것이다.

여인의 직관, 특히 사랑하는 사람의 눈빛을 읽어내는 여인의 직감은 이처럼 놀라운 것임을 영석이는 절실히 깨달았다.

신부를 만나고 돌아오는 길에 영석이는 재서에게 일변 많이 부끄럽고 미안했지만, 일변 그간 당자의 신분에 관해 내색하지 않았던 재서에게 서운한 마음도 많았다. 무슨 말을 어떻게 꺼낼지 몰라 주저하는 영석이에게 재서는 시선을 앞길에 고정한 채 말했다.

"아무 일도 없었던 것처럼, 그전과 같이 내게 대해 주기 바라네."

재서가 씁쓸하게 웃었다.

"네. 잘 알겠습니다……. 어쩌면 저한테까지 그렇게 감쪽같이 숨기실 수 있었는지요?"

영석이가 새된 목소리로 말하니 재서가 난처한 듯 얼굴을 붉혔다.

"미안하네. 내 선친의 벗이 그랬던 것처럼 가까운 벗이 나를 떠날까 봐 사실대로 토설하기 두려웠네. 이해해 주게."

영석이는 여전히 욱대기고 싶은 마음이 삭지 않았다.

"한 가지만 여쭤 봐도 괜찮을지요? ……그때 형님네, 아, 이런, 이렇게 불러도 좋겠는지요? ……네, 알겠습니다. 형님네 댁에서 뵌 그 귀인 같은 분이 바로 밀풍군이셨지요. 그렇지요? 그분이 청나라 황실과 정사 이이명 대감에게 연락해서 형님이 자제군관으로 이번 연행길에 오르셨던 것이 맞지요?"

재서는 고개를 끄덕였다.

"맞네. 허나 다 무슨 소용이겠는가? 외증조부님 되시는 소현세자께서 급서를 당하셨을 때부터 우리 집안의 후손들은 이미 운명이 결정되어 버렸는데 말일세. 자네에게조차 숨겨 미안하이……. 내 다른 뜻은 없었으니 예전 그대로 나를 받아 주었으면 좋겠네."

그날 이후 영석이는 재서와 더 가까워졌다. 원래 영석이는 재서를 좋아하고 존중했다. 그런데 둘만이 공유하게 된 비밀이 추가되었으니 그 비밀을 지켜 주고 싶었고 그것이 재서를 지켜 주는 것이라고 생각하게 되었다. 소현세자의 죽음 이후, 그 후손들은 숨을 죽이며 살아갈 밖에 달리 방법이 없었다. 당시 소현세자의 적통인 밀풍군 이탄은 대의명분을 강조하는 노론의 입장에서 왕으로 추대될 만한 명분이 있었지만, 훗날 영조가 되는 연잉군이 있었기에 아직은 때가 아니었다.

마 신부는 재서와 영석이에게 사흘 뒤에 방문해 줄 것을 요청했다. 신부는 재서가 천주에 대한 기본적인 지식을 갖고 있는 것에 대해 기이하게 생각하며, 강한 호기심을 드러내 보였다. 두 번째 만남은 이틀 뒤, 그리고 그다음은 매일 만나다시피 했다. 마치 소현세자가 연경에 머무는 두 달 동안 탕약망을 매일 만났던 것처럼. 운명적인 역사가 어쩌면 이렇게도 똑같이 반복되는지, 그리고 거부할 수 없는 그 운명이 재서를 어디로 어떻게 휘몰아 가는지 그때는 아무도 알 수가 없었다.

4장.

1

사흘 후 재서와 영석이가 남당에 도착했다. 앞마당에는 수레 위에 둥근 가마를 올린 태평차가 눈에 띄었다. 작은 창을 낸 붉은 가마는 아름다운 문양이 수놓아졌고, 은으로 단추를 달아 여닫게 한 주렴이 드리워졌다. 둥근 모자를 쓴 마부가 나귀의 등을 쓸고 있었다. 스무 명가량의 중국인들이 밝은 표정으로 출입문 밖으로 막 나오는 참이었다. 그들 가운데 몇몇은 중국어 특유의 성조 가득한 목소리로 마약슬 신부를 향한 그들의 애정과 신뢰를 토로하는 양이었다.

"자네 말이 맞네. 저렇게 온유한 서양인 신부님은 정말이지 처음 보네."

"그렇다니까. 아까 미사드릴 때 말이야. 신부님이 강론하시는 내내 하늘 위에 붕 떠 있는 기분이었다네."

"마 신부님을 보면 천주가 정말 살아 계신다는 생각이 들 정도라니까."

"우리 중국인들이 동포를 귀하게 여기는 것보다 신부님이 중국인을 더 많이 사랑하시는 것 같아, 그렇지?"

가슴에 금빛으로 열십자를 수놓은 흰 옷을 입은 마 신부는 단정한 치파오(旗袍) 차림의 여인과 여자아이와 얘기를 나누고 있었다. 여인은 연신 신부에게 허리를 숙였다.

"어찌나 고마운지요. 저희에게 시량과 옷을 보내 주신 신부님께 정말 감사드립니다."

"이렇게 찾아와 주시니 감사합니다."

신부는 정중하게 허리를 굽혀 여인에게 답례하고 무릎을 굽혀 아이의 얼굴을 보았다.

"귀여운 아이야! 이름이 뭐지? ……아이린(愛隣)? 오, 이웃을 사랑하라는 아름다운 뜻이 담겼구나."

"네. 저희 집안은 누대에 걸쳐 기독교를 믿어 왔습니다. 그 이름은 애 아버지가 지어 주신 것이지요."

여인의 말에 신부는 기쁜 표정이 역력했다.

"아, 그랬었군요. 천주께서 남기신 계명으로 딸의 이름을 지으셨으니 아이린은 훌륭한 성도로 자랄 것입니다. 그렇지? 아이린! 영구치가 이제 막 나오려고 하네……. 어디 한번 보자꾸나! 아, 해보렴."

아이린은 부끄러운 듯, 처음에는 입을 다물었다가 이내 장난기 가득한 표정으로 입을 벌렸다.

"하하. 조금 지나면 다 자라겠는걸. 무럭무럭 잘 자라거라. 천주께서 아이린을 축복하실 거다."

자세히 보니 그 여인과 아이는 사흘 전 남당으로 오다가 만났던 바로 그 여인과 딸이었다. 옷차림이 말쑥해서 처음에는 알아보지 못했던 것이다. 신부는 바로 그다음 날 목인강을 통해 그들에게 의복과 양식을 주었다. 아이린 어머니는 굴(屈)씨 성을 가진 한족인데, 숙연한 표정과 진지한 눈빛이 좋은 인상을 주었다. 모녀가 돌아서 나오다가 재서와 영석이를 알아보았고, 아이린이 함박웃음을 지었다. 여인도 머리를 조아렸다.

"고마운 분들을 또 뵙네요. 감사합니다! 신부님을 뵈러 방문하신 거로군요. 저, 그런데, 남당에는 언제 또 방문하시는지요? ……. 네, 잘 알겠습니다. 저와 아이린에게 베푸신 은혜를 잊지 않겠습니다."

부인이 아이린의 손을 잡고 나갈 때, 아이린은 두어 번 고개를 돌려 재서와 영석이를 흘끔 쳐다보았다. 화사한 비단 창파오(長袍)를 입은 한 귀부인이 뒤에서 이 광경을 지켜보더니 신부에게 다가갔다. 형형색색의 무늬를 수놓은 노란 창파오는 품이 넓었고, 길이는 복사뼈까지 내려올 만큼 길었다.

"신부님! 사람들이 신부님을 사랑하고 존경하는 이유를 알겠습니다. 이렇게도 자애로우시니. 미사를 마쳤는데도 성도들이 그냥 돌아가지 않고 신부님께 일일이 인사하고 가는 거 보세요. 그분들의 표정 하나하나에서 신부님을 얼마나 귀하게 여기는지 그 마음이 느껴졌답니다. 신부님을 이곳에 보내주신 천주님께 감사할 따름입니다."

귀부인은 신부에게 정중하게 인사했다. 보통 여인의 키보다 반 뼘 가량은 컸고, 씩씩하고 활달한 인상이었다. 여인은 둥근 쟁반을 이중으로 포개놓은 듯한 모자를 쓰고 있었는데, 한어를 구사했지만 말투에는 만주어 억양이 배어 있었다.

"아! 엘리사벳. 그렇게 말씀하시니 감사합니다. 그런데 오랜만에 뵙는 것 같습니다. 무슨 일이 있으셨나요? 그리고 아이는 잘 적응하던가요?"

"네. 그렇지 않아도 그 말씀을 드리려던 참입니다. 아이는 잘 지내고 있습니다. 처음에는 음식도 잘 먹지 않고 말도 하지 않았습니다. 제 딸과 얘기를 나눈 뒤부터 조금씩 나아지기 시작하더군요. 저희에게 온 지 며칠 지나 제 딸과 같이 놀이를 하는데, "언니!" 하고 부르면서 까르르 웃기까지 했답니다. 남편도 아이를 귀여워합니다. 제 딸이 췌(萃)이니 려(麗)라고 이름도 지었답니다."

"오, 다행입니다. 생각보다 일찍 적응하는군요. 남편분이 고(高)씨이니 고려가 되겠군요. 엘리사벳이 아니었다면 고려는 버려진 채 불행하게 자랐을 것입니다."

"신부님께서 그 아이의 양육을 제안하셨기 때문이지요. 저 역시 그아이가 가련하게 느껴졌기에 신부님의 제안을 기꺼이 받았습니다. 그런데 얼마 전에 큰일이 있었습니다. 두 아이가 강가에 갔던 날이었지요. 날이 더워 물에 들어갔는데 제 딸이 그만 웅덩이에 빠졌답니다. 처음에는 정강이 깊이까지만 들어갔는데, 려가 "언니, 조금만 더 가보자" 하면서 이끌었지요. 췌는 헤엄칠 줄 모른답니다. 웅덩이에 빠져 허우적거리는 딸에게 려가 다가가니 딸이 덥석 껴안아 버렸지요. 웅덩이라고 해도 어른 가슴 깊이밖에 되지 않았습니다. 물가에는 하인이 있었지만 뒤늦게 발견하고 둘을 건져내었지요. 물을 많이 마셨는지 췌는 하루종일 의식을 차리지 못했습니다. 오, 신부님 그 하루가 제게 얼마나 고통스러웠는지 모르실 거예요. 하루종일 울던 려를 원망하기만 했지요. 남편은 나가라고 욕설까지 했을 정도니까요. 그날 밤 췌가 깨어나자 려를 찾더군요. 하인이 려를 부르러 간 사이에 췌가 말하더군요. '동생을 탓하지 마세요. 제가 물에 들어가자고 먼저 말했어요. 허리 깊이에서 한 걸음 더 내디디는데 움푹 꺼진 웅덩이인 줄 몰랐던 거예요. 려가 헤엄쳐 오더니 자맥질해서 내 다리를 잡아 웅덩이 밖으로 몰아내려고 했단 말이에요. 숨 쉬려고 머리를 내민 려를 제가 껴안았으니 같이 가라앉았어요. 려가 나를 살린 거예요.' 남편이 그런 사실도 모른 채 려를 야단쳤다고 했더니 췌가 말하더군요. '동생을 혼낸다면 밥도 먹지 않겠고 만약 려를 내쫓는다면 저도 동생과 함께 나가겠어요.' 려가 오자 둘이 부둥켜안고 울었습니다. 서로 '미안해' 하고 말하면서요. 남편과 저는 려에게 사과했고 우리 네 식구 모두 부둥켜안고 울었습니다. 그때부터 둘은 정말이지 친자매처럼 꼭 붙어 다니게 되었지요. 맞아요, 이제는 려가 친딸같이 사랑스럽게 여겨지더군요."

"오, 그런 일이 있었군요. 려의 잘못도 아니고 췌의 잘못도 아닙니다. 그런 일을 통해 려가 친딸로 받아들여졌으니 천주님께 감사드립니다. 엘리사벳이 입양하지 않았다면 려는 영혼의 구원을 받지 못했을지도 모르지요. 그 아이를 잘 양육하십시오. 려가 자라 열너댓이 되면 영세를 받으면 좋겠습니다. 그날이 되면 우리 모두는 천국에 있는 것처럼 기쁠 것입니다. 지금도 이렇게 기쁨이 넘치는데요."

"그런데 신부님, 제 마음에는 깊은 고민이 도사리고 있습니다. 저는, 저는 천주와 야소에 대한 신앙이 생기지 않습니다. 사정도 모른 채 려를 원망한 것만 봐도 그렇지요. 영세를 받을 때만 해도 마음이 뜨거웠는데, 지금은 다시 원래대로 돌아온 듯합니다. 믿고 싶은데도 믿음이 생기지 않으니 답답한 노릇입니다……. 그리고 왜 야소가 유대국에서 태어났을까요? 만약 중국에서 태어났다면 더 쉽게 믿을 수 있었을 텐데요."

"하하. 그런 말씀을 하시니 재미있군요. 엘리사벳! 이렇게 재치 있게 질문하시는 걸 보니 활력이 넘치는 것 같습니다……. 유대국에서 태어난 것은 천주의 섭리라고 할까요? 천주의 아들은 인류의 조상인 아담의 후손으로 오셨어야 했기 때문이지요. 아담과 같은 죄를 범하지 않았는데도 불구하고 온 인류가 죄에 매인 것과 같이, 야소의 구속을 통한 하느님의 은혜도 온 인류에게 미치는 것이지요. 야소께서는 반드시 처녀의 몸에서 나셨어야 했고, 죽임을 당하셨어야만 했다는 내용은 그분이 태어나기 훨씬 이전에, 창세 초에 이미 예견되었던 것이지요. 야소는 먼 옛날 중국에서도 기다려져 왔습니다. 공자도 야소의 도래를 알고 있었고, 그분의 죽음도 예견하고 있었으니까요.
어떻게 보면 공자가 중국 민족을 위해 야소의 길을 미리 예비했던 것
이기도 합니다. 자매님의 세례명인 엘리사벳도 야소의 길을 예비했던
세례자 요한을 낳은 어머니였답니다. 천주께서 엘리사벳이 깨달으시
도록 지혜의 마음을 주실 것입니다."

"네에? 신부님! 그 말씀이 사실인가요? 중국에서도 야소를 기다
려 왔고, 공자가 야소의 도래와 그분의 죽음을 예견했다는 게 사실
인가요?"

의구심과 호기심이 가득한 눈으로 엘리사벳이 되물었다.

"네, 그렇습니다. 적어도 제가 연구한 바로는 그렇습니다. 아마 틀
리지 않을 것입니다. 그 이야기는 시간이 좀 필요한데……."

"오, 신부님같이 훌륭하신 분이, 마치 하늘에서 내려오신 것만 같
은 분이 그렇게 말씀하신다면 저는 믿겠습니다……. 그런데 뒤에 다
른 분들이 신부님을 기다리고 계시니, 다음에 듣기로 하고 저는 이
만……."

"아닙니다. 엘리사벳, 잠깐만 기다리십시오."

신부가 재서 일행에게 다가왔다.

"실례가 되지 않는다면 저 부인과 함께 차를 한잔하시면 어떻겠습
니까?"

식당의 탁자 위에 둘러앉자 신부는 재서와 영석이에게 엘리사벳을
소개했고, 목인강이 다담을 내어 왔다. 엘리사벳은 청나라 문관 벼슬
아치 고삼대(高三臺)라는 사람의 부인으로, 가까이 보니 왕방울같이
큰 눈과 뚜렷한 콧날이 정직하고 시원한 인상을 주었다.

"야소가 탄생하기 약 750년 전에 이새아(以賽亞, 이사야)라는 예언
자가 있었지요. '혹자는 원방에서, 혹자는 북방과 서방에서, 혹자는

시님 땅에서 오리라'(이사야 49:12) 말하며 천주께서 중국인들을 이미 부르셨다고 예언했습니다. 시님은 히브리어로 아래와 같습니다.

סִינִים

중국을 뜻하는 진(秦)이지요."

신부가 히브리어를 종이 위에 쓰자 엘리사벳이 고개 숙여 보는 양이었다.

"신부님, 진이 중국을 통일한 것은 훨씬 더 이후의 일인데 어떻게 진이 중국 천하를 통일한다고 미리 예언할 수 있었단 말인가요?"

"히브리의 예언자들은 사람이나 나라가 있기도 전에 종종 언급하지요. 그들은 본인도 자기가 말하는 사람이나 나라에 관해 모르는 상태에서 예언합니다. 예언자들의 입으로 비밀스러운 것을 드러내지만 후세에 이르러 명료해지는 것이지요. 그래서 모든 세대에 걸쳐 천주의 백성들은 신성한 지혜와 선지(先志)의 놀라운 증거를 받게 된답니다. 이름이 있는 예언자들의 예언이 성취된 것은 말할 것도 없고 이름이 없는 예언자조차도 유대국의 약서아(約西亞, 요시야)라는 왕에 대해 그가 태어나기 300년 전에 그 왕의 이름과 그가 할 일을 예언했지요(열왕기상 13:2). 무엇보다 가장 놀라운 예언은 야소가 태어나기 훨씬 이전에 그의 탄생과 죽음이 예견되었던 것이지요. 진이 통일하기 이전에 중국은 많은 작은 나라들로 이루어졌지만 결국 진이 중국을 통일하리라고 예견된 것과 같지요."

"그렇게 먼 일을 미리 알 수 있다니, 서역의 예언자들은 사람이 아니라 신이라고 해야 하지 않겠는지요?"

믿을 수 없다는 듯이 재서가 묻자 신부가 빙긋 웃었다.

"네. 그렇습니다. 그들은 천주의 성령의 도움을 받아서 그렇게 말한 것이지요."

"성령은 또 무엇인가요? 생혼과 각혼을 아우르는 말입니까?"

엘리사벳이 신부를 곁들였다.

"사람에게 영혼이 있는 것처럼 천주에게 속한 거룩한 영혼이 성령입니다."

"그러면 천주의 넋을 말하는 것인가요?"

"하하. 그것은 차차 말씀드리기로 하겠습니다. 서안부에는 당나라 때 세워진 대진경교유행중국비(大秦景教流行中國碑)가 있습니다. 그 비문에는 실녀(室女), 즉 어머니의 방에서 나간 적이 없는 처녀가, 미새아(彌賽亞, 메시아)인 〈야소를 대진에서 낳았다〉[一]라고 기록되어 있지요. 그런데 야소가 태어난 대진은 유대국인데, 중국이 진인 것과 어떤 관련이 있을까요? 중국 역사상 가장 명석하신 강희황제가 편찬하게 하셨던 《강희자전》에는 중국이 진이라는 이름을 갖게 된 것을 언급하고 이어서 다음과 같이 설명하고 있답니다. 〈대진국은 후한대에 서역에 있었다. 전하는 바에 따르면 대진은 바다의 서쪽에 있고 따라서 해서국이라 부르기도 한다. 그곳 백성들은 크고 훌륭하며 평온하고 올바른데, 중국 민족과 기원이 같다. 그 연유로 그들을 대진이라 부른다.〉[二] 그런데 이 진이라는 문자의 고대형태는 이렇습니다.

'亼'는 하늘을 뜻하고 그 아래에는 십자가(十)가 있지요. 그 아래에는 이 십자가가 나무로 만들어졌다는 뜻으로 나무를 상징하는 '木'

o-o-o-o-o

一. 又誕聖於大秦.

二. 大秦國後漢西域 傳大秦在海西亦云海西國 其人民長大平正有類中國 故謂之大秦.

이 있고, 마지막으로 이 십자가에게 간청하는 두 손을 뜻하는 '🙏'입니다. 그토록 놀라운 일이 수행된 나라가 다름 아닌 유대국이라고 이 상형문자가 지칭하는 것이지요."

"진과 대진국이 같은 민족이라면 진나라를 만든 사람들은 유대국에서 이주해 왔다는 뜻인가요?"

"엘리사벳, 좋은 질문입니다. 그럴 가능성이 높지요. 진(秦) 가계는 야소 탄생 900년 전부터 이미 그 이름으로 있어 왔던 아주 오래된 가계였다고 합니다. 중국을 오래 연구한 학자들의 견해이니 틀리지 않을 것입니다. 만약 유대국에서 이주한 것이 아니라면 적어도 유대국 사람들이 가졌던 그 지식은 지녔을 것입니다. 진의 위치도 중국 대륙의 서쪽 변방이었지요."

"대진국은 《통전》에 나오는 전한 때의 이간국(犁軒國)으로 서역에 있던 옛 나라 이름이 아닌지요?"

"네, 그렇습니다. 이노야께서 잘 알고 계시네요."

"신부님! 흥미 있지만 믿기 어렵습니다. 그러면 중국의 상형문자를 만든 창힐은 유대국의 예언자들과 마찬가지로 야소의 도래를 알고 있었던 예언자란 말인가요?"

"잘 말씀하셨습니다. 상형문자는 원래 새나 짐승의 모양과 지형의 상태와 질서를 관찰하여 만들지요. 히브리어도 마찬가지랍니다. 중국의 문자와 경전에는 야소에 관한 많은 예언이 담겨 있기도 하지요."

이번에는 영석이가 물었다.

"그렇다면 히브리어를 쓰는 사람들이 언제 중국으로 온 것인가요?"

"아담의 후손인 나아(挪亞, 노아) 시대에 천주에 관한 지식을 가졌던 그의 후손 시대이거나 그렇지 않으면 야소께서 탄생하기 721년 전에 이스라엘의 열 지파가 온 땅에 흩어졌을 때 중국으로 왔을 것입니다. 이스라엘이 '땅 이 끝에서 저 끝까지 만민 중에 흩어지리라(신명기 28: 64)'고 마서(摩西, 모세)라는 사람이 앞서 예언하였으니까요. 이스라엘 사람들이 중국으로 왔다는 것을 받아들인다면 우리는 중국인들이 갖고 있는 많은 덕치의 탁월함을 쉽게 이해할 수 있습니다. 유랑하던 이스라엘 민족은 의심할 여지없이 천주의 법을 지니고 있었고 '하느님 여호와께 쫓겨간 모든 나라 가운데서 그 일을 마음에서 기억했었으니까요(신명기 30:1).' 그들이 중국에 왔을 때는 공자가 태어나기 몇 세대 전이고 공자는 히브리인들의 가르침과 교훈에 많은 영향을 받았을 것입니다."

재서가 물었다.

"하느님 여호와가 무슨 뜻인지요?"

"하느님은 하늘에 계신 분이라는 뜻이고 여호와는 그분의 히브리어 이름입니다. 그런데 중국에서는 히브리어 이름을 쓰기 어려우니 천이나 상제가 그분의 성호(聖號)가 된 것입니다. 중국의 경전에 나타나는 천과 상제는 유일신인 하나님이라는 점을 부인하기 어렵습니다."

엘리사벳이 말했다.

"그렇다면 공자가 히브리인들이 섬겼던 그 여호와를 알고 있었다는 말씀인가요?"

"그럴 가능성이 아주 높습니다. 육경을 편찬했으니 공자가 유가의 창시자라고 할 수 있지요. 그런데 이 고대인들을 왜 유(儒)라고 불렀을까요? 고대 갑골문에서 '儒'는 제사를 지내기 전에 목욕재계하는 모습을 형상화한 글자였습니다. 여러 경험과 학식을 갖춘 사람이 제의를 주관하는 제사장이었고 시간이 흐르면서 학자를 가리키는 개념으로 쓰였지요. 공자 자신도 예법과 고전을 연구하며 제의에 많은 관심을 기울였던 제의 전문가라 할 수 있습니다. 유(儒)는 수인(需人)으로 '기다리다' 혹은 '반드시 필요하다'를 의미하기 때문이지요. 《역경》수 괘(需卦 ䷄)는 〈하늘(☰) 위에 있는 구름(☵)입니다.〉² 《설문》의 고대 주석가는 문자 '需'는 '需'의 아래에 있는 '而'가 '天'으로, 곧 '霝'로 쓰였어야 했다고 언급하지요. 따라서 문자 '需' 혹은 '霝'는 성인들에 의해 그토록 간절하게, 그토록 오랫동안 기다려져 왔던 신성한 비, 곧 천우(天雨)를 의미합니다. 성인들은 눈을 들어 하늘의 구름을 발견하고 이스라엘의 제사장들처럼 〈너 하늘이여 위에서부터 의로움을 비 같이 듣게 할찌어다(이사야 45:8)〉하고 외쳤을 것입니다. 곧 오셔야 할 야소 그분을 지칭하는 것이지요."

재서가 말했다.

"받아들이기 어렵습니다. 유가의 가르침은 자신을 수양하고 치민 하는 데 가장 좋은 법도를 말하는 것이지 천주를 섬기는 가르침이 아니지 않습니까?"

"선비들이 치민을 위해 훌륭한 법칙과 금언을 찾는다면, 경전보다 더 이상 합당한 것은 없을 것입니다. 그러나 이것이 경전을 쓴 저자들의 유일한 목표는 아닙니다. 공자가 찬한 원래의 경은 그렇지 않았습니다. 경의 진정한 가르침에 대한 인식은 중국인들에게 완전히 사라 졌다고 할 수 있지요. 공자와 그의 제자들은 〈아주 오래전부터 진실한 교의는 세상에서 사라졌다〉⁴ 말하지요. 소동파는 〈공자가 죽은 후 육경의 교의를 완전히 잃어버렸으며, 그때 이후로 육경은 설명할 수 없게 되어버렸다〉⁵ 단언합니다. 이 점에 관해 중국의 많은 학자들이

o—o—o—o—c—o

三.　象曰 : 雲上於天, 需.
四.　子曰...天下無道久矣.
五.　自仲尼之亡 六經之道 遂散而不可解.

언급한 것은 알고 계실 것입니다."

"네. 그 가운데 구양수(歐陽脩)가 떠오릅니다. 〈공자가 우리에게 남긴 육경의 전통과 참된 의미는 잃어버린 지 한참 지났다. 육경의 원초적인 정확성을 더 이상 되찾을 수 없고 공자가 죽은 사람들 가운데서 부활하지 않는 이상, 그 책들에서 진실을 발견하는 것은 불가능하다〉[*]고 했었지요."

"맞습니다. 공자가 죽은 후 주석가들에 의해 경은 심하게 왜곡되고 변질되었습니다. 특히 송대의 학자들이 경을 나라의 정치적인 틀 안으로 변형시키려고 많이 왜곡했습니다. 특히 주희가 원래의 경에 들어 있는 유일신 천주에 대한 내용을 무신론적인 철학 체계로 만들어버렸지요. 그러나 고대의 본래 가르침이 사라졌지만 그럼에도 불구하고 이 교의는 사람의 영혼 속에 가장 고양된 사고로 남아 있어서 이것보다 더 위대한 어떤 것은 생각할 수 없습니다. 이 사고는 중국인들의 정신에 너무도 깊이 새겨져 있어서 경의 어떤 부분에 진실과 좋은 풍습에 반대되는 무엇을 발견할 경우, 중국인들은 그 부분이 잘못 해석되었거나 불경을 가정한 것으로 결론 지을 수밖에 없답니다."

영석이는 주희를 배향하는 서원이 도처에 널린 조선을 떠올리며 신부의 견해는 씨알도 먹히지 않을 것이라는 생각이 들어 불쑥 내뱉었다.

"그러니까 원래의 경이 전하고자 하는 바는 히브리인들이 기다려 왔던 야소라는 말씀인가요?"

"네. 그렇습니다. 제가 말씀드릴 수 있는 것은 모든 경은, 그것이 유일한 목표인 것처럼, 성스럽고 신적인 한 인격을 언급한다는 점입

o—o—o—o—c—o

六.　世無孔子久矣 六經之旨失其傳 其有不可得而正者自非孔子復出無以得其眞也.

니다. 경에는 그의 미덕, 그의 공덕, 그의 은혜, 그의 신비, 그의 신령한 법, 그의 통치, 그의 영광, 그리고 그의 업적이 언급되어 있는데, 이런 방식은 중국인들에게는 명료하지 않겠지만, 예수 그리스도―야소 기독을 서역에서는 이렇게 부릅니다―를 알고 있는 서양인들에게는 매우 분명합니다. 이처럼 신령한 방식, 곧 '신이명지(神而明之)'로 경을 설명한다면 달라질 것입니다. 이것이《역경》에서 제시된 원칙이기도 하거니와, 이 원칙을 따를 경우 모든 어려움은 해결되고 모든 모순들이 사라질 것입니다. 중국인들이 잃어 버렸던 이 하늘의 교의가 수 세기 동안의 암흑 후에 빛을 다시 보게 되고, 모든 영혼에 큰 유익을 주게 될 것입니다."

2

사관에 머물러 있던 이틀 동안은 꽤 지루했다. 신부를 만난 다음 날, 재서와 영석이는 유리창에 한 번 더 갔고, 오는 길에 인삼 팔십 근에 해당하는 은으로 당화나 청나라 물건과 교환하기 위해 한인 상인을 두 번 만났다. 그 후에는 사관에 머물러 있었다. 이틀째 되던 날 오후, 더위가 한풀 꺾였으나 가을의 햇빛이 강렬해 방안은 땀이 날 정도로 무더웠다. 바라지로 들어온 햇빛이 증이 날 정도였기에 영석이는 빨리 남당으로 갈 시간만 기다리고 있었다. 세 번째 남당에 갔을 때는 굴씨 부인과 아이린 그리고 엘리사벳이 함께 있었다. 굴씨 부인은 으깬 고기와 야채가 든 굵은 밤톨만 한 빠오즈(包子)라 불리는 떡을 갖고 왔다.

"빠오즈에는 포도주가 제격이지요."

마 신부가 목인강에게 포도로 빚은 서양 술을 가져오게 했다.

"신부님! 술의 향기가 좋습니다. 정원의 포도나무에서 수확한 포도로 빚은 건가요?"

엘리사벳이 물으니 신부가 고개를 끄덕였다.

빛깔 고운 포도주를 한 모금씩 맛보던 엘리사벳이 굴씨 부인에게 말했다.

"빠오즈가 아주 맛있습니다. 솜씨가 훌륭하세요."

굴씨 부인은 엘리사벳의 찬사에 금방 대꾸를 하지 않았는데, 그 거조가 좀 이상했다. 시선을 창밖의 정원에 고정하고 있던 부인이 고개를 돌려 엘리사벳을 보며 앙앙하게 말했다.

"조부님은 명의 무관 벼슬아치이셨는데 연경이 함락할 때 전사하셨지요. 그 이전에 기독교를 받아들이셨고요. 집안 대대로 조상을 죽인 청을 원망했습니다. 남편이 죽은 뒤 저는 기독교도 버렸습니다. 미안합니다. 엘리사벳이 좋은 분인 줄 알지만 제가 마음을 열기 어렵군요."

엘리사벳이 얼굴을 붉혔다.

"아, 그런 일이 있었군요. 유감입니다."

분위기가 어색해지자 목인강이 아이린에게 정원의 포도밭을 구경하자며 손을 잡고 나갔다.

"저의 남편은 상해 출신으로 시댁은 서가회(徐家匯)에서 기독교를 믿은 집안입니다. 남편은 관청을 짓는 공사장에 목도꾼으로 날일을 했습니다. 이듬해 봄까지 건물이 완공되어야 한다고 날씨가 추워졌는데도 공사는 지속되었지요. 한족들이 공사의 허드렛일을 도맡아 했습니다. 날품 인부를 감독하던 청의 관리가 한족 인부들에게 날삯의 일부분을 가무리기 일쑤였습니다. 살림살이는 빠듯했지만 우리 세 식구는 행복했답니다. 어느 초겨울 저녁, 일을 마치고 돌아온 남편에게 아이린이 건물을 보고 싶다고 했습니다. 궁궐같이 높다고 남편이 자랑삼아 얘기하는 걸 듣고 아이 마음에 한번 보고 싶어진 것이지요. 저녁을 먹고 둘이서 나갔습니다. 일감 탓에 저는 나갈 수 없었고요. 둘이 위로 올라간 사이에 한족 인부들이 기름을 붓고 불을 질렀습니다. 위에 사람이, 그것도 동료인 한족 인부가 있는 줄 모르고 말입니다. 공사장을 관리하던 청의 관리에게 쌓였던 불만이 터져 버린 것이지요.

순식간에 불길이 번졌습니다. 매캐한 연기 탓에 눈도 못 뜰 정도였는데 불길은 치솟아 올랐지요. 콜록거리는 아이린에게 남편이 말했습니다. '아이린! 어떤 일이 있어도 아빠를 꼭 껴안아야 한다.' 아이린이 안기자 남편은 겉옷을 벗어 아이린을 꼭 감싸 안고 뛰어내렸습니다. 뛰어내리는 즉시 몸을 비틀었는데, 등짝으로 떨어지고자 함이었지요. 남편은 즉사했습니다. 아이린은 손끝 하나 다치지 않았지요. 제가 달려갔더니 아이는 남편 품에 안겨 '아빠! 일어나!' 하면서 울고 있더군요. 주위의 어른들이 아이를 안아 떼어 놓으려 했지만 아빠 품을 떠나지 않으려고 했답니다. 이 년 전의 일입니다."

엘리사벳이 눈물을 훔쳤다.

"아이는 아직 기억하나요?"

"네, 아주 생생하게요. 아빠 얘기만 하면 지금도 울어요."

"어떻게든 제가 도와드리고 싶은데요?"

"말씀은 고맙지만 사양하겠습니다."

"저는 청의 녹봉을 받는 문관의 아내입니다. 청나라 사람으로 인해 큰 아픔을 겪으셨으니 저도 자유로울 수 없습니다. 부인께 도움을 드리고 싶습니다. 아이의 아버지께서 목숨을 던져 지켜 낸 생명입니다. 고인도 부인과 딸이 잘 살기를 원하시지 않을까요?"

"……."

"부탁드립니다. 저의 마음을 받아주시면 좋겠습니다."

"호의를 베푸시니 감사합니다."

선량한 마음이 담긴 대화가 주위 사람들을 훈훈하게 만들었다.

마 신부가 둘의 표정을 살폈다.

"청인이나 당인이나 야소 안에서는 한 형제요 한 자매입니다. 아이린 어머니께서 겪으신 아픔을 생각하면……. 저 역시 마음이 아픕니다. 아이린은 훌륭한 인격을 가진 어른으로 성장할 것입니다. 남에게 사랑을 베풀 줄 아는 사람으로 말입니다. 아버지에 대한 그 사랑의 기억이 아이를 그렇게 자라게 할 것이니까요. 그 사실을 기억하고 있다는 것은 아버지에게서 받은 그 사랑이 새겨졌기 때문입니다. 아이에게는 들추어 내고 싶지 않은 몹시 두려운 일이었을 텐데도 말입니다. 온전한 사랑은 두려움을 몰아내는 법이지요. 그리고 천주께서 아이린 어머니의 마음을 열어 주실 것입니다."

"신부님, 야소 안에서는 왜 한 형제요 한 자매가 되는지요?"

"이노야께서 잘 질문하셨습니다. 유대 민족의 조상은 아백랍(亞伯拉, 아브라함)인데, 그는 천주 앞에서 모든 사람의 조상이기도 하지요 (로마서 4:17). 그의 연치 구십구 세 때 천주께서 할례를 명하셨지요. 할례란 양피를 베는 것입니다. 그리고 그 이듬해에 이살(以撒, 이삭)을 낳았습니다. 이살은 나중에 오실 야소의 예표인데, 야소의 아버지가 천주임을 그림으로 보여 주신 것이지요. 유대 민족은 그때 이후 아들이 태어나면 팔일 만에 할례를 받습니다. 아버지는 하느님 한 분뿐이라는 뜻이지요. 야소가 오신 후 '겉이 아니라 속이 유대인이라야 유대인이며, 할례는 몸에 하는 것이 아니라 마음에 하는 것(로마서 2:28-29)'이라는 가르침으로 바뀐 것입니다. 야소께서 하느님의 아들인 것과 같이 야소를 믿는 모든 무리들도 하느님의 아들이므로 한 형제요 한 자매라는 것이지요. 혹시 《직방외기》란 책을 읽으셨는지요?"

"명 희종 때 애유락(艾儒略, Julius Aleni)이란 사람이 쓴 책 말인가요?"

재서가 되묻자, 신부는 만족한 표정이었다.

"네. 그렇습니다. 그 책에는 구라파 아래에 이미아(利未亞, 아프리카)라는 땅이 있다고 하지요. 그 땅의 서쪽 해안가에는 피부가 검은 사람들이 산다고 합니다. 그들조차 남자들은 할례를 받는다고 들었습니다. 이스라엘의 열 지파가 온 땅에 흩어질 때 이미아 땅에까지 갔었고 유대인의 할례 관습을 남겼을 것입니다."

"사람의 피부가 검다니 믿겨지지 않습니다. 그런데 신부님, 유대인들이 섬기던 신이 어떻게 해서 다른 민족에게도 신이 될 수 있는지요?"

"황 역관님, 천주께서는 유대인의 하느님일 뿐 아니라 이방인의 하느님이기도 합니다(로마서 3:29). 야소의 죽음과 부활을 믿는 사람은, 유대인이든 이방인이든, 할례를 받았든 받지 않았든, 종이든 자유인이든, 모든 구분이 사라지게 된 것이지요(골로새서 3:11)."

엘리사벳이 신부에게 말했다.

"신부님, 중국에서도 야소를 기다려 왔다고 지난번에 말씀하셨는데요?"

"네, 말씀드리지요. 《중용》에는 〈훌륭한 왕자가 3,000년 후에 오셔야 할 그 성인에 주목하면 두려울 것이 없다〉[+]합니다. 《중용》은 따라서 성인이 오시기 100세대 전인 약 3,000년 전에 쓰인 것으로 볼 수 있습니다. 《서경》에는 미래의 구원자에 대한 백성들의 다음과 같은 염원을 읽을 수 있지요. 〈우리들의 왕을 기다리자. 그가 오실 때 우리를 모든 죄에서 구원하실 것이다. 우리의 왕을 기다리자. 그가 오실 때, 우리는 새롭게 부활할 것이다.〉"[ᄉ]

재서가 신부에게 다시 물었다.

"말씀하신 《서경》의 아후와 여후는 모두 하나라의 걸왕을 치고 상

○─○─○─○─ᄃ─○

七. 君子之道……百世以俟聖人而不惑.

八. 徯我后, 后來無罰……徯予后, 后來其蘇.

나라를 만든 탕 임금이 아닌지요?"

"그렇게 이해하는 것이 보통이지요. 누구나 탕 임금이 걸의 자리를 차지한 것을 알고 있습니다.《설문》에서 설명하듯 걸(桀)은 책형으로 나무 위에 죄인(舛)이 있는 것이므로 첫 번째 아담의 전형입니다. 그렇다면 탕은 왜 두 번째 아담인 야소가 될까요? 탕이 걸을 친 후 7년간 지속된 큰 가뭄이 있었습니다. 〈이 재난에 대해 여러 차례 점을 친 후 사람들이 왕에게 사람의 피로 하늘의 노여움을 가라앉혀야 한다〉ᵏ 진언합니다. 이에 〈탕은 세상의 모든 죄는 내가 지겠다〉⁺ 하였고 뽕나무 산에 올라, 자신을 제물로 바쳤을 때 그는 예수 그리스도의 전형인 것입니다."

"신부님, 재미있는 말씀이지만 너무 무리한 추론이 아닌가 싶습니다. 요·순·우·탕·문왕·무왕은 성왕의 전형인데 어떻게 그렇게 야소에게만 적용하시는지요?"

"엘리사벳, 잘 지적하셨습니다. 그러나 문자를 분석하면 그렇게 될 밖에 없습니다. 문자는 거짓을 모르기 때문입니다.《서경》의 해당 구절을 통해 고대 사람들이 의도하고자 했던 진정한 의미는 두 상형문자 후(后)와 래(來)에 담겨 있습니다. 임금 혹은 왕후를 의미하는 후는 하나(一), 입(口), 그리고 'ㄏ'로 되었는데 마지막 부분은 사람 인(人)자와 같습니다. 따라서 한 사람(一人)의 입(口)인데《설문》은 〈세상 만민에게 알리기 위한 법을 가져오는 사람을 형상한다〉⁺⁻ 풀었습니다. 래(來) 자에 대해서는《춘추》를 설명해야 하는데,《춘추》는 은공(隱公)으로 시작하고 기린의 포획과 죽음으로 끝나지요. 隱(은)은 '숨다, 감

ㅇ-ㅇ-ㅇ-ㅇ-ㅇ-ㅇ

九. 湯時大旱七年, 殷史卜曰 : 當以人禱.
十. 萬方有罪 在予一人.
十一. 后 : 象人之形 施令以告四方 故厂之 从一 口.

추인'을 뜻하는데 隱公(은공)은 감추인 하느님의 형상입니다. 기린은 또한 서양에서 죽임을 당한 그 성인의 상징이지요. 공자는 이 오래된 전통을 알고 있었을 것입니다.

"서수획린이라는 구절을 말씀하시는 듯한데, 어떻게 공자가 기린의 죽음을 통해 야소의 죽음과 연결시킬 수 있었는지요?"

"네. 이노야께서 잘 아시네요. 공자가 《춘추》를 통독했을 때, 구세주의 죽음이 신비스런 방법으로 제시된 마지막 부분에 이르러 이렇게 외칩니다.

《춘추》에 '서쪽에서 기린이 잡혀 죽는다'고 일렀다. 그러면 오셔야 할 분은 누구이신가? 오셔야 할 분은 누구이신가?〉+二 공자는 그 성인의 죽음을 알고 나서 많은 눈물을 흘리며, 〈내가 가르쳤던 나의 도는 끝났다〉+三 말했습니다. 공자는 숙래재(孰來哉) 곧, '누가 오는가?' 혹은 '누가 오실 것인가?'라고 말하지 않았고, 숙위래재(孰爲來哉) 곧 '누가 와야만 하는가?'라고 말했습니다. 이것은 세례자 요한이 '오실 그이가 당신입니까, 우리가 다른 이를 기다려야 합니까(마태복음 11:3)'라고 말하는 방식과 같습니다."

"신부님, 제가 이해하기로 중국에 성왕이 될 만한 인물이 있으면 기린이 오는 것이고, 그렇지 않으면 오지 않는 짐승으로 알고 있습니다."

"네. 모두 이노야처럼 이해하고 있지요. 그러나 그렇게 이해하면 중국 민족에게 보존된 숭고한 교의와 전통을 놓치게 되는 것입니다."

엘리사벳이 반색을 하듯 손을 마주치며 말했다.

○-○-○-○-○-○

十二.　春秋 曰:「西狩獲死」孔子曰:「孰爲來哉？孰爲來哉？」

十三.　西狩獲麟, 孔子曰: 吾道窮矣!

"신부님, 세례자 요한은 저의 세례명과 같은 엘리사벳이 낳은 아들 맞지요? 세례자 요한과 같은 성인이 야소에 관해 했던 말을 공자가 똑같이 말했다는 것이 저로서는 반갑기는 하지만 믿기는 어렵습니다."

"허허. 이해합니다. 그렇지만 그와 같은 해석을 뒷받침하는 다른 구절이 《공총자》에 있습니다. 〈공자가 가로되 '하늘의 아들이 은혜를 베풀어 이제 막 태평을 이루고자 하는데 곧 린(麟)·봉(鳳)·구(龜)·용(龍)으로 간주되셨던 분입니다. 이제 그 왕이 마땅히 죽어야 한다면 천하에는 주인이 없게 될 것입니다. 오셔야 할 분이 그분인가요?'하며 울면서 이르기를 '린(麟)이 죽었으니 나의 도는 끝났다'.〉"[十四]

재서가 의아한 표정으로 신부를 보았다.

"신부님, 용이 어떻게 야소를 상징하는 것인지요?"

"모든 경전은 《역경》을 따르고 있고, 그 상징적인 교리는 모두 한 성인을 지향한다는 점을 주목해야 합니다. 《역경》은 전체가 세상을 구원하기 위해 제물로 바쳐진 그 성인의 사역, 고통, 희생을 언급하고 있습니다. 《역경》 첫째 괘인 건(乾 ䷀)의 여섯 효 안에는 성자 예수의 모든 삶이 펼쳐져 있습니다. 육룡은 여섯 마리의 용이 있어서가 아니라 비길 데 없는 한 〈신성한 용이 여섯 단계를 거쳐 마침내 하늘에서 다스릴 수 있게 된 것〉[十五]을 뜻하지요. 첫째 효는 성자의 공생애 이전의 감춰진 삶을 상징적으로 나타내고 있습니다(潛龍, 勿用). 둘째 효는 성자의 공생애입니다. 〈용이 밭에 보인다(見龍在田)〉고 했고, 문언(文言)에는 더 표현이 풍부합니다. 〈그는 바르고 중심에 머문다. 그 삶은 평범하지만 말은 신실하고 행동은 신중하다. 악을 쫓아내고 선을 보

○-○-○-○-○-○

十四.　子曰 : "天子布德, 將致太平, 則麟·鳳·龜·龍先為之祥, 今宗周將滅, 天下無主, 孰為来哉?" 遂泣曰 : …麟出而死, 吾道窮矣.
十五.　時乘六龍以御天.《易經》, 중천건(重天乾).

185

존한다. 세상을 그의 선으로 가득 채우고도 겸손하여 자랑하지 않는다. 마침내 그의 덕은 극도로 완전하여 사람들을 변화시킨다.〉⁺ᐧ 셋째 효에서 그 성자의 삶이 끝납니다. 문언은 말합니다.

〈위로 하늘에도 없고 아래로 들판에도 없다. 저녁에 근심스러워하며, 아침까지 떤다.〉⁺ᐧ 그 이유는 〈그의 시간이 왔기 때문이지요(因其時而惕)〉. 넷째 효에서 그 성인은 명부(冥府)로 내려갑니다. 그분이 심연을 통과해(在淵) 죄를 제거하신(无咎) 것이지요. 셋째 효와 넷째 효에서만 무구(无咎)라는 표현이 있음을 주목해야 합니다. 그가 고통받고 죽은 것은 죄를 없애기 위한 것이기 때문입니다. 그뿐 아니라 오직 이 두 효에서만 용을 찾을 수 없습니다. 그 성인이 신성을 잃고 사람으로서 죽으셨기 때문이지요. 그렇지 않다면 사람은 구원받지 못했을 것입니다. 다섯째 효에서 그 성인은 하늘로 오릅니다. 〈그분을 보는 자는 크게 이롭다(利見大人)〉고 하지요. 여기서 대인이 누굴까요? 〈이 위대한 인간은 하늘이고, 하늘은 위대한 인간입니다.〉⁺ᐧ 여섯째 효에서 그 성인은 모든 악에게 승리하셨습니다. 그렇기 때문에 원문은 〈그 신성한 용에 대항해서 반역하는 자는 후회하리라(亢龍有悔)〉고 하는 것이지요."

"신부님, 건괘의 용은 세속적인 군주나 군자를 뜻하는 줄 알았는데 야소를 가리킨다니 놀랍기만 합니다."

"네. 이노야께서 말씀하신 대로 중국인들조차 그렇게 이해하는 축이 대부분이지요. 그러나 그렇게 받아들이면 세 번째와 네 번째 효를 설명하기 어려울 것입니다. 어떻게 왕이 고통을 받고 심연으로 떨어

○-○-○-○-○-○

十六.　龍德而正中者也. 庸言之信, 庸行之謹 ; 閑邪存其誠, 善世而不伐, 德博而化.《易經》중천건.
十七.　上不在天 下不在田 夕惕若厲.《易經》, 중천건.
十八.　大人卽天也 天卽大人也.《童溪易傳》

지며 그 후 하늘로 오를 수 있을까요? 만약 중국인들처럼 해석한다면 저보다 훨씬 더한 억측이 아닐까요?"

재서와 영석은 신기하기는 하지만 믿기지 않는 표정이었고, 엘리사벳도 묵묵부답이었다. 신부가 둘러보더니 덧붙였다.

"제 주장을 뒷받침할 강력한 근거가 있습니다. 첫째, 《역경》은 64괘를 담고 있지만 그 모두가 건괘(☰)와 곤괘(☷)에 다 포함되어 있지요. 그렇기 때문에 이 두 괘로 시작합니다. 《시경》은 미래의 신랑인 군자(君子)와 미래의 신부인 숙녀(淑女)에 결부되어 있고, 《시경》 역시 이들로 시작하지요. 《서경》은 역사서의 외양을 띠고 있지만 모든 것은 요(堯)와 순(舜)에 관련되며 역시 그들로부터 시작합니다. 둘째, 《역경》의 건이 암시하는 것을 《시경》은 군자로 표현하고 《서경》은 요로 나타냅니다. 《역경》의 곤이 가리키는 것을 《시경》에서는 숙녀로 선언되고 《서경》에서는 순으로 지칭됩니다. 다시 말하면 건, 군자, 요는 아주 완벽한 왕을 의미하고, 곤, 숙녀, 순은 왕의 신하를 의미하지요. 최상의 존재로서의 하늘과 땅은 마찬가지로 최상의 존재로서의 왕과 신하, 최상의 존재로서의 신랑과 신부와 같습니다. 성인은 왕인 동시에 신하이어야만 합니다. 진정한 성인은 동시에 건과 곤이며, 하늘과 땅, 요와 순, 왕과 신하, 군자와 숙녀, 신랑과 신부인 것이지요. 그는 위대함과 왜소함, 숭고함과 비천함, 강함과 약함, 6과 9, 음과 양입니다. 혹은 이 모든 상징들을 한마디로 표현한다면 성인은 인신(人神)이고 신인(神人)이지요. 저는 경전의 모든 신성한 교리는 이 점을 핵심으로 두는 데 있다고 생각합니다."

"인신은 무엇이고 신인은 무엇인가요?"

"좋은 질문입니다, 황 역관님. 인신은 사람-하느님으로 인성과 신성이 결합된 성자의 인성을 더 강조하는 말이요. 신인은 하느님-사람으로 그분의 신성을 더 강조하는 말입니다."

신부의 열정적인 설명이 끝났다. 신부는 또 다른 질문을 바라는 듯 둘러보았지만 아무도 입을 여는 이가 없었다. 그때였다. 목인강이 가져다 준 서양 떡을 먹으며 앉아 있던 아이린이 중얼거렸다.

"티엔 요우 신, 지 뿌 추오

(天有心 記不錯, 하늘은 지각이 있어 모든 것을 기억하네)

션 시 션, 오 시 오

(善是善 惡是惡, 선한 사람은 선하고 악한 이는 악하다네)

테엔 요우 쿠, 뿌 슈오 화

(天有口 不說話, 하늘은 입이 있으나 우리처럼 말하지 않네)……."

"오, 아이린! 네가 바로 내가 전하고자 하는 말을 하는구나. 천주께서도 너를 안아 주고 싶으실 거야."

신부는 미소를 지으며 무릎을 굽혀 아이린의 얼굴을 바라보았고 그때서야 모두 환하게 웃었다.

엘리사벳이 말했다.

"신부님, 그렇게 멀리 떨어진 구라파에서 어떻게 중국에까지 오시게 되었는지 그리고 신부님처럼 홀몸으로 어떻게 평생을 야소께 헌신할 수 있는지요?"

"네. 저도 그게 궁금했습니다. 신부님이 사셨던 법국이라는 나라는 어디이며, 왜 하필이면 이처럼 먼 이국땅인 중국까지 오셨는지요?"

굴씨 부인이 엘리사벳을 향해 상글 웃었고, 아이린도 엄마의 웃는 모습에 방실 웃었다.

"네. 어떻게 해서 이곳 중국에 오게 되었는지 얘기하지요. 저는 구라파의 가운데에 있는 법국 서북부에 있는 슬보(瑟堡, 쉘부르)란 곳에서 태어났습니다. 대서양이란 바다가 짙푸르게 펼쳐져 있고, 갈매기가 날아다니는 아름다운 항구였지요. 어렸을 때부터 저는 해미가 짙게 깔린 포구에 나가 바다와 배를 보는 것이 큰 즐거움이었답니다. 어부들이 타는 고기잡이배도 있었고 수군들이 타는 배도 있었답니다. 또 어떤 배는 먼 곳으로 수개월 이상 걸리는 항해를 떠나기도 했었지요. 저희 집안은 한 세대에 적어도 한 명은 수도원에 보내졌을 정도로 기독교를 믿는 가계였기에 저 역시 열일곱에 야소회(耶蘇會, 예수회)에 들어오게 되었습니다."

신부는 머릿속에 그려보려는 듯 눈을 지그시 감고 회상하는 양이었다.

"어린 나이에 수도원에 갔으니 하느님이 정말 살아 계신지, 사람이 죽으면 영원한 생명이 진정 있는 것인지에 대한 회의도 많았었지요. 몇 년 동안은 그와 같은 회의 속에서 방황했었답니다. 그러다가 어느 날인가 하느님께 직접 물어보고 싶어졌습니다.

'하느님이 살아 계신다면 그리고 영원한 생명이 있다면 저로 하여금 깨닫게 해 주십시오' 하고 말입니다. 간절하게 기도를 올렸지만 아무런 변화도 없었습니다. 얼마 후 저는 수련생들과 함께 다른 수도원으로 순례를 떠나게 되었지요. 순례의 길 도중 며칠씩 들판에서 야영을 하게 되었습니다. 어느 밤, 깊은 잠에 들어 있다가 무슨 웅얼거리는 소리 때문에 잠에서 깨어났지요. 어디선가 '크리스테 엘레이손(Christe eleison, 그리스도여 우리를 불쌍히 여기소서)! 크리스테 엘레이손!'이라는 말이 들렸습니다. 미명이 물러가고 사물들이 제 모습을 찾아가고 있을 때였습니다. 주위를 둘러보니 참으로 아름다운 풍경이었지요. 들판 아래 호수에는 물안개가 피어올랐고, 호숫가 밀밭에서 종달새가 낮게 날며 지저귀고 있었답니다. 바로 그 순간 저는 모든 것을 깨닫게 되었지요. 그분은 저에게 이렇게 말하시는 듯했습니다. '내 안에 거하라. 나도 네 안에 거하리라(요한복음 15:4).' 경배를 드리고 나서 주위를 다시 돌아보았습니다. 말로 표현할 수 없는 아름다운 정경이 눈앞에 펼쳐졌지요.

부드러운 바람에 무수한 잎사귀들이 손뼉을 치며 저를 맞아 주었고, 바위 틈새에 핀 작은 들꽃이 사랑스러운 인사를 전하고 있었습니다. 귀여운 새들이 다정한 벗이나 되는 것처럼 주위를 날아다녔습니다. 주위의 모든 것이 저에게 사랑을 전하고 있었답니다. 작은 것, 사소한 것들이 생명의 경이로움과 아름다움을 온몸으로 드러내고 있었지요. 물동이에 가득찬 물이 넘치듯이 온 땅은 생명으로 넘쳐흘렀고 저는 순식간에 깨닫게 되었답니다. 인간은 이 모든 만물에 생명을 부여한 창조주의 생명으로 살아야 한다는 것을 지식이 아니라 직관으로, 머리가 아니라 가슴으로 깨닫게 된 것이지요. 이 모든 자연은 하느님의 비밀스런 섭리로 움직이고 있으며 그분의 아름다운 창조를 여실히 표현한다는 것을 알았습니다. 창조의 마지막 날, 인간을 만드시고 하느님의 숨결을 불어넣으셨고 그 숨결은 바로 하느님의 생명이라는 것을 온몸으로 느꼈습니다. '주여! 이 모든 것이 그리스도 속에 있고 저도 그리스도 안에 있으니 저를 받으소서. 당신이 명하신 길을 올곧게 가겠습니다' 하고 기도했지요.

그로부터 십 년이 더 지났습니다. 중국으로 가서 중국 민족들에게 순종할 것을 바라며 준비하고 있었을 때, 중국에 있다가 법국에 잠시 다니러 왔던 백진(白晉, Joachim Bouvet) 신부의 인도를 받았습니다. 우리는 '바다의 여신(Amphitrite)'이라고 이름 붙여진 배를 탔고 몇 삭이 지난 후 중국에 도착하게 되었습니다. 제가 서른둘이었을 때였지요."

"신부님, 생명이 영원하다는 말씀은 믿어지지 않습니다."

"허허. 천주께서 황 역관님의 마음을 열어 주시기를 기도하겠습니다. 이렇게 말하겠습니다. 약 170년 전부터 구라파의 선교사들이 중국에 왔는데 지금까지 300명가량 될 것입니다. 그들은 혼인도 않고 평생을 전교하는 데만 헌신하지요. 늙어 죽어서도 고국으로 돌아가지 못하고 중국에 묻히는 경우가 대부분입니다. 만약 우리가 바라는 것이 이 땅의 삶뿐이고 영생이 없다면 우리들 선교사가 이 세상에서 가장 어리석은 사람들일 것입니다. 그렇지 않겠습니까? 영원한 생명은 그분이 우리에게 하신 약속이며, 야소를 하느님의 아들이라고 시인하면 누구든 영생이 있답니다."

"신부님, 중국에 오래 유련하시면서 법국으로 돌아가고 싶으셨던 적은 없었던가요? 고국이 많이 그리우셨을 텐데요."

"아이린 어머니! 그렇게 말씀하시니 고맙습니다. 잠시나마 고국을 떠올릴 수 있으니 말이지요. 허허허. 왜 아니겠습니까? 저도 여러분과 성정이 같은 사람인데요. 법국에서 속세 사람처럼 살았더라면 하고 스스로 연민에 빠졌던 적도 있었지요. 그러나 그런 생각이 들 때마다 그때 배의 갑판에서 바라보았던 밤하늘과 바다를 떠올리면 새 힘이 솟는답니다. 중국에 올 때, 칠 개월 동안 항해했었지요. 매일 눈에 보이는 것은 바다뿐이라 나중에는 싫증이 나기까지 하더군요. 어떨 때는 짙푸른 바다가 하늘 같아 보였고, 하늘도 또한 바다같이 보였었지요. 멀미로 며칠씩 고생하기도 했었습니다. 어느 날, 며칠씩 먹지도 못해 주린 배를 움켜쥐고 배의 갑판으로 나갔답니다. 지치고 힘이 들었는지 슬프고 후회하는 마음까지 들었지요. 밤하늘엔 많은 별들이 온 하늘을 덮고 있었고 바다는 어머니 품처럼 느껴졌답니다. 그때 하느님이 아브라함에게 하셨던 말씀이 떠오르더군요. '하늘을 우러러 뭇별을 셀 수 있나 보라. 네 자손이 이와 같으리라'(창세기 15:5-6). 하느님이 중국 민족을 얼마나 사랑하시는지, 그들이 야소를 알기를 하느님이 얼마나 바라시는지 그분의 마음이 느껴졌답니다. 중국 민족의 구원을 위해서라면 파문을 받더라도 감심하겠다고 다짐했지요. 다시 바다를 보았습니다. 그때였지요. 오, 놀랍게도 하느님의 말씀이 큰 종소리처럼 울려 퍼졌답니다.

퀴아 레플레타 에스트 테라 시엔시아 도미니 시쿠트 아쿠에 마리스 오페리엔테스(Quia repleta est terra scientia Domini sicut aquae maris operientes, 물이 바다를 덮음같이 여호와를 아는 지식이 세상에 충만할 것임이니라, 이사야 11:9).

중국에 온 후 경전 안에 하느님과 그의 외아들 야소가 언급된 것을 발견할 때마다 기쁨에 넘쳤었지요. 그때 선상에서 바다를 바라보았을 때 가슴 깊이 새겨진 그 말씀대로구나 하고 경배를 드렸답니다.

시쿠트 아쿠에 마리스 오페리엔테스(물이 바다를 덮음같이)

퀴아 레플레타 에스트 테라 시엔시아 도미니(여호와를 아는 지식이 세상에 충만할 것임이니라)!"

신부의 말을 듣고 난 바로 그 순간만 해도 영석이는 이해할 수가 없었다. 어떻게 사람이 하느님의 말씀을 귀로 들을 수 있단 말인가? 어떻게 영원한 생명이 있을 수 있으며 또 그것을 믿는단 말인가? 그런데 놀라운 것은 다른 사람들의 표정이었다. 재서는 새로운 생각으로 가득 찬 눈빛이었고, 엘리사벳은 손수건을 꺼내 눈물을 닦고 있었다. 굴씨 부인의 눈가에도 눈물이 맺혀 있었다. 영석이는 신부의 인격이 존경스럽고 그가 말하는 태도에 감동을 받았지만 그것뿐이었다. 다만 그날 사관을 나서기 전만 해도 강렬한 햇볕을 짜증스럽게 바라보았는데 어찌된 일인지 남당의 창문으로 비스듬히 새어드는 저녁 햇빛이 영석이의 가슴 깊은 곳을 찌르는 듯했고 새로운 기쁨이 솟아나는 것 같았다. 그러나 왜 그런지는 영석이 당자도 알 수 없었다.

3

한평생 몰두해야 할 일을 작심하고 아퀴짓는 순간이 있다면, 내게는 열흘쯤 전이 그런 날이 아니었나 싶소. 그렇게 강렬한 인상은 처음이었소. 연경의 남천주당에서 마약슬이라는 서양 신부의 얘기를 듣는 순간, 나는 서양에서 말하는 천주가 살아 있는 분이 아닐까, 야소는 마 신부처럼 자애로운 분이 아닐까 하는 생각까지 들었다오. 《천주실의》에 소개된 천주경(天主經, 성경)이라는 서양 경전을 기억하리라 믿소. 마 신부가 그 천주경도 얼마 전 보여 주었소. 라어(羅語)라는 서양 언어로 되어 있었는데, 술술 읽을 정도로 통달해 있지는 않지만 나도 라어를 알고는 있소. 당신은 내가 어떻게 라어를 알고 있는지 묻겠구려. 라어뿐 아니라, 천주학에 관해서도 조금 알고 있었소. 미안하오. 숨겨 왔던 사실이 있는데 그 내용은 곧 밝히겠소. 그리고 어머님에게도 우서를 보낼 테니 당신이 어머님을 만나 보다 소상한 얘기를 들었으면 하오.

　마 신부의 말로는 천주경의 주된 내용은 신조와 계명이 아니라 하느님—천주를 그렇게 부르더이다—과 사람이 연합된 야소를 보여 주는 것이라 하였소. 인류의 조상인 아담은 죄 때문에 하느님의 아들로서의 자격을 잃어버렸소. 하느님은 둘째 아담을 보내어 다시 자신을 나타내셨고 그가 예수 그리스도라는 것이오.
《천주실의》에 소개된 '야소 기독'을 마 신부는 그렇게 부르더이다.
경전과 한자에는 하느님과 사람의 연합이라는 교의와 함께, 죄
때문에 하느님을 떠난 모든 사람을 다시 하느님과 합하게 한다는
존교의 가르침이 감추어져 있다는 게 마 신부의 주장이었소.
참으로 놀랍지 않소? 신부는 이렇게 덧붙였소.
"하느님은 모든 사람이 진리를 깨닫기를 원하고 계시지요. 구하고
찾는 사람에게는 열리게 마련입니다. 주님께서 마음의 눈을 열어
주시면 믿음의 눈으로 볼 수 있게 되니까요."
마 신부를 만난 이후 희미하게 알아 왔던 하느님이 내게
명확해졌다고 할 수 있소. 처음 얼마 동안은 마 신부의 말이
믿기 어려웠소. 그런데 거듭해서 신부의 설명을 들으니 깨달음이
오는 듯하더이다. 그렇지만 아직도 작은 믿음과 큰 의심이
갈마들고 있는 형편이오. 다만, 마 신부가 알려 준 새로운
지식으로 《주역》을 비롯한 경전을 다시 읽고 싶은 마음이오.
나는 그런 경이로운 기쁨으로 가득 차 있소.

내게 바다는 이별과 아픔의 바다였소만 마 신부의 바다는 달랐소.
그분에게는 인생의 바다가 아니라 하느님에 관한 지식과 하느님의
영광으로 가득 찬 바다였소. 당신이 마 신부와 함께 있었다면,
그가 그토록 사랑하며 그토록 순종하기를 원하는 예수
그리스도를, 신부 당자가 그렇다는 그 이유만으로 당신도 아마
마 신부를 따르고 싶은 마음이 들었을 것이라 생각하오.
마 신부가 나에게 어떤 씨앗을 뿌려 놓았는지 필설로 설명하기
어렵소. 나는 선친이 바라본 이별과 아픔의 바다에서 벗어나

신부가 바라본 그 바다로 나가고 싶소. 신부의 얘기를 듣고
며칠 동안 고민했고, 마침내 다짐했다오. 여기에 진리가 있고,
그 진리에 도달하기 위해 곧추 날아가는 화살처럼 이 길을
걸어가겠다고 말이오. 서광이 비쳐 오는 것을 느꼈소. 또 결심한
게 있소. 귀국하면 당신과 혼례를 올리겠소. 연경에 오기 전에
혼인 얘기가 나왔을 때 망설였지만, 지금은 아니오. 다만 나와
혼인하면 불행해질지도 모르는데 그래도 괜찮겠소? 평온하고
안락한 생활이 힘들지도 모르는데 말이오. 혼례를 올리기 전에
밝혀 두어야 할 게 있소.

　내가 여덟 살 때였소. 할머니가 어머님과 나를 불렀을 때,
소현세자께서 나의 외증조부라는 사실을 알게 되었다오.
소현세자의 막내따님인 경순군주가 내 할머니셨소. 그런데
왕족이라는 긍지를 느끼기보다 차라리 모르고 살았으면
좋았을 것이라는 생각이 들었소. 남들이 알게 될까 봐 숨죽이고
살아야만 했던 우리 가문의 슬픈 지난 얘기를 듣고 말이오.
나도 선친처럼 우울과 방탕 속에서 비뚤어지게 살아갈까
생각하기도 했고, 또 실제로 한동안 그렇게 살기도 했소.
어머님은 모르시지만 말이오. 당신이 나에게 느꼈던 우수는
그런 연유 탓이오. 하지만 그런 우울은 털어 버렸고,
당신과 함께 다시 시작하고 싶소.

　수십 년 전 이곳 남천주당에서 소현세자와 교류했던 탕약망
신부에 관해 들었소. 세세한 내용은 어머님에게 듣기 바라겠소.
탕약망 신부가 소현세자께 주었던 서학에 관한 책을 조선에서
출간도 못하시고 돌아가셨으니, 내가 마약슬 신부의 강학 내용을
책으로 내야 한다는 조용한 의무감을 느끼고 있소. 외증조부

되시는 소현세자께서도 이 일을 기뻐하실 것이니 말이오. 그 책을
내고 나서 혼례를 올리면 좋을 듯하오.

마음 한편으로는 조선에서 이런 내용이 책으로 나온다면,
사람들이 나를 미친놈이나 가납사니로 여기지 않을까 하는
두려움도 있소. 존교의 가르침은커니와 야소조차 모르는
사람들에게 경전과 한자에 천주와 야소가 있다는 주장이 얼마나
어리석게 여겨지겠소. 그것이 고민이오. 나 역시 아직 야소에
대해 잘 알지 못하오. 어젯밤 꿈에는 황 역관이 바삐 짐을 꾸리며
일정이 당겨져 오늘 귀국한다고 하였소. 마 신부의 얘기를 마저
듣지도 못한 상태에서 떠난다니 발만 동동 구르며 잠에서
깨어났소. 한번은 이런 꿈도 꾸었소. 형리들에 에워싸여 주리를
틀리고 문초를 당하고 있었소. '너는 누구냐? 대체 누구길래
이런 책을 내고자 하느냐?'는 물음에 내가 말했소. '나도 모르오.
내가 누군지.' 모든 사람에게 배척당할지 모르지만 그래도 마
신부의 말을 더 믿는 편이오.
　당신은 나를 어떻게 받아들이겠소? 사람에게 영혼이라는 것이
있고 그 영혼은 죽어서도 사라지지 않는다는 말을 집안에서
천주학을 배울 때 들어보긴 했소. 그런데 마 신부의 설명을 듣는
순간 그 사실이 믿어지게 되었소. 신부는 이렇게 얘기하였소.
"천주경의 전도서라는 곳에는 '사람의 영혼은 위로 올라가고,
짐승의 혼은 아래로 내려간다'는 말이 있습니다. 노인은 마지막
임종 때 숨을 내쉬고 죽지요. 그것은 창조 때 하느님의 숨을 받고
생명을 얻은 후 그 숨을 마지막으로 뱉고 죽기 때문입니다.
사람의 영혼은 육신과 달리 죽지 않는다는 사실을 받아들인다면,

내세의 희망을 갖는 것은 당연하지요. 사람에게 죽음이 무서운
이유는 영혼이 가는 곳을 모르기 때문입니다. 어렴풋하게나마
홀로 어두운 골짜기로 들어가는 것 같은 생각에, 마음에 깊은
고독감을 느끼는 것이지요. 다시 말해, 사람이 죽음을 몹시
두려워하는 것은 바로 그에게 영혼이 있다는 강력한 증거입니다."
신부의 그 말을 듣는 순간, 영원한 생명이 내 영혼 안에 있다면
죽음조차 그리 두려워할 필요가 없다는 생각이 들었소.
나는 무엇 때문에 세상에 왔는지 몰랐소만, 그 책을 내는 것이
내가 해야 할 일이라고 느끼고 있소.

신부를 만나기로 예정된 때보다 일찍 남당에 도착한 어느
날이었소. 입구에서 나와 황 역관을 맞은 중국인 전도사가
신부님이 기도 중이니 뒷자리에 앉아 기다리라고 하였소.
서쪽 익실의 좌석에 앉은 마 신부는 침묵 속에서 머리를 숙이고
있었소. 한참 지난 후, 신부는 주님의 이름을 연호하더니 어깨가
들썩일 만큼 눈물을 쏟으며 이렇게 외쳤소.
"주님! 이 민족에게 은총을 내리소서! 그들은 주님의 애타는
마음을 깨닫지 못하고 있습니다."
사람이 자신과 전혀 무관한 다른 사람과 다른 민족을 향해 그렇게
간절하고 순결한 사랑을 가질 수 있다는 사실에 나는 붙박인 듯이
얼어붙어 버렸소. 마약슬 신부의 기도와 눈물, 그리고 그의 말
어디에도 그를 의심하게 하는 것은 볼 수 없었소. 며칠 전에는
늙은 한인이 신부 앞에 무릎 꿇고 있었는데, 신부는 궐자에게
성호를 그으며(야소 믿는 자의 머리 주위에 십자를 긋는 것을
뜻하오) 이렇게 말하더이다.

"노(老) 형제님, 사람은 자신이 그릇되게 살았다는 것을 오랜
방황 후에 깨닫게 되지요. 그러나 그때도 늦지 않습니다.
그리스도가 벌린 팔은 모든 사람의 모든 잘못을 포용하니까요.
그리고 형제님께서 말씀하신 대로 본인이 평생 삶의 주인이었는데
주님을 안 후 어떻게 살아야 할지 모르겠다고 하신 것은 당연하고
바람직한 변화입니다. 누가 나를 다스리느냐 하는 다스림의
문제이니까요. 내가 나를 다스리지 않고 주님이 나를 다스리게
되면, 내 인생의 주인으로 마음 내키는 대로 살아왔던 예전의
방식이 다시 이어질까 두려워지게 되는 것이지요. 아무 염려
마시고 편안한 마음으로 돌아가십시오. 천주께서 지혜의 마음을
주실 것입니다."

나는 며칠 동안 고민했다오.

주인을 바꾸는 일이니 어찌 쉽겠소. 내가 내 삶의 주인이었는데
그분이 주인이라면 말이오. 지금까지 살아온 방식과 인식을
바꾸는 건 지금도 두렵기만 하오. 신부의 말을 믿었다가도
그럴 리 없다고 단념해 버리니 마음은 오히려 편하더이다.
그러나 뒤통수를 당기는 뭔가가 분명 있었다오. 마 신부는
이 땅의 우리는 잠시 잠깐이면 사라질 아침이슬같이 나그네요,
행인에 불과하다고 하더이다. 영생이 있다는 신부의 말을 믿을
수 있겠소?

황 역관은 이번 연행길에는 돈 좀 벌어보겠다고 별러서 왔소.
그런데 마 신부를 만나 얘기 듣는 것이 재미있는지 한인 상인을
자주 만나지도 않고 있소. 하긴 황 역관이 푸념한 대로 이번은
한양의 군문과 아문에서 별포무역에 별로 관심이 없고 중국
물건을 살 수 있는 한도가 고작 팔포뿐이니 영석이 당자가 큰 돈

만지기는 어려운 듯하오. 나는 마 신부의 말에 귀를 기울이는
영석이의 표정이 점점 진지하게 변하는 것을 관찰할 수 있었소.
마 신부를 만나고 돌아오면 황 역관은 잠들기 전에 그날 있었던
대화 내용과 마 신부가 언급한 말들을 꼼꼼하게 기록하고 있다오.
언제는 마 신부와 대화 중에 영석이가 "어떻게 이 세상에 살면서
그렇게 사실 수 있는지요? 신부님의 얼굴에는 광채가 나는
듯합니다" 하고 말했더니 마 신부가 이렇게 대답하였소.
"하하, 그런가요? 그렇지 않을 때도 많습니다. 내게도 많은
어둠이 있고 연약함이 있지요. 그러나 주님께로 돌아가면 어둠을
몰아내 주시고 다시 활력을 주신답니다."
그렇다고 마 신부가 기도만 하는 분은 아니라오. 식사 때는
포도로 빚은 술을 반주로 즐겨 드시기도 하고 때로는 아주
재치 있는 농담으로 주위 사람들을 웃기시기까지 하니 말이오.
　　남천주당에는 우리와 함께 신부의 강학에 참여하는 사람들이 몇
있는데 아이린 모녀, 엘리사벳 그리고 중국인 전도사인 목인강이
그들이오. 아이린의 어머니는 굴씨 부인이라는 한족 여인으로
명나라 무신 집안 출신이고, 엘리사벳은 만주족으로 청나라
시임 고관의 부인이라오. 굴씨 부인의 조부는 청이 연경을 함락할
때 전사했고, 남편은 청의 관청을 짓다가 불의의 사고로 죽었소.
그러니 당연히 만주족에 반감을 갖고 있었다오. 그런데 마 신부가
몇 마디 말을 하니 두 여인이 언제 그랬냐는 듯이 순식간에
친해져 버렸소. 엘리사벳은 마음이 따뜻한 사람이라 굴씨
부인에게 시량범절을 때맞춰 공급하고 있다오. 아이린이라는
아이는 우리 모두의 귀여움을 받고 있소. 남당에 들르기 전에
아이가 좋아하는 과자를 사 갖고 가면 그렇게 기뻐한다오.

마 신부는 이곳 연경에 오기 전, 중국의 다른 지방에 있을 때 많은 고아들을 돌보았다고 들었소. 내가 그 연유를 물었더니 마 신부는 "고아와 과부를 돌보는 것은 주님께서 기뻐하시는 참다운 경건에 속하기 때문이지요. 가장 연약한 사람이 바로 그들이니까요"라고 대답하였소.

언젠가 함께 식사할 때였는데 마 신부는 이렇게 얘기했소. "우리 주님께서도 포도주를 즐겨 드셨는데, 하긴 주님이 돌아가실 때에는 하느님이 아니라 사람의 신분으로 돌아가실 것을 알고 계셨으니, 그 인간적인 고뇌로 술 한 잔 아니 드실 수 없었을 테지요? 주님의 대적들은 먹기를 탐하고 마시기를 즐긴다고 주님을 공격하기도 했답니다. 그러나 그런 인간적인 모습을 고스란히 드러내셨기 때문에 주님을 더 믿게 되는 것이지요. 오, 아이린, 너는 어른이 되어도 술은 마시지 않았으면 좋겠구나. 그러나 살다 보면 술 마시고 싶어질 때가 많은 법이란다. 만약 사제로 하여금 포도주를 못 마시게 했다면 저는 신부가 되기 어려웠을 것입니다" 하면서 장난기 가득한 눈빛으로 유쾌하게 웃으셨소. 그런 모습을 보면 마 신부는 진정으로 기뻐할 줄 아는 사람 같아 그분에 대한 신뢰가 더 깊어진다오. 포도주는 처음에는 시큼하고 떫떠름한 맛이었으나, 몇 번 마시다 보니 알싸한 맛이 일품이었소. 마 신부가 술을 드실 때는 항상 건배를 제안하며 "인 비노 베리타스"라고 라어를 외치기까지 한다오. '술에 진실이' 라는 뜻인데 하늘에서 내려오신 것 같은 분이 주막 술청에 둘러앉은 소탈한 상사람들같이 생각되어 가식과 위선이라고는 없는 순수한 사람이구나 하고 느껴졌소.

마 신부와 다정한 사람들과 같이 지내는 이곳 생활은 기쁨과

즐거움이 가득한 나날이고 그런 기쁨은 여태까지 느껴본 적이
없었소. 이 기쁨을 당신에게도 전해 주고 싶소.

4

당신이 떠나셨을 때는 여름이었는데 벌써 가을이 깊어가네요.
이 우서를 받으실 때면 아마도 연경에 머무는 날이 얼마 남지
않을 때겠지요? 이레 전, 파발을 통해 당신의 편지를 받고 얼마나
기뻤는지 모르실 거예요. 저녁놀이 물들 때 말을 달려 왔더군요.
그때부터 노을이 물들면 대청마루에 서서 대문 밖을 내다보는
버릇이 생겼답니다. 이레 전에 편지를 받았는데 다시 기다리고
있다면 아마도 웃으시겠지요. 당신의 말씀대로 며칠 전 어머님을
만났고, 당신이 어머님에게 보내셨던 편지도 읽었습니다.
어머님은 집안 내역을 소상히 말씀해 주셨답니다. 연경으로
떠나시기 전 혼례 얘기가 나왔을 때, 먼 산만 바라보며 쓸쓸히
웃기만 했던 그 모습이 떠올라 다시 슬퍼집니다.

　어리석은 분! 그래요, 당신은 어리석은 분입니다. 어떻게 그런
비밀, 그런 무거운 비밀을 바위처럼 혼자서 간직하고 계셨었나요?
제가 당신의 운명을 함께 껴안지 못할 것처럼 보였었나요? 당신의
아픔을 나눠 가질 수 없는 여인으로 비춰졌나요? 아니에요. 결코
아니랍니다. 어머님께서 말씀하시더군요. 정유년(1717년)에
영의정 김창집의 발의로 소현세자의 빈이셨던 강빈이 신원되어
민희빈 강씨로 봉해졌고 강빈옥사에 연루되었던 사람들이 모두

복관되었지만, 당신은 재혼하셨던 경순군주의 손자이므로
여전히 과거를 볼 수 없으며, 조용히 은거하며 살아야 한다는
것을요. 그렇게 말씀하시면서 어머님께서는 "그럴 수 있겠느냐,
그런 삶을 운명으로 받아들이고 순복할 수 있겠느냐"고 저에게
물으셨지요. 제가 어떻게 대답했는지는 당신이 더 잘 아실
거예요. 어머님은 한참동안 제 눈을 보셨고 마침내 저를
껴안으셨답니다. "너도 나와 같은 운명이로구나! 가련한 것
같으니⋯⋯. 그래 같이 살자, 슬픔을 껴안고 살아도 같이
살아보자꾸나!" 어머님은 우셨고 저도 어머님과 함께 울었답니다.
울음을 그치자 어머님께서 저의 손을 잡으시고 웃으셨어요.
어머님께서 그 은반지를 끼고 계신 것을 그때 보았어요. "재서가
돌아오면 꼭 해야 할 일이 있다는데, 그 일이 마무리되면 혼사를
서두르자꾸나" 하시더군요. 저는 어머님을 예전부터 공경했고
좋아했습니다. 저의 어머니가 돌아가신 뒤, 어머님은 저의 친모와
같으셨지요. 하긴 어머님은 저뿐 아니라 동연들 모두의 어머님이
시잖아요.

　저는 당신이 연경 가시기 전에 주셨던 그 은가락지를 끼고 이
글을 쓰고 있어요. 당신의 할머니 경순군주께서 어머님과 당신에
게 주셨던 그 반지 말이에요. 경순군주께서 돌아가시기 해 소수
전에 어머님과 당신을 불러 말씀하셨다는 대목을 당신의 편지에서
읽었을 때 경순군주의 마음이 어땠을까 생각하니 가슴이
저려 왔습니다. 어머님에게도 그 얘기를 다시 들었어요. 은가락지
둘을 하나는 어머님에게, 다른 하나는 당신에게 주시며 다짐을
받으셨다는 그 말씀 말이에요. '어린 시절에 일찍 애비를 여의고
자란 불쌍한 것 같으니. ⋯⋯과거는 못 보더라도 재서 애비

석윤이가 그랬던 것처럼 글공부는 열심히 하게 할 것이며 나이가
되면 혼인도 시키고 아이를 낳게 해야 한다. 우리 가문의 후손이
빛 볼 날이 올지 어떻게 알겠느냐?' 당신은 편지에서 그 때가 여덟
살 때라고 하셨지만 어머님께서 일곱 살 때라고 정정해 주셨어요.
'나와 혼인하면 불행해질지도 모르는데 그래도 괜찮겠소?
평온하고 안락한 생활이 힘들지도 모르는데 말이오'라는 당신의
질문에도 어머님에게 대답한 것과 똑같이 말씀드립니다. 저는
당신을 따르겠어요. 그리고 마약슬 신부님의 책을 내기로
결정하신 건 잘하셨어요. 당신의 말씀대로 '외증조부 되시는
소현세자께서도 이 일을 기뻐하실 것'입니다. 아울러 '탕약망이
소현세자께 주었던 서학에 관한 책을 조선에서 출간도 못하시고
돌아가셨으니, 그 유업을 이어야 한다는 조용한 의무감을 느끼고
있소'라는 당신의 다짐도 옳아요. 제가 당신이라도 그렇게
결정했을 것이니까요. 당신이 느끼는 두려움도 알 것 같아요.
그렇더라도 저는 당신과 함께 견뎌낼 거예요. 천주와 야소에
대해서도 당신께 배우겠어요. 한양으로 돌아와 책을 내시면 빨리
혼례를 올리고 싶어요. 당신이 환로에 나가지 않으셔도
문제없답니다. 아니, 오히려 당신과 함께 한적한 향촌에
은거하며 사는 것이 좋아요. 아버님에게서 그런 삶을 배운
것인지도 모르지요.

　마약슬 신부님 이야기를 들으니 저 역시 신부님을 뵙고 싶을
정도랍니다. 세상에 그렇게 고결한 분이 계신다는 사실이
놀랍네요. 천주와 야소에 대해 그리고 경전에 관해 그렇게 해박한
지식을 가지신데다가 고아와 과부를 그처럼 지극 정성으로
돌보신다니 깊은 감동을 받았답니다. 당신의 표현대로 '하늘에서

내려오신 것 같은 분'이 식사 때는 포도로 빚은 술을 즐겨 드시고,
또 술을 한 잔 드시면 농담도 재치 있게 하셔서 모두를
웃기신다니 그분은 고결한 인격을 갖고 계신 게 분명해요.
특히 그 신부님이 유쾌하게 웃으신다니 더욱 그렇지요. 당신이
쓰신 대로 신부님처럼 활짝 웃으실 수 있는 사람은 '진정으로
기뻐할 줄 아는 사람'임에 틀림없어요. 당신은 그곳에서 '우울을
털어버리고' 밝게 웃는 것을 배운 거 같아요. 그렇게 웃는 모습을
본 적이 있었던가. 그 모습이 어떠했던가 생각해도 잘
떠올려지지 않네요. 활짝 웃는 당신의 얼굴이 보고 싶어 벌써
마음이 달뜨고 있답니다.

　웃음 이야기를 꺼내다 보니 조명한 도령이 생각났어요.
그가 저를 보며 웃을 때 뭔지 지적하기 어려운 분위기가
있었는데, 그것이 싸늘함이었음을 깨달았답니다. 그는 지난
주에만 두 번이나 저를 찾아왔었습니다. 아, 그 얘기는 유쾌하지
않으니까 말미에 쓰지요.

　포도로 담근 술은 맛이 어떻던가요? 조선에도 포도가 나니까
술 담그는 방법만 신부님께 배워오세요. 제가 담그고
싶어졌답니다. 포도로 술을 빚어서 어머님과 함께 마실 생각을
하니 기분이 유쾌해지는걸요. 아이린 모녀와 엘리사벳을
만나지는 않았지만, 그들을 알고 있는 것처럼 친숙하게
느껴진답니다. 그렇게 좋은 분들과 함께 남천주당에서 보내는
즐거운 시간들을 생각하면 저도 그분들과 함께 지내는 것
같았어요.

　달빛 아래 억새풀이 바람에 흔들리고,

여울 물소리만 가득한 괴괴한 가을밤이에요. 꼭 제 마음 같은
시를 한 수 적어 봅니다.

꿈

임이여 요즈음 어떻게 지내시는지
달이 창에 비칠 때마다 한스럽기만 하네
만일 꿈길이 자취가 있다면
임의 문 앞 돌길이 모래가 되었을 것을

夢^{十九}

近來安否問如何
月到紗窓妾恨多
若使夢魂行有跡
門前石路半成沙

참, 조 도령이 찾아온 것을 이야기하기로 했었지요. 당신이
연경으로 떠난 후 여러 차례 왔었지만 만나 주지 않았어요.
지난주에는 하도 간곡하게 잠깐이면 된다고 말하길래 툇마루에
나갔지요. 마당에 서 있던 그는 불안한 듯 이리저리 목자를
굴렸어요. 어떤 어조로 이야기를 꺼내야 할지, 당자도 모르는
듯했지만 말을 꺼내자 미리 준비해 온 듯 순식간에 말하더군요.

o-o-o-o-c-o

十九.　李媛, 임진란 때 순절한 여류시인.

207

"가까이 있으면……. 이렇게 떨리고, 멀어지면 한없이 그립소.
그 외면에 증이 나지만 그럴수록 더 아씨에게 이끌리고 있소.
연모하고 있소. 깊이 말이오. 내 마음을 받아줄 수 없겠소?"
아무 대꾸를 하지 않으려다가 태도를 분명히 해두어야겠다는
생각에서 한마디했어요.

"미안하지만, 그럴 수 없습니다. 제 마음에는 이미 다른 사람이
있어요. 아무 말씀 마시고 이만 돌아가 주시면 좋겠네요."
막 돌아서려는데 거의 외치다시피 하더군요.

"나의 사촌 종형 조진한은 이조정랑이오. 그가 힘을 써주면
과거도 볼 수 있고, 벼슬길로 나갈 수도 있소. 이렇게 당신을
연모하는 나를 제발 보아 주시오."
그는 계속 그 자리에 서서, 꿰뚫는 듯한 시선으로 저의 얼굴만
들여다보고 있었지요.

"그 시선이 싫습니다. 그리고 저는 이미 정혼한 거나 다름없으니
이만 돌아가 주세요."

"재서지요? 재서가 맞지요?"
제가 고개를 끄덕이자, 그는 어깨를 축 늘어뜨리고 말없이
돌아가더군요.

이것이 전부랍니다. 무사히 돌아오실 때까지 늘 평안하셔야 해요.
그리고 황 역관에게도 저의 안부를 전해 주세요.
먼 연행길이지만 황 역관이 당신 곁에 있으니 마음이 놓입니다.
그는 좋은 사람이잖아요?

여기까지가 숙진의 편지 내용이다. 재서 몰래 편지를 읽은 영석이
는 그 마지막 대목에 이르러 얼마나 기뻤는지 모른다. 재서와 혼인한

다는 대목에서 어두워졌던 그의 마음이 환하게 밝아오며 가슴이 쿵덕 쿵덕 뛰기까지 했다. 그렇구나. 숙진이가 나를 좋은 사람, 신뢰할 수 있는 사람으로 여기고 있었구나! 영석이는 당자가 사랑하는 사람이 다른 사람과 혼인한다는데도 불구하고 마지막의 그 한마디 때문에 너무 흥분하여 잠을 설치기까지 했다.

5

귀국길에 오르기 사흘 전, 재서와 영석이가 마지막으로 남당에 갔던 때는 자금성 뒤에 있는 만수산이 홍엽으로 물들고 가을비가 처연히 내리던 저녁이었다. 숙소의 식당으로 들어서니 탁자 위에는 다양한 요리가 차려져 있었다. 아이린 모녀와 엘리사벳이 "반갑습니다" 하며 웃음을 보였다. 굴씨 부인은 이마에 맺힌 땀을 닦았고, 엘리사벳은 젖은 손을 수건으로 닦고 있었다.

"어서 오십시오. 아이린 어머니와 엘리사벳이 두 식경 전부터 오셔서 요리를 준비하셨습니다……."

아이린이 뭐라고 마 신부에게 중얼거렸다.

"오! 미안하구나. 너의 공로를 빼먹다니 말이다, 하하. 아이린도 샤오룽파오(小籠包)를 만들 때 어머니를 도왔답니다."

마 신부 당자도 상의의 소매를 걷어붙이고 번철에 밀전병 비슷한 것을 굽는 양이었다. 자세히 보니 계란과 밀가루를 미감수(米泔水, 쌀뜨물) 같은 흰 물에 개어 섞은 반죽을 얇은 두께로 굽고 있었다.

"미감수인가요?"

"아. 이것은 타락(駝酪, 우유)입니다. 황 역관님."

상에는 바싹 구워 껍질과 함께 저민 오리 고기, 육즙을 머금은 샤오룽파오, 손바닥 크기로 잘라 뼈를 잡고 먹기 좋게 구운 양고기, 마 신부가 방금 구워 낸 노랗고 얇은 밀전병, 그리고 얇게 썬 여러 가지 야채와 포도주가 놓여 있었다.

"오리 요리를 했습니다. 입맛에 맞으실지 모르겠네요. 꼭 한번 오리 요리를 해드리고 싶었어요. 연경에서는 즐겨 먹습니다. 샤오룽파오도 준비했습니다. 지난번에 즐겁게 드신 듯해서요."

굴씨 부인이 수줍게 말했다.

"저는 양 갈비를 준비했습니다. 먼 길 가실 때, 피곤하실까 봐서요. 오늘 요리는 지난번 강학 모임을 마치고 두 분이 먼저 가신 후, 신부님과 상의해서 우리 셋이 역할을 나눠 맡았답니다."

엘리사벳이 말했는데, 평소보다 훨씬 더 활기찬 듯이 보였다.

"이건 저의 고향 법국에서 즐겨먹는 가려병(可麗餠, crêpe)이라고 하는 두께가 얇은 박병입니다."

마 신부가 포도주 잔을 내밀며 건배를 제안했다.

"인 비노 베리타스(In vino veritas)! 술에 진실이! 오늘 같은 날에 포도주가 빠질 수 없겠지요? 그렇지 않습니까?"

마 신부의 크고 파란 눈이 유쾌하게 빛나고 있었다. 요리는 모두 맛있었고, 포도주도 부드럽게 목을 타고 넘어갔다.

"저는 영세를 받고 싶어요. 며칠 고민하다가 결정했습니다. 신부님이 허락하신다면 그렇게 하고 싶습니다."

"네. 자매님. 그렇게 하시지요. 하느님께서도 아주 기뻐하실 것입니다. 영세를 하면 성찬에도 참여하실 수 있습니다. 한 삭이면 저도 이곳을 떠나지만, 떠나기 전에 자매님의 영세를 도와 드리지요. 공교롭게도 오늘 우리가 먹는 양고기와 밀전병, 그리고 포도주는 성찬과 밀접한 관련이 있습니다. 유월절에 이스라엘 백성들도 양고기를 먹었는데, 양은 예수 그리스도의 상징이지요. 떡과 포도주는 제자들과 함께 나눈 마지막 만찬 때 먹었던 것으로 떡은 그분의 몸이요 포도주는 그분의 피를 뜻합니다. 그날도 유월절이었지요. 중국에는 이 전통이 문자 '牵'에 보존되어 있습니다. 지금은 쓰이지 않지만 고대에는 〈유언으로 남겨진 것을 먹는 것이며, 《역경》에 이르기를 그로 인해 하늘에 이른다〉²⁺하지요. 문자 '牵'는 처음(一)이자 마지막(十)이신 그 성인(士)이 우리에게 유언으로 남긴 사람의 살(人肉)입니다. 오, 이런. 또 불쑥 강학 얘기를 꺼냈습니다. 이제 그만하겠습니다. 식사하시지요."

신부는 어깨를 목으로 들썩였다 다시 내렸다. 당자가 겸연쩍게 느끼거나 어쩔 도리가 없을 때 그렇게 한다는 것을 이제 알고 있는 재서와 영석이는 빙긋이 웃었다. 신부의 그런 몸짓을 처음 보았을 때 얼마나 우스꽝스러웠던가.

"신부님! 이렇게 식사할 때 성만찬을 설명해 주시면 더 좋을 듯합니다. 신부님의 말씀을 듣는 기회가 이제 얼마 남지 않으니까요."

엘리사벳이 샤오룽파오를 입에 넣으며 말했고 모두 고개를 끄덕였다.

"네, 알겠습니다. 그 이전에 이렇게 비가 오니 생각나는 것이 있습니다. 바로 《역경》 태괘(䷊)의 형상인데, 하늘과 땅의 연합을 뜻하지요. 땅의 수증기가 먼저 하늘로 오르지 않는다면 비는 하늘에서 땅을 적시기 위해 내릴 수 없습니다. 그러나 수증기가 위로 오르기 위해서는 대지가 먼저 하늘의 열기에 감응되어야 합니다. 따라서 하늘(☰)의 기는 내려오고, 땅(☷)의 수증기는 올라가는 것이지요. 왜 하늘이 내려오는가 하고 묻는다면 유일한 이유는 그것이 하늘을 기쁘

○-○-○-○-○-○

二十.　牵 : 食所遺也. 《易》曰 : "噬乾牵". 《설문해자》

212

게 하는 까닭이지요. 《역경》의 근본적인 가르침은 바로 이 상징 위에 세워진 것이며, 예수 안에서 하나님과 사람의 연합인 것이지요. 이제 성만찬에 관한 중국의 고대 문자를 살펴볼까요. '먹이다'는 뜻인 飴(이)의 고대 형태는 '𩚴'인데, 하늘의 양식을 들고 제단(兀) 위에 두 손(𢍺)으로 봉헌하는 것을 의미합니다. 포도주를 의미하는 彝의 옛 형태는 '𢑥'인데, 두 손으로 높이 올려진 포도주가 담긴 술잔, 곧 성배를 뜻하지요. 그리고 盅는 〈인이며 죄인을 양육하기 위해 마련된 그릇을 뜻합니다.〉二十一 그 그릇은 긍휼의 그릇을 지칭합니다. 왜 그런가요? 盅의 보다 더 적절한 형태는 '𥁕'인데 이 문자의 형상은 그릇 그 자신이지요. '𡗗'는 그릇의 다리이며 '⊘'는 태양으로 그 안에 거룩한 성채가 있지요. 더 나아가 囚 혹은 '⊘'는 감옥(囗) 안에 갇힌 사람(人)을 표현합니다. 다시 말해 우리가 여기 이 땅에 있는 것과 마찬가지로 그리스도가 우리의 양식이 되기 위해 빵의 형태로 여기에 머물러 계신 것이지요. 주님을 뜻하는 문자 '𡈽'는 그릇을 의미하는 '𡉉'에 주님을 뜻하는 점 '丶'가 추가된 것인데, 점 '丶'는 태극, 곧 제1위인 하느님과도 같지요. 따라서 그릇(𡉉) 안에 있는 빛(丶)이 우리 안에 계신 하느님, 우리 영혼 안에 계시는 그리스도를 나타내는 것과 같습니다. 바로 이렇습니다."

양식인 그리스도

오 긍휼이여!

오 음료수여!

오 양식이여!

오 그리스도여!

"신부님, 고대에 이런 상형문자가 있었다는 것이 놀랍지만, 이해하기는 어렵습니다. 예수 그분의 몸과 피를 어떻게 모든 사람이 먹고 마실 수 있다는 것인지요?"

"이노야께서 질문하신 뜻을 압니다. 예수께서 잡히시기 전에 제자들과 빵과 포도주로 마지막 만찬을 하면서 세상 만민을 위한 그분의 죽음을 기념하라고 명하셨지요. 그분이 이 땅에 다시 오실 때까지 성찬은 후대에 계속해서 이어져야 한다고 하셨던 것이지요."

"신부님, 말씀을 더 듣고 싶은데 아쉽기만 합니다."

"네. 저 역시 그렇습니다…… 이노야께서는 조선으로 귀국하면 책을 내시겠다고 하셨지요? 지금까지 언급한 것들을 담은 한어 수사본을 드릴 테니 갖고 가시기 바랍니다."

"귀한 선물을 주시니 감사합니다. 잘 간직하겠습니다."

"이 책을 드릴지 많이 망설였습니다. 왜냐하면 기도 중에 책에 피가 묻어 있는 환상을 보았기 때문이지요. 그러나 주님께서 알려 주셨습니다. '조선에는 서양인 신부의 도움 없이 자생적으로 나를 따르는 무리가 유학자들 가운데 생겨날 것이니, 그 책을 주어야 한다'고 하셨습니다. 제가 쓴 책이 도움이 되기를 바랍니다."

"두 분이 조선으로 돌아가시면, 많이 보고 싶을 것입니다."

굴씨 부인의 눈에 눈물이 돌았다.

"신부님마저 떠나시면……. 저희는 누구를 의지해야 하는지요?"

엘리사벳이 손수건으로 눈물을 닦으며 말했다.

아이린이 울먹울먹하는데 말이 토막토막 끊어졌다.

"그러면, 이제, 이별, 하는, 건가요?"

"오, 아이린, 이별이 뭔지 알고 있니?"

"네, 보고 싶은데 볼 수 없는 거. 아빠처럼요. 너무 보고 싶어도 다시 못 보는……."

아이는 소리 내어 울기 시작했다. 눈물을 참았다가 마침내 슬픔에 복받쳐 울음이 터지는 양이었다. 아이의 작은 어깨가 들썩였다.

"저런, 헤어진다니 단단히 슬펐구나. 아이린!"

신부가 두툼한 손으로 아이린의 볼을 만졌지만 아이는 울음을 그치지 않았다. 마 신부의 얼굴도 눈물로 젖어 있었다. 재서와 영석이 그리고 목인강 전도사도 눈물을 흘렸고, 굴씨 부인과 엘리사벳은 소리 내어 흐느꼈다.

신부가 일어나서 말했다.

"여러분! 우리는 곧 헤어지게 됩니다. 조선에서 오신 두 분은 사흘후 떠나고 저 역시 한 삭이면 떠납니다. 서로 다시 만나기 어려울 것입니다. 그러나 우리가 오늘 함께 먹었던 이 저녁을 잊지 말기로 합시다. 그뿐 아니라 우리가 함께 나누었던 모든 것들을 말입니다. 두 분의 선행으로 아이린 모녀를 만난 일, 파오쯔를 먹던 즐거움, 강학에서 있었던 열정적인 토론, 오늘 함께 먹었던 양고기, 샤오룽파오 그리고 포도주를 오래도록 기억합시다. 특히 그리스도 안에서 하느님과 사람이 연합되었듯이 우리 역시 그렇다는 것을 잊지 마시기 바랍니다. 그 인식이 우리를 고결하게 지켜 줄 것입니다. 여러분! 우리는 살면서 커다란 죄악에 빠질 수도 있습니다. 그러나 그럴 때마다 오늘 이 만찬을 기억합시다. 함께 식사하며 성찬을 얘기했던 이 아름다운 추억이 어쩌면 악으로부터 우리를 지켜줄지도 모릅니다. 아이린, 이 작은 샤오룽파오를 볼 때마다 너를 떠올리고 기억할게. 자, 나와 약속하자꾸나. 우리 서로 절대 잊지 않기로."

마 신부는 약속의 표시로 아이에게 손을 내밀었다. 아이린은 여전히 눈물을 흘렸지만, 신부의 얼굴을 바라보며 손을 잡았다.

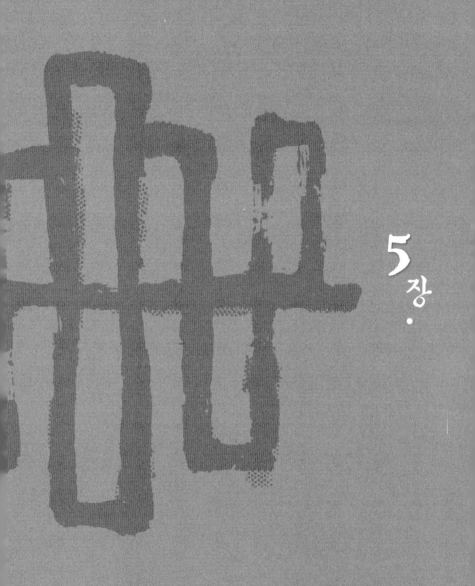

5
장.

1

이양걸과 명한이, 낙안이가 지켜보는 가운데 재서와 영석이가 이야기를 마쳤을 때는 땅거미가 지고 있었다. 낙안이와 명한이는 자개바람이 난 듯 다리를 펴고 주물렀다. 재서와 영석이는 연경에서 만났던 마 신부와 그의 강독 내용만 말하였을 뿐 재서의 비밀이나 숙진이와의 사랑은 언급하지 않았다.

"그러니까 그 서양인 신부의 말은 공자가 히브리 민족의 예언자처럼 야소를 알고 있었고 공자가 찬한 경에서 성인이라 함은 바로 야소란 말 아니우? 크게 졸경을 치르게 될 말이우, 크게. 아니 그게 말이나 된다고 생각하시오?"

이양걸이 괴란한 표정으로 말하고는 지게문을 열어 젖혔다.

"밖에 몇이나 있나? ……알았네. 포졸들을 호궤(犒饋)하러 잠시 나갔다 올 테니 꼼짝 말고 예서 기다리시오."

이양걸이 밖으로 나간 사이에 영석이가 재서에게 나지막이 말했다.

"책은 나에게 있수. 어젯밤 승안이가 내게 갖다 주었소. 이 포교에게 말해야 하우?"

"알았네. 내가 알아서 함세. 자네는 아무 말 말고 가만있게."

이양걸이 밖에서 포졸들에게 지시하는 사이에 김시겸이 돌아왔고, 이양걸에게 귓속말로 뭐라 중얼거렸다. 이양걸과 김시겸이 진동한동

방으로 들어왔다.

"한성부 판윤께서 내일 아침 대감이 좌기할 때까지 책을 가져오라 명하셨소. 그렇지 않으면 이 책과 관련된 모든 자들을 포청으로 잡아들이라는 명이오. 둘이 죽었을 때도 주상전하께서 친히 국문하시겠다 할 만큼 위중한 일이라 한성부 판윤도 좌불안석인데 오늘 세 번째 살인이 났으니 판윤대감이 크게 노하셨소. 자, 어떻게 하시겠소? 책을 내놓겠수, 아니면 포청에서 국문받겠소?"

이양걸의 관자놀이에 난 실핏줄이 벌레처럼 꿈틀거렸다. 그가 손가락 마디를 뚝뚝 꺾는 소리만 방안에 울려 퍼졌다.

"국문이라니. 우리 가운데 범인이 있다고 생각하시는 게요?"

"그야 모를 일이지. 당자들 하나하나 심문해야 하지 않겠소. 사흘 전에는 댁이 책을 숨기지 않았소? 박승안이 서쾌에게 책을 받아 왔는데도 그 사실을 숨겼단 말이오. 토설하려는 박승안에게 댁이 눈짓으로 못하게 막는 걸 내 똑똑히 보았단 말이오. 어디 그뿐이오?"

이양걸은 명한이를 지목했다.

"여기 이 양반은 사흘 전 곡암당에서 하도와 낙서 그림을 가리려고 덮기까지 했단 말이오. 책을 내일 아침까지 한성부로 가져오지 않으면 여기 있는 사람 모두와 곡암 선생 부녀까지 내일이면 포청으로 현신해야 할 터이니 그리 아시우."

앙다문 어금니 탓으로 이양걸의 살쩍이 움찔거렸다.

"댁은 이조정랑 조진한의 사촌동생이 맞소?"

"……그렇소만. 그건 어떻게?"

명한이는 당황한 듯 얼굴이 붉어졌다.

"낙사의 명단을 보았소. 서쾌 최을호는 낙사가 만드는 문집 때문에 찾아갔다가 변을 당했소만, 진작 낙사는 문집을 낼 계획이 전혀 없다고 했소. 내 생각에는 낙사유첩의 서차에 소개된 11명의 명단 가운데 어느 누군가 시사의 이름을 빌어 최을호를 꾀어 낸 다음 그를 살해한 것일 게요. 명단에 소개된 11명의 인물 가운데 조진한이 가장 높은 고위직이오. 그러나 아직 그를 탐문하지 못하고 있소. 아직 탐문을 못한 사대부가 조진한이 말고 한 명 더 있소만, 그에 관해 아는 대로 말해 주시오."

"나이는 서른아홉으로 내 사촌 종형 되시오……. 집안의 종형이긴 하지만 나와 같은 서자 출신 동생들은 잘 만나기도 어렵소. 이조정랑이 어떤 직위인지 종사관 나리께서도 잘 아시지 않소."

그건 그렇다. 이조정랑은 정오품이지만 삼사의 인사권을 쥐고 있었기 때문에 청요직으로 불렸다. 그러니 종육품인 포도청 종사관이 이조정랑을 탐문은커니와 만나겠다는 통기조차 어려웠던 것이다.

"내 생각에 범인은 노론 측이며 그것도 망중한 인사가 관련되어 있는 거 같소. 기찰한 바로는 곡암 선생은 아무 당파가 없지만, 소론에서는 노론으로 분류하고 있소. 선생의 부친이 승문원 판교였을 때 장희빈의 오라버니 장희재의 치죄를 요구했다가 탄핵을 받아 삭직을 당하였소. 숙종 27년(1701년) 인현왕후가 죽고 나서 장희재와 장희빈을 사사하지 않았소? 그런데 장희빈의 아들인 주상(경종을 지칭)께서 소론의 지지를 받고 있는 터에 노론은 지금 연잉군을 세제로 책봉하려고 서두르고 있단 말이오."

조명한이 이양걸의 말을 낚아챘다.

"그것이 노론이 범인인 것과 무슨 관련이 있소?"

낙안이가 이글이글 타는 눈빛으로 명한이를 막았다.

"가만있어 보시오. 좀 들어나 보게."

"남산골 최한길은 노론인데 당했소. 만약 이번 사건에서 당파의 이해가 있다면 범인은 소론보다 노론일 가능성이 더 높다는 거요. 왜냐하면 소론이 범인이라면 이 변고를 노론이 일으킨 사건이라고 당장 소문을 퍼뜨리고 노론을 공격하는 기회로 삼았을 게요. 최한길이 준소의 좌장 김일경 대감을 만나러 가다가 변을 당한 것도 이유가 되오. 그런데 노론이라면 이 사건을 덮고자 했을 것이오. 그 이유로 최한길을 죽였을 테고. 연잉군을 세제로 책봉하는데 소론이 방해할 어떤 사소한 근거도 미리 차단하는 것은 노론의 입장에서는 당연한 거요. 아무튼 판윤 대감의 명을 통지하였으니 내일 포청에서 봅시다. 그럼 난 이만 가보겠소."

이양걸이 떠난 뒤 재서가 영석이에게 말했다.

"내가 그래야 할 것 같네. 암말 말고 내 말대로 하세. 자네가 그 책을 가졌다가 화를 당할까 두려우이."

"아니, 그 책이 황 역관에게 있단 말이우?"

낙안이 채쳐 물었다.

"자네, 왜 그걸 이양걸에게 아까 말하지 않았는가? 이러다 내일이면 모두 포청으로 잡혀가지 않겠는가?"

"지금 뛰어가면 이양걸을 만날 수 있을 거유."

낙안이가 밖으로 뛰어나가려는데, 재서에 대한 분이 삭은 듯 더는 지악스럽게 굴지 않았다.

"내게 맡겨 주시오. 내가 오늘 밤 영석이에게 그 책을 받았다가 내일 날 밝는 대로 한성부로 가져다주겠소. 미안하오. 나로 인해 비롯된 일이니 내가 책임지겠소."

영석이는 거부할 수 없었다. 아니 재서의 제안이 오히려 반갑고 고마웠다. 그 책으로 이런 횡액을 만났으니 영석이는 재서와 연경 가서 마 신부를 만난 것은 물론이거니와 심지어 재서를 알게 된 것까지도 후회하고 있던 터였다.

재서와 명한이, 낙안이는 영석이의 집에 함께 갔다.

"이 형! 이거 미안하게 되었소. 다치진 않았수?"

낙안이가 난처한 표정으로 재서를 보았다.

"백씨. 괜찮소. 백씨의 그 심정 내가 왜 모르겠소."

재서의 볼과 눈에는 붓기가 빠졌지만 시퍼런 멍자국은 그대로 남아 있었다.

명한이는 골똘히 생각하는 표정이었다.

영석이가 집에서 책을 갖고 와 재서에게 전해 주었고, 그제야 낙안이와 명한이는 각기 집으로 돌아갔다. 재서가 염려되었는지 낙안이는 돌아가면서도 몇 번이나 뒤돌아보았다.

필운대 재서의 집까지 영석이는 작반하려고 했지만, 재서가 반대하자 금청교(禁靑橋)까지만 같이 가기로 했다.

"이양걸의 말대로 배후에 노론의 망중한 인사가 연관된 게 아닌지 모르겠수."

재서가 목을 꺾어 하늘을 우러러 보며 말했다.

"그럴지도 모르지. 이제 와서 한(恨)가 한들 무슨 소용인가? 허나 나 때문에 동접까지 횡액을 당했으니 면목이 없네 그려."

하늘에는 별들이 무심하게 반짝였고, 재서의 눈은 젖어 있었다.

"이제 그만 돌아가게. 벌써 금청교일세."

영석이는 재서의 뒷모습이 어둠속에 사라질 때까지 지켜보고 있었다. 그리고 간절히 발원하였다. 이 밤이 빨리 지나고 어서 날이 밝아 책이 한성부로 넘어가기를. 재서에게 더 이상의 불행이 닥치지 않기를.

2

집으로 돌아온 영석에게 그 밤은 길게만 느껴졌다. 왜 이런 곡경을 당하게 되었는지 되짚어 보다가 문득 연경서 귀국할 때 압록강을 건너 의주에 도착한 밤과 이레 전 곡암당에서 선생과 만났던 밤이 떠올랐다. 그 두 번의 밤도 내두(來頭) 처지가 어둡기만 했던 그날 밤과 영절스럽게 유사했던 탓이었기 때문이었다.

의주 부윤이 베푸는 주연을 마치니 이미 밤이 깊었다. 달빛이 객사의 앞마당을 비추었고, 밤하늘을 수놓은 많은 별들이 쏟아져 내릴 듯이 보였다. 둘은 객사의 툇마루에 앉았다.
"참 놀라운 일 아닌가? 경을 그렇게 해석하다니."
"한양에 가면 이 책을 어떻게 하실 작정이시우?"
"책으로 출간해야겠네."
"유림들의 반대가 심하지 않겠수?"
"그럴지도 모르지. 허나 소현세자께서도 그런 생각을 가지셨다가 뜻을 이루지 못하셨으니 내가 그 유훈을 이어야 하지 않겠는가?"
"형님, 다시 생각해 보시우. 경의 주제가 천주요 야소라는 말에 대체 어느 누가 동의하겠수? 목인강이 뭐라 그러더이까? 청의 선비는 물론이고 심지어 같은 야소회 신부들까지 마 신부의 경전 해석에 반대하는 축이 많다지 않았수?"

"그래서 마 신부 당자 혼자서 고군분투한다고 했지. 나도 마 신부의 말에 전적으로 동의하는 건 아닐세. 궐자가 때로는 너무 멀리 갔다는 생각도 들었네. 그렇지만 경에는 마 신부의 말처럼 야소의 사역과 고난이 분명히 적시되어 있다는 생각은 들었네. 책을 내었다가 나수(拿囚)를 당한다 해도 감심해야 하지 않겠는가?"

"서학에 무지해서 난 뭐가 그런지 잘 모르겠더이다."

"자네. 내가 가장 놀랐던 때가 언제인지 아는가? 마 신부가《역경》의 곤괘를 해석할 때일세. 〈첫째 효: 볼기에 매를 맞는 곤욕을 당한다, 갇혀서 삼 년 동안 세상을 보지 못한다. 둘째 효: 떡(食)과 포도주(酒)의 곤경을 당하나 붉은 옷을 입고 하느님께 제사를 드리니 크게 이롭다. 악을 정벌하니 각 사람의 죄가 사해진다. 셋째 효: 돌의 곤경을 당하고 가시관으로 증거를 삼는다. 집에 들어가지만 그 아내를 볼 수 없으니 흉하다〉¯고 말하지 않나?"

"나는 곤괘에서 대인이 곤경에 처해도 바르게 행동하기 때문에 좋은 결과를 얻는다는 것 말고는 더 알고 싶지도 않수. 마 신부의 책을 내었다가 나수 정도가 아니라 구경 장폐(杖斃)를 당할까 두렵수."

"허허. 그런가?"

"대체 왜 그리 된 거유?"

"나도 잘 모르겠네. 다만 지금까지 내 주변에는 작은 일에 얽매여 안달하는 사람들뿐이었네. 명석한 자도 있고 학문이 섬부한 선비도 있지만, 모두 헛된 일에 분요한 것은 아닌지 모르겠더군. 평생 동안

◦–◦–◦–◦–◦–◦

一. 初六：臀困於株木, 入於幽谷, 三歲不見. 九二：困於酒食, 朱紱方來, 利用亨祀, 征凶, 無咎. 六三：困於石, 據於蒺藜, 入於其宮, 不見其妻, 凶.

학문을 탐하지만, 정작 그 사람 당자는 무엇이 진적(眞的)한지에 관해서는 눈을 감고 있으니 말일세. 마 신부를 만나고 눈을 떴다고나 할까. 그것이 압록강을 건너갈 때와 건너 올 때가 달라진 점이네."

연경에서 돌아온 재서가 봄부터 신부의 책을 강학한 지 너댓 삭이 지났다. 서쾌 최을호가 죽기 나흘 전이었다. 곡암 선생이 재서와 영석이를 불렀다. 늦여름 승석(僧夕) 무렵 청풍계의 곡암당에는 대숲에서 나는 섶비빔질 소리가 여울턱의 낮은 물소리 사이로 간간이 들렸다.

쥘부채를 펼쳐 들고 있던 곡암 선생이 틀스럽게 말했다.

"숙진이도 이리 앉거라. 내 오늘 긴히 할 말이 있음이야. 재서 자네, 그렇게 일렀거늘 천학의 학설을 책으로 낸다는 게 사실인가?"

재서가 아무 말이 없자 선생은 영석이를 보았다.

"자네도 천학에 대해 같은 입장인가?"

영석이는 잠시도 망설이지 않고 대답했다.

"저는 아닙니다. 처음에는 그럴듯해 보였으나 동이 닿지 않게 생각되어 시뜻해졌습니다."

선생은 헛기침을 하고, 잡도리를 차리는 양이었다.

"재서 자네, 어쩌면 그리 종작을 못 잡는 겐가? 내 말 잘 듣게. 서양에서 일찍이 이 천학을 금지하여 죽음을 당한 자가 천만 명이 넘고 왜(倭)도 이 학문을 금하여 수만 명을 주살시켰다고 들었네. 아조에 이런 일이 없다고 어찌 장담하겠는가? 아침에 저녁 일을 헤아리지 못한다고 조불려석이라 하지 않았나? 이 일로 인해 이름을 더럽힌다면 천당의 즐거움을 누리기 전에 세상의 재앙이 먼저 닥치지 않겠는가?"

천학을 하는 무리들이 오사를 당했다고 하니 숙진이가 끌탕을 하는 듯 낯빛이 일순간에 어두워졌다. 재서가 책을 내겠다고 했을 때 독려

했던 것을 숙진이는 못내 후회하는 기색이었고, 고개를 떨어뜨리고 옷고름만 만지고 있었다.

"자네가 경순군주의 외손이라는 말을 숙진이에게 들었네. 자네 생각은 소현세자의 유훈을 지켜 드리고 싶어서이겠지. 소현세자께서 못 다 이루신 뜻을 자네가 책을 출간함으로써 그 유훈을 받든다고 생각하지 말기 바라네. 자네에게 너무 더넘스러운 일 아니겠는가? 내 생각은 그렇다네. 그러니 그 천학의 씨앗을 뿌려 이 세상에 유산으로 남기겠다는 뜻은 거두어 주게."

곡암 선생의 준절한 책망에 재서는 어름적거리며 대꾸했다.

"스승님의 염려를 잘 알겠습니다. 중국에서 어린아이들이 부르는 노래를 들었는데, 그 노래는 인격을 가진 하늘을 존봉하는 내용으로 하늘이 마치 생활의 원천이라도 되는 양 높이는 것이었습니다. 오랫동안 명료하게 규정되지는 않았지만 이 천학의 가르침이 중국 백성들의 뇌리에 유여하게 남아 오랜 세월을 거쳐 왔는지도 모르겠습니다. 저는 이 천학이 진적하다고 여깁니다."

곡암 선생은 쥘부채를 좌락 소리 나게 접으며 말했다.

"괴교한 발론으로 호도하지 말게. 자네 머릿속은 그 천학뿐이구만. 소명한 재질이라 역(易)도 빨리 배우더니 천학도 순식간에 받아들였더군. 쯧쯧, 연경에를 다녀와서 아예 데퉁스럽게 변했구먼. 자네가 책을 내겠다는 고집을 꺾지 않겠다면 이 혼례는 허락할 수 없네. 그리고……."

숙진이가 선생의 말을 잘랐다.

"아버님, 선비의 서가에 이마두의 《천주실의》가 꽂혀 있는 게 어제오늘의 일이 아니지 않습니까? 상제와 야소가 《천주실의》에도 소개되었으되 선비가 그 책을 읽었다고 유림에서 견모될 일은 아니지 않은지요? 그리고 혼사를 이렇게 연계하시다니요?"

선생이 쥘부채로 경상을 내리쳤다.

"뭐라고? 너도 그 천학을 믿는 것이냐? 사문난적으로 몰려 고난과 치욕을 당할 게 뻔히 보이는데도 이 애비더러 가만히 있으란 말이냐?"

"그럴 수 없습니다, 아버님. 이 혼례는 날을 물릴 수는 있어도 그만둘 수는 없습니다."

숙진이가 눈물을 좌르르 흘리며 재서에게 애원했다.

"어서 말씀 올리세요. 책 내는 것을 그만 단념하겠다고 하세요. 주살을 당한다고 말씀하시지 않았어요?"

재서가 묵묵부답이자 선생에게 모를 틀어 젖은 목소리로 말했다.

"아버님, 이러시면 안 됩니다. 이러실 수는 없습니다."

숙진이의 읍소에 선생은 분이 가라앉은 듯 조금 차분한 어조로 말했다.

"숙진아, 나는 네가 평온하게 살기를 바라는 것이지, 이 혼사를 막으려는 게 아니지 않느냐? 재서, 자네에게 달렸네. 이제 말해 보게, 어떻게 하겠는가?"

땀이 송골송골 맺혀 있는 재서의 이마가 호롱불 빛에 번들거렸다. 숙진이의 이마에도 알땀이 맺혔다. 모두의 시선이 재서에게 향해 있는데 재서가 이윽고 입을 열었다.

"스승님, 저는 책을 단념할 수 없습니다."

"자네가 책을 내는 순간 이 혼사는 물론이고 자네와 나 사이도 끝일세. 명심하게."

선생이 마루로 나가 설렁줄을 당겼다.

"행랑아범! 여기 학생들 나가네."

숙진이가 안타까움과 원망 가득한 눈빛으로 재서를 노려보았다.

"어리석은 양반 같으니."

한숨을 내쉬며 숙진이는 선생의 뒤를 따라 나갔다.

여기까지 기억을 떠올린 영석이는 쥘쌈지에서 남초를 꺼내 대통에 담고 부싯돌로 불을 붙였다.

그때 재서를 지키려는 숙진이의 애소는 얼마나 간절했고, 난국을 헤쳐 나가려는 숙진이의 모습은 얼마나 아리따웠던가. 영석이는 염복이 많은 재서가 다시 부럽기만 했다. '나도 숙진 아씨의 저런 사랑을 받아 봤으면 작히나 좋을까' 하고 생각하니 가슴이 저며 왔다. 남초 연기가 허공으로 흩어졌다. 숙진이를 향한 영석이의 연모도 남초 연기와 같다는 생각이 들었다. '외양은 있으되 수이 사라지는 저 남초 연기처럼 내 사랑도 모양은 있으되 숙진이 당자가 내 마음을 알 바 없으니 사라지는 연기로구나.'

⊹

영석이와 헤어지고 재서가 금청교를 건너니 곡암 선생 댁 행랑아범 아들 돌이가 등롱을 들고 기다리고 있었다.

"아씨가 모셔오라고 하셨습니다. 기다리고 계십니다."

금청교에서 곡암당까지는 두 마장밖에 되지 않았다. 재서가 곡암 선생에게 문안 인사를 올리고자 했더니 행랑아범이 솟을대문을 지치면서 말했다.

"지금 주무실 겁니다. 행기하기 어려울 만큼 편찮아서 약을 드시고 일찍 자리에 드셨습니다. 아씨는 정자에 계십니다."

안뒤꼍의 정자에는 육포와 송화주가 차려진 소반을 앞에 두고 숙진이가 기다리고 있었다.

장송의 우듬지에 걸린 반달이 대숲과 정자를 비추었고 여울 물소리가 밤에 높아질 것을 준비하는 양 낮게 들렸다.

"얘기 들었어요. 낮에 포졸이 와서 그 책이 있는지 묻고 갔어요."

숙진이가 울먹였다.

"책을 낸다고 했을 때 말리지 않은 걸 정말 후회해요. 승안이가 그렇게 되다니."

재서는 송화주를 연거푸 세 잔을 켠 다음 말했다.

"어찌 당신 탓이겠소. 다 내 잘못이지. 내가 어리석은 탓이오. 이렇게 조명(嘲名)이 날 줄은 몰랐소."

"이제 어떻게 하실 작정이세요?"

"날 밝는 대로 책을 한성부에 갖다 주기로 했소. 책을 내는 건 이제 어려울 거 같소. 오뉴월 장마에 토담 무너지듯 의지가 꺾여 버렸소. 사람이 죽어 나가는 판국에 그게 무슨 소용이겠소. 승안이조차 죽었는데 말이오."

"그렇게 하세요. 지난번에 책을 내겠다고 고집 부리던 당신에게 포달스럽게 말해서 미안해요. 혼사보다 책을 고집한 당신이 그때는 정말 미웠어요. 당신을 부른 이유는 미안하다고 말하고 싶었고, 너무 보고 싶어서였어요."

"그건 나도 마찬가지요. 당신이 그리웠소. 오늘은 특히 더 그랬소. 승안이도 그렇게 되고 주위의 모든 사람들로 인해 졸경을 치르고 보니, 끈 떨어진 망석중이처럼 외롭기 한이 없었소."

재서의 눈물이 소맷자락 위로 뚝뚝 떨어졌다. 눈물을 느낀 숙진이가 등불을 가까이 가져와 비추었다. 그제야 재서의 얼굴에 남은 시퍼런 멍 자국을 발견했다.

"얼굴이 이게 뭔가요? 누가 당신을 쥐어질렀군요. 당신이…… 당신이 이런 봉변을 당하다니요."

둘이 서로 손을 맞잡자 울음이 순식간에 흐느낌으로 변해 버렸다. 한참을 울다가 숙진이가 재서에게 바싹 다가오더니 멍 자국을 어루만졌다.

"당신, 아프지 않았어요?"

재서가 숙진이를 와락 끌어안고 애만졌다.

연경을 떠나 눈보라 몰아치는 요동 벌을 지날 때 남바위를 쓰고 발감개를 감아도 매서운 한파를 쫓아낼 수 없었건만 숙진이를 생각하면 견뎌 낼 수 있었다. 태생의 비밀을 덮고 살아가도 숙진이만 있으면 무던하게 여길 수 있을 것이다. 남들의 비웃음을 온몸으로 받고, 세상 모든 사람이 조롱하더라도 숙진이만 곁에 있다면 괜찮을 터이다.

우리 이제 떠나요. 책일랑은 잊고 향촌 가서 살아요. 사립문 옆에는 감나무를 심고요, 뒤란에는 옥수수를 심지요. 아이도 낳아요. 여름이면 질화로에 모깃불 피워놓고 마당에 멍석 깔고 셋이서 둘러 앉아 도란도란 얘기해요. 우리 아이가 자라면 그 가락지를 끼워 주고 싶어요.

재서가 등불을 껐다.

여울 물소리가 더욱 높아졌다.

…….

여보세요! 봉접탐화인가요?

맞긴 하오만, 그 말이 충분히 어울리진 않소.

그러면요?

바리안베보다 더 고운 당신, 이제부터 당신을 위한 내가 있을 뿐이라오.

고마워요. 저도 같은 마음이랍니다.

당신과 나

이제 한 몸이니까요.

3

동녘 하늘에 샛별이 떴다. 새벽 으스름과 안개가 낀 인왕산에는 바위와 나무의 윤곽이 엷게 붓질한 수묵화처럼 보였다. 재서는 필운대 집에서 나와 분선공(分繕工)으로 내려오고 있었다. 바늘 같은 솔잎 끝에는 이슬이 구슬처럼 맺혀 있고, 바람이 불자 솔잎이 흔들렸다. 아침 안개가 조금씩 걷히니 군데군데 단풍이 물들어 있는 것이 보였다. 어젯밤 숙진이를 만나고부터 재서는 책에 대해 마음을 정리했던 터였고 어머니에게도 그 말씀을 드렸다. 집에서 나서려는 재서에게 어머니도 안심이 되었는지 "그래, 잘 생각했다, 이제 혼사를 서두르자꾸나" 하고 모처럼 밝은 표정으로 말했다.

재서는 착잡한 심경이었다. 어디선가 두두둑 소리가 나서 둘러보니 청설모가 상수리나무 가지 사이로 옮겨 다니고 있었다. 까마귀 우는 소리와 온갖 풀벌레 소리도 들렸다. 좁은 산길에는 낙엽이 여기저기 쌓였고, 어린 소나무 한 그루가 바위 틈새에 뿌리를 내렸다.

'소나무가 바위를 뚫고 생명을 키워 가는구나.'

늘 보았지만 재서는 처음으로 어린 소나무가 당자의 처지 같아 보였고 질책 받는 느낌이 들었다.

'저 소나무처럼 어쩌면 나 역시 바위 위에 뿌리를 내리고자 했던 것일까.

세상이라는 견고한 바위 위에 그 책의 내용을 씨앗으로 심고 뿌리 내렸으면 했던 바람은 애초에 부질없는 짓이었던가.'

한성부에 가서 이 책을 건네 주면 재서 자신이 진리라고 믿는 바를 이제 책으로 낼 수 없게 된다는 생각에 설움이 복받쳤다. 소맷자락에 있는 책을 움켜쥔 손아귀에 힘이 가득 들어갔다. 얼마나 그리고 어떻게 말해야 사람들이 이 진리를 알아차린단 말인가. 오직 과녁만을 겨냥해서 곧추 날아가는 화살처럼 이 진리에 대한 확신만으로 살겠다고 다짐했건만. 그 순간 재서는 모든 사람들의 냉대와 멸시를 받아야만 했던 야소가 생각났고, 그가 어떤 심정이었는지 조금은 알 수 있을 것도 같았다. 눈물이 뺨을 타고 주르륵 흘렀다.

같은 시각, 낙안이는 필운대로 향하고 있었다. 주먹으로 재서를 쥐어질렀던 것이 미안해서만은 아니었다. 재서에게 살(煞)이 뻗는 것을 막아야겠다는 생각 때문만도 아니었다. 어젯밤 낙안이는 승안이의 방에 혼자 앉아 동생이 입던 옷가지며 쓰던 물건들을 손으로 쓰다듬었다. 방 윗목에 버들고리가 눈에 띄어 열었더니 그 안에는 승안이가 어렸을 때 입었던 겨울차렵 일습이 들어 있었다. 추운 겨울, 동생에게 차렵을 입히고 정작 낙안이는 차렵 해 입을 돈이 없어 무명 홑바지에 저고리 차림으로 어물 행상을 하던 때가 떠올랐다. 수표교에서 연을 날리던 그해 겨울, 채수염을 한 마름의 집에서 간장에 절었던 그 차렵이었는데, 승안이는 그 옷을 동고리에 넣어 보관해 왔던 것이다. 낙안이는 그 옷을 부여잡고 흐느껴 울었다. 아침에 날이 새기 무섭게 재서의 집으로 가면 어쩌면 범인과 조우할지도 모른다는 생각이 든 것은 그때였다. 어차피 도갓골에서 시전 상고 김태준 옹을 아침 일찍 만나야만 했고, 도갓골에서 필운대까지는 반 마장밖에 안 된다.

'승안이를 죽인 그자를 만나면 내 손으로 죽이겠다.'

낙안이는 그 밤을 뜬눈으로 지새웠다. 집을 나선 지 한 식경 정도 지나 낙안이가 김 부가옹을 만났는데 뜻밖의 말을 듣게 되었다.

"늦었네. 빨리 가야 할 걸세. 검객 한 명은 이재서의 집으로 먼저 보냈고 다른 한 명은…… 아, 지금 오는군. 자네가 재서를 그렇게 지악스럽게 쥐어질렀다니. 궐자는……. 아니, 아닐세. 일이 위중하니 어서 속히 올라가게. 이재서가 죽으면 아니 되네."

저고리 위에 연두색 누비 배자를 입은 김 옹은 낙안이에게 빨리 가라고 재촉했다.

재서가 산길 모퉁이를 막 돌아서 내려오는데, 먼빛으로 산 아래에서 사람이 급하게 달려오는 것이 보였다. 바로 그때였다. 검은 복면을 한 자가 길 옆 숲에서 나오더니 재서의 앞을 가로막았다. 몇 보 안 되는 거리였다. 그자가 칼을 뽑는 순간, 아래에서 달려오던 김 옹 수하의 검객도 막 칼을 뽑으며 재서를 향해 외쳤다.

"빨리 달아나시오."

재서는 순식간에 오른쪽으로 꺾어 남정문재(南正門峴)로 달렸다.

소나뭇골(松林洞)에 도달했을 때, 뒤에서 누군가 불렀다. 재서는 멈춰서 뒤를 보았다. 그자가 무슨 말을 했지만 재서는 아랑곳 않고 뒤돌아서 길을 재촉했다. 사내가 큰 소리로 재서를 다시 부르면서 달려왔다. 재서가 다시 뒤돌아서는 순간, 사내는 재서의 가슴을 칼로 깊숙이 찔렀다. 순식간의 일이었다. 재서가 비슬거리더니 벌렁 나넘어졌다. 사내가 칼을 뽑자, 피가 콸콸 쏟아졌다. 샘솟듯 솟구쳐 나오는 피를 사내가 손으로 막았지만 손가락 사이로 계속 새어나왔다. 도포자락으로 눌러도 소용이 없었다. 사내는 재서의 옷자락을 헤집더니 소맷자락에서 책을 꺼내 들었다. 잠시 책을 들여다 본 사내는 그 책으로 재서의 가슴을 눌렀다. 책이 서서히 피로 젖어드는 것을 재서도 사내도 바라만 볼 뿐이었다. 그 순간 재서는 책에 피가 묻어 있는 환상을 보았다는 신부의 말을 떠올렸다.

'피로 물들면 책을 읽기 어려울 텐데……'

재서가 드러누운 길섶에는 쑥부쟁이와 민들레가 즐비하고 그 틈새에는 다복솔이 양 사방으로 가지를 뻗고 있었다. 가지 사이로 치마바위가 엇비슷하게 보였다.

안개였구나, 나는
덧없는 한뉘
수고와 슬픔뿐인 나달
꿈꾸었던 것
세상이 아니라고 외면했던 것을 외치고 싶었다
치마바위에 올라
틀렸다고, 그 길이 아니라고
진리는 이 길이고 여기에 있다고
목청껏 외치기라도 했으면

연보라 꽃잎에 노란 꽃술을 단 쑥부쟁이가 그 마음을 아는 듯 재서의 얼굴 위에서 바람에 하늘거렸다. 쑥부쟁이가 이렇게나 어여쁜지 왜 여태껏 모르고 살았을까.

하늘을 보았다.

한 무리의 참새 떼가 하늘을 휘돌더니 나락이 누렇게 익어 가는 도성 바깥의 논으로 가는지 후루룩 내려앉는 양이었다. 아이들은 거기서 참새 떼를 쫓느라 이리 뛰고 저리 뛰고 할 것이다.

세상은 하느님이 만든 생명으로 넘친다는 신부의 말을 이해할 것
도 같다.

'아, 세상은 이토록 정겹고 아름답구나. 눈감는 것이야 모든 인생이
당하는 일이니 아쉬울 것도 없다. 하지만 사랑하는 이들을 남겨 두고
가다니. 아무 말도 없이 아무것도 해주지 못하고 이렇게 가다니. 숙진
이를 두고. 어머님을 두고.'

고개를 돌리니 소나무들이 보였다. 솔잎 끝에 달렸던 이슬방울이
말라 버린 지 오래되었다.

숙진이가 쓴 편지 구절이 떠올랐다.

물 구슬이 땅에 떨어진대도 소멸하지는 않을 거예요.

그 물방울이 갈개를 흐르다가 도랑을 이루고 강과 어우러져

마침내 바다에 닿을 테니까요⋯⋯. 어머니의 시처럼 바다는

어쩌면 인생들의 눈물이 모인 것일까요?

그래서 뭍으로 하얀 눈물을 쏟아내는 것인지도 모르지요.

재서의 의식이 점점 희미해지고 있었다.

다시 하늘을 보았다. 마 신부의 말대로 푸른 하늘이 마치 바다처
럼 보였다.

이별과 아픔의 바다.

부친의 바다는 재서 자신의 바다이기도 했다. 재서의 의식이 가물
가물해지는 바로 그때였다. 벌이 날아다니는지 응응 소리가 나더니
그 소리가 점점 더 크게 들렸다.

그 소리 가운데 맑고 부드러운 목소리가 재서의 귓전을 울렸다.

"수고했다, 나의 사랑하는 자여!"

의식이 명멸하는 가운데 재서는 영혼 속에서 외쳤다.

"누구신가요, 혹시……?"

"그렇다, 나는 모든 영혼의 주인이다."

"오, 주님, 정말 살아 계시는 분이십니까? 저는 당신을 아직 잘 알지도 못합니다."

얼마나 변명하고 싶고, 얼마나 안타깝고 간절하며, 얼마나 두렵고 얼마나 사모하는지 재서의 마음은 마치 불이 붙은 것처럼 뜨거웠다.

"나는 너의 눈물을 보았고, 너의 아픔도 알고 있다. 이 세상에 내 이름을 드러내고자 한 너의 그 마음도 귀하게 여긴다. 내게로 와서 편히 쉬어라. 착하고 충성된 나의 종아."

눈물이 하염없이 흘러 재서의 귀를 적셨다.

마침내 재서는 마지막 숨을 내쉬었고, 다시 들이마실 수 없었다.

일각가량이 지나 낙안이가 다른 검객과 함께 달려왔다. 먼빛으로 왼쪽 소나뭇골 길옆에 누군가가 드러누워 있는 것이 보였다. 재서였다. 다가가 맥을 짚어 보니 이미 숨이 멎었다. 체온은 아직 남았으나 눈은 감겨져 있었다. 바로 위쪽에서는 칼 부딪히는 소리가 났고 낙안이와 다른 검객은 한걸음에 달려갔다. 분선공에서 활 반 바탕 거리 위에는 검은 복면을 한 자가 김 옹 수하의 검객과 칼을 겨루고 있었다. 낙안이와 함께 온 다른 검객도 칼을 뽑는 순간, 이양걸이 말에서 내리며 큰 소리로 말했다.

"멈추시오. 포청 종사관 이양걸이오. 칼들을 내려놓으시오."

세 검객이 잠시 머뭇거리더니 검은 복면을 한 자가 순식간에 칼로 자신의 배를 찔렀다.

이양걸이 다가가 복면한 자의 목에 손을 갖다 대었다.

"절명했군."

복면을 벗겼다.

"모르는 얼굴이오."

이양걸이 다른 검객 둘에게 누구냐고 물었다.

"그자들은 내가 모시는 상고 김태준 옹의 수하에 있소. 재서를 지키려고 온 거요."

그들은 이양걸과 낙안이에게 간단히 목례를 하고 내려갔다. 낙안이는 재서가 오늘 한성부에 책을 갖다주기로 했다고 이양걸에게 말했다.

"예감이 이상해 말을 달려 왔소. 조금 더 빨리 왔었어야 했소만. 범인이 이재서를 칼로 내려치기 전에 김 옹 수하의 검객이 저지하고 둘이 대결했던 게요. 이재서가 필운대에서 분선공으로 접어들었고, 범인의 공격을 받기 바로 직전에 그 검객이 막았던 게요."

"이재서는 누가 죽인 거요? 책은 찾았소?"

"저기 위에 널브러진 복면을 한 자 말고, 재서를 찌른 또 다른 사람이 있소. 책이 복면을 한 자에게 없더구먼. 칼을 왼손에 쥐고 있는 걸 보니, 지난 세 번의 살인은 바로 저자의 소행일 게요. 그런데 이재서의 가슴에 난 상처는 오른손잡이의 소행이오. 상처의 길이로 보건대 저자의 칼이 아니라 그것보다 더 짧은 칼이오."

낙안이가 다시 채쳐 물었다.

"또 다른 자라면 그가 대체 누구란 말이오?"

"나도 모르오. 이재서는 필시 다른 누군가에게 살해당한 거요. 그리고 살해한 다음, 이재서에게서 책을 뺏어갔을 게요. 이 정도의 검술 실력이고 또 그가 나를 보자 자진을 결행한 걸 보면…… 짐작컨대 이런 자를 부릴 수 있는 사람은 이조정랑 조진한이 말고는 없소. 낙사의 명단에 든 다른 한 명의 사대부는 관직도 없고, 글만 아는 서생임이 어젯밤에 밝혀졌소. 시급히 포도대장과 한성부 판윤에게 이 사실을 상신하고 이조정랑을 심문하도록 허가를 받아야겠소. 그리고 포청으로 올 필요는 없소. 실상은 곡암 선생의 문하생들을 범인으로부터 보호하려고 그랬던 것이오. 범인이 책을 가져갔다면 이제 더 이상의 변고는 없지 않겠소?"

이양걸은 잽싸게 말에 올랐다. 그의 전립에 달린 패영(貝纓)이 볼에 좌라락 부딪혔다.

"그 이조정랑이란 자에게 혐의가 있다면, 나에게 반드시 알려주기 바라오. 반드시!"

낙안이의 눈빛은 분노로 끓어올랐다.

재서가 죽은 곳은 동연들이 봄에 살구꽃 필 때 소나무 그늘 아래서 봄 춘(春) 자를 운으로 시회를 열곤 했던 필운대의 소나뭇골이었다. 영석이는 자기 대신에 재서가 죽었다고 생각하니 가슴이 미어졌다. 재서가 남긴 마지막 말이 영석이의 귓전에 메아리쳤다.

'내가 그래야 할 것 같네. 암말 말고 내 말대로 하세. 자네가 그 책을 가졌다가 화를 당할까 두려우이.'

영석이는 생각했다. 재서에게 더 따뜻하게 대했어야 했고, 재서가 울 때 같이 울고, 재서가 웃을 때 같이 웃었어야 했다. 심양에서 재서가 흐느낄 때 아무 말 없이 안아 주기라도 했었어야 했고, 숙진이 때문에 질투도 느끼지 않았어야 했다.

나를 살리기 위해 재서가 나 대신 죽었다.

낙안이와 영석이가 필운대 재서의 집에 도착했을 때는 정오 무렵이었다. 창백한 얼굴의 숙진이는 재서의 모친 곁에 앉아 흐느끼고 있었다. 얼마나 울었는지 두 사람의 눈은 이미 퉁퉁 부어 있었다. 명한이도 마루의 한쪽 구석에 앉아 멍하니 하늘을 바라보는데, 하얗게 질린 얼굴이었다. 영석이는 재서의 모친에게 다가가 손을 잡고 머리를 조아렸다. 영석이는 '어머님! 재서 형님은 저 때문에 죽었습니다. 죄송합니다. 어머님!' 하고 말하고자 했지만, 차마 말이 되어 나오지 못하고 곡성만 쏟아졌다. 어머니도 그 마음을 아는지 영석이의 어깨를 토닥이며 고개를 끄덕였다.

"초혼(招魂)은 명한이 형님이 하시지요? 재서 형님과 가장 친하셨으니……."

"아니, 아닐세. 나는 그럴 수…… 없네. 영석이 자네가. 자네가 하게……."

도리머리를 흔들던 명한이가 혼자말로 중얼거렸다. 낮은 목소리로 뭔지 알아들을 수 없는 말을 횡설수설하고 있었다.

"그래, 영석이 자네가 초혼을……. 수고해 주게."

어머니는 깊은 슬픔 속에서도 죽은 아들의 벗에게 예의를 잃지 않았다. 초혼은 원래 시신을 보지 못한 사람이 하는 법인데, 명한이가 거절하니 영석이가 대신 초혼을 하게 되었다. 재서가 생시에 입던 저고리를 꺼내 들고 영석이는 지붕 위로 올라갔다. 이엉이 오래되어 회색빛이 감돌았고, 군데군데 고자리 쑤시듯 구멍이 뚫려 있었다. 재서 형님이 안 계시니 이제 이엉도 내가 이어 드려야지 하고 영석이는 생각했다. 영석이가 북쪽을 향해 우뚝 섰다. 바지저고리가 바람에 휘날렸다. 치마바위 너머 먼 하늘에는 비늘구름이 넓게 퍼져 있었다. 저기 저 하늘 어딘가에 재서의 혼이 있을 터이다. 승안이의 혼도 마찬가지겠지. 동문들이 어제오늘 사이에 이런 줄초상을 당하다니 영석이는 이게 꿈인지 아닌지 분간이 되지 않을 정도였다. 어제 승안이가 죽었을 때는 공포 때문에 슬퍼할 틈도 없었고 제대로 울지도 못했다. 그런데 재서가 죽고 나니 슬픔이 두려움을 덮어 버렸다.

나를 대신해 죽은 재서.
이제 내 차례가 된다고 해도 두렵지 않을 거 같다.
온전한 사랑이 두려움을 내어 쫓는다는 신부의 말이 생각난다.
영석이는 재서의 저고리를 휘젓는다. 저고리가 바람에 펄럭펄럭 나부낀다.
"필. 운. 대. 이. 재. 서. 복(復)!"
영석이는 비통한 목소리로 크게 외친다.
재서가 남긴 마지막 말이 다시 들린다.
'자네가 그 책을 가졌다가 화를 당할까 두려우이.'
뜨거운 눈물이 영석이의 뺨 위로 흘러내린다.
'재서 형님! 듣고 계신가요? 미안합니다. 형님이 저 대신에……'
'승안아! 미안하구나. 그제 밤에 너를 붙잡고 보내지 말았어야 했다.'
삶과 죽음이 한번 갈리면 망자의 육신은 흙이 되고, 산 자의 가슴에는 웅덩이가 파인다. 재서와 승안이. 둘은 영석이의 가슴에 깊은 웅덩이를 파 놓았다. 그들과 함께했던 좋은 시간, 그들의 숨결과 말, 손놀림과 사소한 습관, 그들의 모든 것이 모래 알갱이가 되어 추억을 만들지만 가슴에 패인 웅덩이는 추억의 모래로는 도저히 채워지지 않는다.
"필. 운. 대. 이. 재. 서. 복!"
육신을 빠져 나간 재서의 영혼이 다시 돌아와 살아난다면 영석이가 대신 죽어도 좋을 것만 같다. 재서가 영석이를 대신하여 죽었듯이.

'형님! 듣고 계신가요? 미안합니다. 정말 미안합니다! 제 말 들리면 돌아오세요. 제발 돌아오세요.'

'승안아! 너를 보냈던 내 잘못이다. 승안아! 듣고 있지? 듣고 돌아와라.'

술 마신 다음 날은 어김없이 밥풀눈이가 되는 재서.

누에머리손톱인 그의 엄지손가락조차 너무 그립다.

그 눈과 그 손톱을 한 번만이라도 다시 보았으면.

흥분하면 말을 더듬는 승안이의 목소리를 다시 한 번 들었으면.

승안이의 개발코를 한 번만이라도 어루만질 수 있었으면.

"필. 운. 대. 이. 재. 서. 복!"

영석이는 온몸이 부르르 떨릴 만큼 아주 크게 외친다. 초혼의 메아리가 바람 소리에 갈라진다.

'형님! 내 말 듣고 있지요? 편히 가시기 바랍니다. 무거웠던 모든 짐 다 내려놓고 이제 편히 쉬시기 바랍니다.'

'승안아! 너를 건사하지 못해 미안하구나. 편히 잠들어라.'

초혼을 마쳤지만 영석이는 지붕을 내려가지 못하고 오랫동안 엎드려 울어야만 했다.

4

이틀이 지났다. 낙안이가 저녁에 영석이 집에 찾아왔다. 그는 무슨 궁리를 하는지 벋니 사이로 종성연 연기를 뿜어대다가 한참이 지나서 입을 열었다.

"그날 아침에 전주댁이 주막에서 누군가를 보았다더군. 밥을 지으려고 부엌 아궁이에 불을 지피고 나서 다시 까무룩 잠이 들었는데 무슨 기척이 있어 깨고 보니 부엌 문이 열려 있고 흰 도포를 걸친 사내가 황급히 달려가는 뒷모습을 보았다고 하였네. 이양걸이 전해 주더구먼. 전주댁 주막이 도갓골 삼거리에 있고 재서의 집이 있는 필운대까지 한 마장도 채 아니 되지 않은가? 체부청골(體付廳洞)쪽으로 뛰다시피 내려갔다더군."

"조진한이는 심문했다고 했수?"

"심문은 무슨? 한성부 판윤과 포도대장이 허락했을 턱이 없지. 판윤 대감과 포도대장 영감도 노론이니 노론 조정 대신들과 같이 움직인다고 하더군. 그러니 같은 노론인 조진한이가 만약 불미스러운 일에 연루되었다는 정황이 소론에게 포착되면 노론 전체가 풍비박산이 날 우려가 있다는구먼. 임금에게 올릴 벼슬 단자를 기안하면서 벼슬자리를 붙였다 뗐다 한 손에 거머쥐고 있는 이조정랑 조진한이니 소론에게는 작히 좋은 먹잇감이지 않겠는가? 눈엣가시 같은 노론을 칠

궁리만 하는 소론의 입장에서는 얼씨구나! 하고 이 기회를 활용할 것이란 말이지……."

낙안이가 돌아가고 영석이가 잠자리에 들기 전이었다. 조금전부터 내리기 시작한 비가 이내 뇌우로 변해 천둥과 번개가 갈마들었다. 번개가 치는 순간, 문 앞에서 누가 어른거리는 모습이 보였고 영석이가 문을 여니 명한이가 비에 흠뻑 젖은 모습으로 우두커니 서 있었다.

"명한이 형님이 이 밤에 어인 일로? 안으로 들어오시우."

명한이는 잠시 동안 아무 말도 않고 문설주를 잡은 채 그대로 서 있었다. 술 냄새가 진동을 했고, 영석이가 명한이를 부축하고서야 겨우 명한이를 앉힐 수 있었다. 명한이는 "크흐흐흐!" 하고 말 울음소리를 내기 시작했다. 우는 것인지 웃는 것인지 분간할 수 없었는데, 일변 미친 사람이 웃는 것 같았고 일변 성한 사람이 곡성을 내는 것 같았다. 얼굴은 흉측하게 일그러졌고 눈은 접신한 무당의 눈같이 기이한 빛을 뿜어내고 있었다. 콧구멍은 훨씬 더 크게 벌어졌고, 볼살이 쏙 빠져 광대뼈가 튀어나와 보일 만큼 초췌하게 말라 있었다.

"무슨 일이우? 재서 형님이 죽은 탓이우? 곡기는 입에도 안 대고 이틀 동안 술만 마셨구만. 술을 한 잔 더 하시겠수? 아니면 뭐 요기할 거라도?"

영석이가 일어나려는데, 명한이가 그의 팔을 잡고 끌어내렸다. 영석이는 그 완력에 그대로 주저앉을밖에 없었다. 말 울음소리를 그친 명한이의 얼굴에는 싸늘한 냉기가 맴돌았다. 무서운 눈빛으로 영석이를 노려보았는데, 영석이는 살기를 느꼈다. 사람의 얼굴이 그렇게 무서울 수 있다는 것을 영석이는 처음 알았다. 명한이가 갑자기 벌떡 일어났다. 이번에는 전혀 비틀거리지 않았고, 뚜렷한 목적을 가진 사람처럼 똑바로 일어서서 방문을 밀치고 나갔다. 뇌우가 퍼붓는 밤 속으로 그는 뚜벅뚜벅 걸어갔다. 한 다경도 채 못 되어 명한이가 다시 돌아왔다. 신을 벗는 둥 마는 둥 창황히 들어왔는데 흠뻑 젖은 도포에서 물이 떨어져 방바닥에 줄줄 흘러내렸다. 명한이는 털썩 주저앉자마자 품에서 한 자 정도 되는 시퍼렇게 날 선 칼을 꺼내 당자의 무릎 앞에 툭 던졌다.

"지금부터 내가 하는 말을 잘 듣게. 자네를 죽이려고……. 자네를 죽이려고 했네……. 자네는 바로 조금전 죽음에 가장 가까이 다가갔었네……. 그건 지금도 마찬가지일지도 모르지. 으히히히!"

명한이는 입을 하늘로 쳐들고 다시 말 울음소리를 내며 웃었다. 명한이의 소름끼치는 웃음소리는 온 방에 울려 퍼졌고, 영석이의 숨통을 조르고 있었다.

"형님! 다짜고짜…… 대체…… 이게 무슨 말이우? 형님이 왜 나를……."

영석이는 두려움으로 떨기 시작했고, 거의 숨조차 멎는 것 같았다. 조금 전에 명한이가 무섭다고 느꼈을 때, 그리고 살기등등한 그의 눈을 보았을 때에는 그렇게 떨리진 않았는데, 지금은 달라 보였다. 명한이의 표정 없는 갈고리눈은 금방이라도 영석이를 찌를 것처럼 느껴졌다.

"자네만 없애면 다 끝나기 때문이지……. 자네만 죽이면……. 이 일이 묻힐 테니까……. 영석이 자네……. 아는가? 내가…… 내가 재서를 죽였네……. 바로…… 이렇게 말일세."

명한이가 칼을 잡고 위로 휘익 긋는 순간 번개가 쳐 그의 모습이 선명하게 드러났다. 비와 땀에 젖은 얼굴에 실성한 사람의 눈빛이었다.

"형님! 왜 이러시우? 제발 정신 좀 차리시우."

"정신? ……정신이라고 했나? 크흐흐흑! 그럼, 정신 차리고 있지……. 자네……, 지금부터…… 내가 하는 말, 잘 듣게."

명한이의 말은 짧게 끊어졌다 이어졌다 반복되었다.

"열흘쯤 전이었네. 사촌 종형 조진한이 나를 불렀네. 융복을 입고 있더군. ……내가 인사말로 언제 쌍학흉배를 달게 되는지 물었더니 그는 웃으면서 '멀지 않았다. 곧 당상관이 되면 쌍학흉배 붙인 융복을 입고 초헌 타고 다니게 될 것이다' 하더군. 그러면서 덧붙였지. '그 책에 대해 알고 있다. 너는 그 책 내용을 안 믿는 게지?' 하고 묻더군. 그렇다고 대답했네. 내 귀에다 속삭였지. '이번 일만 무사히 처리해라. 그리하면 너의 전정을 화려하게 꾸며 주마. 내 꼭 약속하마. 서얼금고법에 따라 서얼들이 과거를 못 보지만 주상께서 허락하시면 된다. 그러나 그 이전에 너는 이 일을 해결해야 한다. 이 일을 해결한 공로는 작지 않을 게야. 주상께 아뢸 터이니 넌 걱정 말거라. 그 책이 유포되면 난리가 난다. 노론은 순식간에 소론의 탄핵을 받게 될 게 불을 보듯 뻔하다. 그렇지 않아도 매일매일 살얼음 위를 걷는 상황이니 말이다.

주상께서는 병약하고 심병이 깊다. 생모인 장희빈이 사사(賜死)되는 것을 어렸을 때 지켜봤으니 오죽하겠느냐. 세자께서 조정대신들을 붙잡고 어머니를 살려 달라고 매달렸지. 신사년(1701년)이니 벌써 20년 전이구나. 연잉군을 지지하는 노론 대신들은 세자를 피했던 반면, 소론들은 세자를 돕겠다고 했지. 장씨가 자진한 이후 노론과 소론 간에 사생결단의 싸움이 계속되고 있는 것도, 노론이 연잉군을 세제로 책봉하라고 줄기차게 요구해온 것도 다 그런 연유 탓이다. 이 싸움은 어느 한쪽을 몰아내지 않으면 서로가 물러서지 않을 터이니 말이다. 조만간 주상께서도 노론 대신들의 세제책봉 요청을 받아들이

실 게야.

　이런 판국에 그 책이 노론에서 유포되었다는 사실이 밝혀지면 다 된 밥에 재 뿌리는 격이 된다. 책을 없애고 책 내용을 아는 사람은 절대 발설하지 말게 해야 한다. 내 말 무슨 뜻인지 네가 잘 알 것이다. 칼을 잘 다루는 검객 한 명을 너에게 붙여 주마……. 그에게 필요한 일을 지시하거라.' 내가 책 한 권으로 사람의 목숨까지 빼앗느냐고 물었지. 그랬더니 종형이 이렇게 대꾸하더군. '너는 글자 하나로 멸문지화를 당하는 꼴을 보지 못하였느냐? 네가 못하겠다면 내가 하겠다. 너는 일변 순진하고 일변 세상물정도 모르는구나. 밖으로는 양난(兩難)과 안으로는 당쟁을 겪으면서 너는 무엇을 느꼈느냐? 살아남는 게 우선이다. 그것도 권력을 거머쥐고서 말이다. 그들은 너와 내가 아니더라도 어차피 살아남기 어렵다. 이 나라의 풍속과 교화를 위해 너는 대아에 서야 한다. 내 말 무슨 말인지 알겠느냐?'

　나는 오래전부터 종형이 나를 도와 과거를 볼 수 있을 것으로 내심 기대하고 있었네……. 그리고 그때가 무르익은 거였지. 내가 분부대로 거행하겠다고 하니 '그래, 그래야지. 잘 생각했다' 하더군. 내가 뒤돌아서 나오려는데 종형이 '공포를 심어 주어야 한다! 어느 누구든 다시는 그런 생의조차 품지 못하게 말이다' 하며 귓속말로 한마디 보태더군. 서쾌와 최한길이 죽은 후 나는 고민에 빠졌네. 진한이 형님을 다시 찾아갔지. 나는 최한길마저 죽어 노론을 모함하기도 어렵게 되었으니 이걸로 충분하지 않은가 물었네. '최한길을 제거하고 그의 편지를 가져 온 것은 아주 잘했다. 그러나 아직 끝나지 않았다. 아조의 성리학을 지키고 유림을 보호하기 위해 그 책의 유포를 막고 책을 없애야만 한다'고 형님이 그러더군. 나는 거기서 멈추고 싶었네. 오랫동안 동문수학한 한 형제와 같은 동연들은 차마 죽일 수 없다고 말했네.

형님이 뭐라 말한 줄 아는가? '충역(忠逆)이 갈렸는데 벗이 무슨 소용이냐' 하더군. 울골질하는 말투가 아니라 착 가라앉은 목소리로 말하니 그렇게 무섭고 소름이 돋을 수가 없더군."

영석이는 그토록 두려운데도 명한이의 위선이 참을 수 없었는지 날숨처럼 말이 나와 버렸다.

"그래 놓고 동접들한테 어쩌면 그리도 아닌 보살 하셨수?"

"아닌 보살 할밖에. 내가 그럴 듯하게 하던가? 치의(致疑)받는 것이 내게 미칠까 봐 그랬지. 처음부터 말이지. 이양걸이 곡암당에 왔을 때 하도와 낙서가 펼쳐진 경상을 덮은 걸 기억할 걸세. 일변으로는 일을 완수하기까지 의심받아선 아니 되니까 그랬지. 그런데 일변으로는 말일세. 거기서 멈추고 정말 덮어 버리고 싶었네. 발을 빼버리고 싶었단 말일세. 순간적으로 그런 기분이 들었다네……. 그러나 점점 더 익숙해지더군. 서쾌와 그 결찌가 죽었을 때만 해도 이조정랑이 내 뒤에 있고 나는 그의 수하라고 생각하니 두려웠지만 든든하더군. 승안이가 죽었을 때는 재서가 오히려 미웠지. 재서가 그 책만 가져오지 않았다면 하고 진심으로 원망했다네. 그랬다면 나도 되돌아갈 수 있었을 테고 이런 갈등도 겪지 않았을 텐데 하고 말일세. 크크크흑! 신기하지 않은가? 내 잘못이 아니라 재서의 잘못이라고 여기니 기이하게도 그렇게 믿어지더군. 이왕 아닌 보살 했으니 갈 데까지 가보자고 생각했지. 갈 데까지 말일세."

그 순간 여러 번의 번개가 이어졌다. 명한이는 그 찰나를 기다렸다는 듯이 칼을 집어 들고 얼굴 앞으로 칼날을 세웠다. 양 미간 사이에 수직으로 선 칼날이 시퍼런 빛을 뿜었고, 그의 눈은 칼날을 사이에 두고 살기와 광기에 휩싸여 소름끼칠 만큼 희번덕거리고 있었다. 그것은 사람의 눈이 아니라 괴의 눈이었다. 영석이의 온몸이 얼어붙었다.

"황 역관, 자네도 이제 끝이네. 충역이 갈렸는데 벗이 무슨 소용인가? 안 그런가? 이히히히!"

명한이는 찌르기 전에 영석이가 벌벌 떠는 모습을 눈앞에서 즐기는 양이었다. 명한이의 야차(夜叉) 같은 표정에 영석이는 당자도 모르게 뒤로 물러 앉아 마른 침만 삼켰다. 명한이는 미친 사람처럼 웃어 댔고 비는 더 세차게 퍼부었다. 명한이가 칼을 내려놓고 다시 말을 시작한 것은 한참이 지나서였다.

"진한이 형님이 역참에서 말을 한 필 내어 주었지. 범행을 단행하기 전에 서해 바닷가에 갔었네. 옛적에 과거를 볼 수 없는 처지를 한탄하며 몇 삭 동안 이리저리 떠돌아다니며 유리걸식하던 때가 있었지. 그때 한번 갔었던 포구였다네. 막상 일을 치르려고 하니 마음이 갈팡질팡하더군. 결심이 필요했기 때문이지. 바람이 거세게 부는 바다를 보았네. 한 줄로 밀려오는 파도가 '그들을 죽여야 한다'고 거침없이 외치더군. 나란히 오다가 가운데가 높이 솟아오르는 너울 같은 파도가 있었네. 꼭대기에서부터 거품을 내뿜었지. '그래선 아니 된다. 네 음모도 이 거품처럼 드러날 것이다. 벗들을 죽여 높이 오르고자 하는 너는 수치스럽지도 않느냐?'고 일갈하더군. '죽여야 한다'와 '아니 된다'가 뒤섞여 나도 갈피를 잡을 수 없었네. 한참을 서 있었네. 입신을 위해 어쩔 수 없다고 다짐했네. 다시 바다를 보니 거셌던 파도조차 잔잔해 보이더군……

책 거간꾼 최을호와 최한길 그리고 숭안이는 그 왼손잡이 검객이 살해했네……. 물론 다 내가 지시한 것이지……. 이틀 전 필운대 재서의 집에서 활 반 바탕 거리의 숲에서 기다리고 있었네. 재서가 내려오더군. 그 검객이 재서를 가로막고 '어서 책을 내어 놓아라' 하는데,

아래 도갓골에서 한 검객이 달려오더군. 궐자가 재서를 칼로 내려치려는 순간, 그 검객이 막아섰네. 재서에게 '빨리 달아나시오!' 하고 외치면서 말일세. 나는 수풀 속에서 지켜보다가 재서의 뒤를 밟았네. 재서는 도갓골 삼거리에서 금청교로 내려가지 않고 소나뭇골로 가더군. 금청교에는 또 다른 누군가가 기다리고 있을지도 모른다고 생각했겠지. 하긴 한성부로 가려면 그 길로 송첨교(松簷橋)를 지나는 게 더 빠를 수도 있지. 소나뭇골에 이르자 내가 재서를 뒤에서 불러 세웠네."

명한이의 눈빛이 그 순간을 회상하는 듯 조금씩 광기가 잦아들었고 어투도 평소대로 돌아오고 있었다.

"재서가 뒤돌아보았네⋯⋯. 내 손에 든 칼을 보고 재서는 아무 말 않고 나를 노려보기만 했네⋯⋯. 그러다 내게 말했지. '자네가 꾸민 짓이로군⋯⋯. 이조정랑인가 하는 자네의 사촌 종형이 사주한 것인가? 이 모든 것을.' 내가 고개를 끄덕였네. 재서는 나를 보다가 이내 시선을 거두고 한마디 내뱉고 몸을 돌렸네. 뭐라 말한 줄 알겠는가? ⋯⋯재서가 뭐라고 말했을 것 같은가?"

"⋯⋯."

"'명한이! 자네는 나를 찌를 수 없을 걸세. 나는 내 길을 가겠네' 하더군. 그 한마디가 나를 찔렀네. 재서를 다시 불렀네. '재서!' 하고 큰 소리로 부르면서 앞으로 달려 나갔지. 재서가 나를 향해 몸을 돌려 세우는 순간 그의 가슴을 찌르고 말았네. 칼자루가 부르르 떨리더군. 그 순간 내가 뭘 느꼈는지 아는가? 뜨거운 열등감이었고 불타는 질투였네. 재서는 저렇게 당당한데 나는 이렇게 위축되어 있구나. 재서는 모든 것을 다 얻은 듯한데, 나는 모든 것을 다 잃고 있구나 그런 느낌 말일세. 숙진이도 포함해서 말이지. 숙진이에게 수 삭 전에 내 마음을 전했었지. 차갑게 거절당하고 말았지만 말일세. 숙진이의 비웃음에 가슴이 조였지만, 그 냉소가 오히려 나를 더 달뜨게 했다네…….
하긴 누가 숙진이를 연모하지 않을 수 있겠는가? 그처럼 순결하면서
도 따뜻하고, 온순하면서도 자존심이 드센 숙진이를 말일세! 나는 숙
진이와 함께 햇살이 비추는 숲길을 걷고 싶었고, 해질녘의 노을을 같
이 바라보고 싶었다네. 정말 그러고 싶었지…….”

명한이의 눈이 갑자기 무서운 빛을 다시 뿜고 있었다.

“그토록 연모했는데 거절당하니 질투에 불타 숙진이의 머리채를 끌
고 회술레를 돌려 개망신을 당하게 하고 싶더군. 숙진이를 파멸시켜
버리고 싶었단 말일세. 재서를 찌른 그 순간, 그런 생각으로 잠시 동
안 희열에 넘쳤다네. 희열에 말일세. 으흐흐흐!”

광기 가득한 명한이의 얼굴에 음흉한 웃음이 더해지니, 영석이는
다시 두려움에 사로잡혔다. 그러나 숙진이를 파멸시키고자 재서를 찔
렀고 그래서 희열을 느꼈다는 그 말에 명한이를 죽이고 싶다는 생각
까지 들었다. 분노가 공포를 이기고 있었던 것이다. 영석이가 바닥에
놓인 칼을 주시하면서 ‘어디 한 번만 더 그렇게 웃어라, 한 번만 더’
하고 생각하는데, 명한이가 다시 말을 이었고 이제는 간간이 울음도
섞여 있었다.

“한편으로 생각하면 나는 재서가 책에 관해 더 이상 언급하지 않
겠다는 다짐만 받는다면 굳이 재서를 죽일 필요까지는 없었을 걸세.
……방금 이 말도 다 거짓이네. 왜냐고? 내가 칼을 품고 갔기 때문
이지. 자네, 그거 아는가? 높은 벼랑 위에 서 있으면 벼랑 아래가 사람
을 끌어당긴다는 것을. 내가 품고 간 이 칼이 바로 벼랑이었지.”

뇌우는 더 세차게 쏟아졌고, 바람도 거세게 문풍지를 흔들고 있었다.

“재서의 가슴에서 뿜어 나오는 피를 손으로 막았지만, 안 되겠더군.
재서의 소맷자락에서 꺼낸 책으로 가슴을 눌렀다네. 나는 그 순간 ‘대

체 내가 무슨 짓을 한 것인가' 하고 정신이 번쩍 들었지. 얼굴을 보며
그의 입에 흐른 피를 닦았네. 재서가 나에게 뭐라 말한 줄 아는가?

'자네를…… 원망…… 하지 않네, 명한이! 자네…… 입장도…… 이
해하기…… 때문이지!'"

명한이의 얼굴은 눈물과 콧물이 범벅이 되어 있었다. 특히 재서의
마지막 말을 인용할 때, 거의 말을 잇지 못할 만큼 어깨를 들썩이며
흐느꼈다.

"재서에게 왜 그 책을 갖고 와 이 지경이 되게 했냐고 원망했네. 재
서가 말하더군. '미안하이…… 그 책만 갖고…… 오지 않았다면……
이런 일이 없었을 테지……. 그때가 생각나나? 봄에 여기서…… 시
회 열 때 말일세.' 재서가 가쁜 숨을 몰아쉬더니 고개를 돌려 '솔잎 끝
에…… 이슬방울이…… 이제…… 보이지 않지?' 하고 뜬금없는 말을
내뱉었네. 그리고 다시 하늘을 쳐다보며 한동안 눈물을 쏟아내더니
숨을 거두었네. 그런데 말일세. 이상하게도 재서의 그 얼굴이 그렇게
평온해 보일 수 없었네. 재서의 눈을 내 손으로 감겨 주었네. 나는 두
려웠네. 세상에서 나 혼자만 남겨진 것처럼 처절하게 외롭더군. 그건
지금도 마찬가지일세. 피에 젖은 책을 들고 수성동 계곡으로 갔지.
손과 옷에 묻은 핏자국을 씻었네. 괸 계곡물에 너겁을 걷어내었지만
내 얼굴이 안 비치더군. 방금 벗을 죽여 버린 내 얼굴이 말일세. 손으
로 얼굴을 가리고 오열했지. 아니 눈물이 솟구치더군. 재서의 가슴에
서 피가 터져 나오듯이 말일세. 일어나서 미친 듯이 달렸네. 전주댁
의 주막에 이르렀지. 책은 피떡이 진 채로 딱딱하게 굳어 가고 있더
군. 그 책을 부엌 아궁이에 던져 넣었지. 불이 그 책을 아예 삼켜 버
리도록 말일세."

"그래서 초혼 때 넋 나간 표정이었구만요."

영석이가 용기를 내어 한마디했다.

"자네가 초혼을 하러 오기 전, 내가 어머님에게 다가갔을 때 말일세. 어머님이 내 손을 잡으시며 어깨를 손으로 쓸어 주셨다네. 나는 그때부터 정신이 나가 버렸었지……. 툇마루 기둥에 기대어 횡설수설했던 건 '어머님, 범인은 바로 접니다. 제가 재서를 죽였습니다' 하고 말한 거였네. 물론 입안으로 웅얼거렸지만 말일세. 왜 그런지 아는가? 모친은 내게 친어머니와 같네. 모친에게 어머님하고 부르면 내가 어떤 느낌인 줄 아는가? 자넨 모를 걸세. 어머님은 저 바다처럼 저 대지처럼 나를 포용하신 분이네. 모친은 내게 그런 분일세. 나 자신을 위해서는 어머님에게 다 말해 버리고 싶었지만, 어머님을 위해서는 도저히 발설할 수 없었네. 나야 죗값을 달게 받겠지만 어머님께서 받으실 고통과 충격이 나는 더 두려웠단 말일세. 어제 재서의 집에 다시 들렀다네. 어머님을 뵐 용기가 나지 않아 먼발치에서 바라보았네. 마루에 걸터앉아 재서의 저고리를 움켜 안고 계시더군. 가끔씩 하늘을 보시며 눈물을 닦으시면서 말일세. 그러나 소리 내어 우시지는 않으셨네……. 슬픔을 삼키시는 어머님의 모습에 나는…… 나는 너무 비통해……. 그만 울부짖고 말았네. 크흐흐흑!"

영석이도 눈물이 하염없이 흘렀다. 비가 잦아졌고 바람도 잔잔해졌다. 도랑에서 물 내려가는 소리가 요란하게 들렸다.

"재서가 신부의 책에 관해 강독을 할 때, 나는 처음에는 진심으로 받아들였고, 또 그 내용이 믿어지기까지 했었다네……. 그러다가 이내 그것을 거부해야겠다고 다짐했지. 왠지 아는가? 나는 영원한 세상이나 혹은 저 천당에 대해서는 관심 없네. 내 운명이 너무 혹독한 탓에 나는 이 땅에서 보상을 받아야 했기 때문이지. 재서가 저 하늘을 선택했다면, 나는 이 땅을 선택한 것이네……. 허무하더군, 사는 건……. 산다는 건 보릿짚 태우는 것과 같았지. 열심히 나 자신을 태워 봤지만, 따뜻해지지 않았네……. 전혀."

숨 막히던 명한이의 토설이 끝났다. 이제 제정신으로 돌아온 듯했다.

"재서가 왕족, 그러니까 소현세자의 계녀, 경순공주의 손자인 걸 아시우?"

"뭐라고? 재서가 소현세자의 후손이라고? ……많이 힘들고 외로웠겠군. 그래서 재서가 나를 이해한다고 자주 말했던 건가……. 허나 그런들 뭐 하겠는가. 이제 와서."

명한이는 마치 다른 사람의 일을 얘기하듯 무심하게 받았다. 비가 멎었고 명한이는 떠났다. 영석이는 명한이에게 어떻게 할 것인지 묻지 않았다. 날이 밝으면 이양걸이를 찾아가 자초지종을 고백하고 죗값을 받을 것이라고 여겼다. 그렇게 참회의 눈물을 흘렸는데 어떻게 다른 생각을 품겠는가.

✢

종각에서 파루를 알리는 종소리가 울렸다. 명한이는 천변 움막의 흙벽에 웅크리고 앉아 있다가 일어났다. 승안이의 주검이 있었던 광통교 천변으로 내려갔다. 날이 벗개지 않은 어슴새벽이었지만 명한이는 정확하게 그곳을 기억하고 있었다. 승안이의 주검이 있던 자리를 손으로 쓸었다. 승안이의 이마에 邪(사) 자를 새기라고 자객에게 말할 때 얼마나 떨었던가. '승안이 자네! 편히 가시게. 부끄럽네. 정말 부끄럽네.' 먼동이 트자 명한이는 필운대로 향했다. 인왕산과 북악산의 봉우리는 아직 옅은 운무에 싸여 있었다. 명한이가 육조거리 앞을 발밤발밤 걸어가는데 그 옷에는 검불이 덕지덕지 묻었고 진흙과 오물이 군데군데 튀어 있었다. 기찰하는 순라군 둘이가 굴왕신같은 명한이의 행색을 보며 다가왔다.

"멈추시오. 어디 사는 누구며 어디로 가는 게요?"

"나는 북촌에 사는 전 예조참판 조 아무개의 아들 조명한이라 하오. 내 조용히 북망산천 구경 가는 길인데, 어디 나와 작반하시겠소? 허허허!"

명한이가 짐짓 두억시니 같은 표정을 지으니 순라군들이 미친 사람으로 여기고 그냥 보내 주었다. 고샅으로 접어드니 발아래에서 은행 열매가 밟혔다.

과육은 고약한 냄새를 풍기지만 씨앗은 먹기 좋은 열매.

명한이는 당자도 그와 같다는 생각이 들었다. 안에 품은 씨앗이 무엇인지 알아봐 주지도 않은 채, 서출 냄새 난다고 외면한 이 세상이.

인왕산의 운무가 서서히 걷히고 치마바위가 보였다. 명한이는 그제야 겸재 선생의 말이 무엇을 뜻하는지 알 수 있었다.

'명한이. 인왕산을 제대로 완상하자면 눈으로 보는 것만으로는 아니 되네. 비가 많으면 치마바위 아래 청풍계, 옥류동, 수성동 계곡으로 폭포처럼 물이 흐르지 않던가? 그러나 물 흐르는 것도 잠깐이고 운무는 더 빨리 사라지지. 쉽게 사라지는 것들을 오래 담아두고자 때로 멀리 떨어져서 보기도 하고, 때로 하늘 위로 올라가서 본다면 하고 상상도 하는 게지.'

그랬구나. 좀 떨어져 관조했었어야 했구나. 과육 속에 갇힌 은행 알 같이, 나를 가둔 굴레 안에서만 인생을 바라보았구나.

금청교를 건너 도갓골 전주댁 주막에 닿으니 이틀 전 명한이 당자의 모습이 그대로 보였다. 책을 아궁이에 던지고 냅다 달렸었지. 멈추면 안 된다. 온몸은 땀으로 젖고 심장은 쿵쾅쿵쾅 방망이질했었지. 죄책감은 바위처럼 짓누르고 자책감은 독처럼 숨통을 조여 왔다. 높은 파도가 거품을 뿜으며 책망하는 소리가 환청처럼 귓전을 울렸지. '너는 수치스럽지도 않느냐?' 위로 오르기는커니와 아래로 떨어질 것만 같은 불길한 예감뿐이었지. 그 생각이 두려워 술만 마셔댔다. 흐흐흐, 그랬지. 그런데 지금은 오히려 담담하군.

짙은 구름층을 뚫고 백악산과 남산 사이로 해가 떠오르고 있었다. 명한이는 바위 위에 앉아 한동안 해만 보았다. 뚫어지게 해무리만 바라보았다. 그리고 일어나 소나뭇골로 올라갔다.

재서가 그 모습으로 거기 서 있었다. 재서! 자네가 나를 이해한다고? 아닐세. 자네는 나를 이해 못할 걸세. 자네뿐 아니라 누구도 나를 이해 못할 걸세. 날개 부러진 새로 태어나 날아오를 꿈조차 꿀 수 없는 한을 어느 누가 이해하겠는가? 이렇게 말하고 보니 나도 자네를 이해할 듯하이. 홀로 분투하다가 사람들에게 멸시와 조롱을 받았던 자네의 설움을 말일세. 아니, 어쩌면 자네 말이 맞을지도 모르겠네. 세상에서 누군가 나를 이해하는 사람이 있다면 오직 자네뿐일 것이네. 재서! 자네가 많이 보고 싶네. 정말 많이 보고 싶으이. 재서가 누웠던 바로 그 자리에 명한이가 누웠다. 맑게 갠 하늘이 보였다. 재서! 내 죄를 씻고자 이러는 게 아닐세. 나는 다만 자네가 마지막 순간에 있었던 이곳에 자네와 함께 있고 싶은 것뿐이라네. 자네와 함께 말일세.

화창하게 맑은 아침. 명한이는 재서가 누웠던 필운대 소나뭇골에서 스스로 목숨을 끊었다. 재서의 가슴을 찌른 바로 그 칼로 자신의 가슴을 찔렀다. 재서가 누운 것과 똑같은 자세였다.

5

영석이가 이양걸이와 낙안이를 만난 것은 명한이가 죽고 사흘이 지난 저녁 무렵이었다. 전주댁이 눈물을 훔치며 그들을 맞았다. 미목에 남아 있던 아리땁던 자취는 사라지고 근심이 서린 얼굴이었다.

"이렇게 끝나게 되었구려. 명한이가 모든 것을 짊어지고 혼자 감당한 것으로……. 그런데 갈팡질팡하다가 마지막 순간에 왜 실토했을까 그게 궁금했소."

이양걸이 입에 술을 털어 넣는데, 울대뼈 아래로 술 넘어가는 모습이 보였다.

"사람은 악하다 해도, 마음 깊은 곳에 한 가지 진실이 있는 법이우. 명한이 형님 당자가 작정한 데까지 갔을 수도 있었지만, 재서 형님 모친의 모습이 그를 돌이켰을 거라고 생각하오. 그때를 고백할 때, 가장 심하게 울부짖었으니 말이오."

영석이는 무심하게 하늘을 쳐다보았다. 하늘을 쳐다보는 버릇이 생긴 것은 그때부터였다. 재서와 명한이가 필운대 소나뭇골에 누워서 바라보았을 저 하늘을 이따금 바라보게 되었다. 명한이에 대한 증오도 사라지고 없었다. 명한이와 같은 처지에 있었다면, 궐자의 입장도 이해할 수 있다는 재서의 마지막 말 때문인지도 몰랐다.

"이조정랑 조진한이는 어떻게 할 거요?"

"박 형, 그 심정이야 모를 바 아니지만 그만하는 게 좋겠소. 그는 심문하지 못하오. 한성부 판윤 대감이 그 사건을 마무리하자고 하였고, 구계(口啓)를 어제 올렸소. 나도 그만 일어나야겠소."

이양걸이 떠난 후, 낙안이는 남초를 뻐끔거렸다.

"한양을 떠나기로 했네. 승안이가 없으니 더 이상 악다구니하며 장바닥에서 부대낄 이유가 없네. 사는 재미가 없으이."

"어디로 가며 생화는 무엇으로 하실 참이시우?"

"양주로 갈까 하네. 생화야 어떻게든 되겠지. 모아둔 돈도 있고 돈 떨어지면 농사나 짓든가."

"그런데, 자네 숙진이 아씨에 대한 얘기 좀 들었나?"

"무슨 얘기 말이우? 곡암 선생께서 전할 말이 있으니 나더러 내일 와 달라고 하더이다만."

"아씨가 실어증이라더군. 풍편에 들었네."

그다음 날, 영석이는 곡암당으로 갔다. 눈가에 겹 주름이 더 많아졌고 유건 아래 귀밑머리가 새하얗게 변한 선생은 며칠 새 확연히 늙은 모습이었다.

"며칠 전에 숙진이가 재서 어머니를 찾아가 같이 살게 해 달라고 간청했다고 하였네. 숙진이를 작반했던 상직어멈에게 들었네. 재서 어머니는 '그럴 수 없다. 정식으로 혼인을 한 것도 아니지 않느냐⋯⋯. 심지어 혼례를 올리고 나서 그런 일을 당했다고 하더라도, 나는 네가 청상과부로 사는 걸 원치 않았을 것이다. 그러니 돌아가거라' 하고 거절했다더군. 그날 다녀온 후로 저렇게 말도 않고 있네. 신열이 나고 밥도 먹지 않고 말일세."

"행기하려면 미음이라도 먹어야 할 텐데요."

"상직어멈이 끓여 주는 미음만 먹고 있으이. 그런데 자네 우리 숙진이와 한양을 떠나면 어떻겠는가?"

"네? 무슨 말씀이신지요?"

"일변으로 숙진이를 위해서이고 일변으로 자네를 위해서이기도 하네. 원백이 세밑에 경상도 하양 현감으로 부임한다고 하네. 그때까지 몇 삭 동안만 자네는 어디 절에라도 가서 지내다가 원백이 그곳에 가면……."

"겸재 정선 선생님이 현감으로 계실 곳에를요?"

"그렇네. 재서와 명한이 승안이 모두 내 곁을 떠났는데, 자네마저 잃을 순 없네. 무엇보다 자네도 그 신부를 만났고 또 그 책을 재서와 함께 가장 깊이 공부하지 않았는가? 숙진이한테도 얘기했는데 묵묵부답이더군."

영석이는 속으로 반색을 했지만 드러내지 않았다.

"저야 오나가나 매일반이지만 숙진이 아씨야 어디 떠나기 쉽겠습니까? 그 일 때문이라면 무사타첩된 듯합니다. 어제 판윤 대감이 이대로 마무리하자는 구계를 올렸다고 하더이다."

"뭐라고, 구계를 올렸다고? 당분간은 괜찮을지도 모르지. 그러나 세간의 이목이 잠잠해지면 조진한이가 다시 자네에게 위해를 가할지 모르지……."

선생의 입에서 대뜸 조진한이가 거명되는 순간 숙진이가 방문을 열고 들어왔다. 해쓱해진 숙진이는 영석이를 보았지만, 눈길 한번 주지 않고 선생을 향해 야살스럽게 말했다.

"분명히 말씀해 주세요. 아버님은 조진한 정랑을 알고 계셨지요?"

선생은 무슨 음사나 들킨 것 같은 표정이었다.

"상없이 그게 무슨 말이냐? 나도 듣고 알았던 게야."

선생의 얼굴이 백짓장처럼 하얗고 진땀이 이마에 맺혀 있었다.

숙진이가 불타는 눈빛으로 여기를 지르는 양이었다.

"기이지 말고 사실대로 말씀하세요. 일이 마무리되었으니 이제 덮으시려고요? 조진한이에게 무슨 말씀을 하셨는지 밝혀 주세요. 그 끔찍한 일이 벌어지기 며칠 전에 조진한이가 아버님을 찾아왔고 그 사람이 죽기 전에도, 죽은 다음 날도 찾아왔지요. 행랑아범을 시켜 알았어요. 변명을 하고 왔지만 사립문을 나서는 궐자에게 행랑아범을 통해 대뜸 '이조정랑 조진한 나리시지요?' 하고 물어보라고 했어요. 세 번째 왔을 때는 방에서 아버님이 '진한이 자네!'라고 부르시던 말씀도 들었어요."

선생은 말문이 막히어 말을 못하다가 숙진이의 시선을 피하는 양 고개를 숙였다.

"너는 조진한이를 어떻게 알았느냐?"

선생의 몸이 부르르 떨리고 있었다.

"수 삭 전에 조명한이의 사촌종형이며 이조정랑이라고 들었어요. 이제 말씀해 주셔야 해요."

선생은 말이 없었다. 잠시 후 한숨을 쉬며 일어나더니 장롱에서 편지를 꺼냈다.

"이제 와서 무엇을 숨기겠느냐. 자, 보거라. 이것은 죽은 교서관원 최한길이 김일경 참판에게 전하려고 했던 것이다."

숙진이와 영석이는 편지를 읽었다.

요사이 듣자 하니 서양 서적을 가지고 온 자들 사오 명이
도적놈들같이 모여서 결당을 하고 교리를 강론한다고 합니다.
서양의 글이 선조 말년에 이미 우리나라에 들어와 고관이나
석학들 중에 보지 않은 이가 없었지만, 그들은 제자나 도가, 또는

불가의 글 정도로 여겨 서가의 구색으로만 갖추고 있었습니다. 숙묘조(숙종)의 경자년(1720년) 겨울에 이르러 이재서라는 자가 있어 사행단을 따라 연경으로 가 천주당에서 처음으로 사교의 법을 배우고 책 한 권을 얻어 왔습니다. 젊은 층에서 재주 있는 자들이 천학의 설을 주창하니 마치 상제께서 친히 내려와서 그들에게 일러주고 시키는 듯하였습니다. 신축년(1721년) 봄에 이재서는 조명한, 박승안 등과 함께 청풍계안에 있는 곡암 김인균의 집에서 교리를 강론하였습니다. 옛날의 군자는 천지의 상제를 공경했다는 말은 들어 보았어도, 태극을 받들어 모셨다는 말은 듣지 못하였습니다. 만약 태극이 상제로서 만물의 시조가 된다면 옛 성인이 어찌하여 태극의 설을 숨겼겠습니까? 대개 학술에 차질이 빚어지면 모두 이단으로 떨어집니다. 노자, 석가, 양주, 묵적이 모두 신성한 사람들임에는 틀림없으나, 끝에 가서는 모두 허무적멸하고 무군무부한 교리로 귀결되고 말았습니다. 우리들이 눈을 밝게 뜨고 온 힘을 다하여 함께 저들을 성토하지 않는다면, 조금씩 타들어 가는 불길이 들을 태우고 졸졸 흐르는 물이 하늘에까지 넘쳐서 종당의 폐는 오랑캐들이 중국을 어지럽히는 것보다 더욱 크게 되지 않을까 두렵습니다. 말과 생각이 여기까지 이르니 어찌 걱정되지 않겠습니까. 다행히 한목소리로 성토하여 저들 서학하는 자 사오 인을 오랑캐의 무리로서 물리쳐서, 울타리 밖으로 쫓아내기를 바랍니다.

近聞西洋帶來種子四五人 交結匪類 講其法
西洋書 自 宣廟末年 已來於東 名卿碩儒 無人不見 視之
如諸子道佛之屬 以備書室之玩.

肅廟朝庚子冬 有李在西者 隨行 燕京 始學邪法於天主堂
得其書一券以來 少輩之有才氣者 倡爲天學之說 有若上帝
親降 而說使者然.

辛丑春在西與趙明漢朴承安等 說法於淸風溪內谷巖金仁
均家.

但聞 古先君子 敬恭于天地之上帝 未聞有尊奉太極者 如
太極爲上帝萬物之祖 古聖 何隱其說乎.

大抵學術之差 皆歸異端 老佛 楊墨 皆必神聖之人而末稍
終歸於虛無寂滅 無父無君之敎.

吾輩 若不明目張膽 極力共 討則竊恐炎炎之燎原 涓涓之滔
天 末流之弊 將有大於夷狄之亂華 言念到此 寧不寒心 幸
望齊聲共討 推彼西學四五人擯以夷狄之類 揮之門墻之外
云云.

선생은 애써 담담한 표정을 지었지만, 목소리는 떨리고 있었다.

"조진한이는 재서와 그 동접들을 문하생으로 받기 수 해 전에 내 문
하에 있었지. 진한이 궐자가 정시문과에 급제하여 관직에 나가기 이
전에 말이다. 선친께서 장희재의 치죄를 상소했을 때 조진한이의 부
친은 같은 노론이었는데도 사적인 이유로 선친을 모함했던 인물이었
다. 진한이를 제자로 받아들였을 때는 그 사실을 몰랐지만 말이다.
그러나 나중에 그 사실을 알고 난 다음에는 사제 간의 정 때문에 그를
내칠 수 없었다. 과거에 급제하고 진한이는 '이 은혜를 어떻게 갚아
야 할지요?' 하고 울면서 떠났다. 재서가 책을 출간하려고 할 때 진한
이를 불렀지. 그 책의 내용을 알려 주었더니 '스승님! 제가 알아서 처
리하겠습니다'라고 하더구나. 재서가 그 책을 갖고 와서 강학할 때부

터 나는 예견했었다. 설득해서 듣지 않으면 재서를 없애야겠다고 판단했다. 혼사를 물리겠다고까지 공동(恐動)했는데도 재서가 듣지 않았지. 그다음 날 조진한이를 불렀던 것이다. 진한이가 두 번째 찾아왔을 때는 이 편지를 갖고 와서 말하더구나. '주상께서는 곧 연잉군을 세제로 책봉하실 것입니다. 이참에 세제의 대리청정까지 관철하고자 합니다. 노론의 오랜 바람이지요. 소론에서는 스승님을 노론으로 여기고 있는 축이 있으니, 스승님의 함자가 거론된 이 편지가 공개되면 노론 전체가 위험합니다. 스승님에게도 이 편지는 위해가 될 수 있을 것 같아 가져왔습니다. 저를 거두어 주신 큰 은혜에 조금이라도 보은하고 싶었습니다.'"

그랬었구나. 영석이는 당자도 모르게 불쑥 말이 튀어나와 버렸다.

"스승님, 우리도 아끼시던 제자들이 아니었던가요? 그런데 어떻게 그런 끔찍한 생각을?"

선생이 지난날을 회상하듯 차분하게 대답했다.

"주상의 스승 된 도리로서 어쩔 수 없이 노론의 당론을 거스를밖에 없었네. 20년 전이네. 나는 그때 세자시강원 사서(司書)로 만 이 년 동안 어린 세자를 가르치고 있었네. 장희빈이 자진을 명 받았을 때, 어린 세자가 도와 달라고 했지. 세자와 함께 눈물을 흘리며 죽음을 무릅쓰고라도 저하를 돕겠다고 했었네. 선친이 노론이라 나도 노론으로 여겨졌음에도 그때는 소론의 입장에 동조한 것이었지. 그 이유로 노론 대신들의 모함을 받아 쫓겨났다네. 환로를 버리고 초야에 묻히고 나니 당색을 뚜렷하게 갖지 말라시던 선친의 유언이 떠오르더군. 그러나 그 일로 인해 소론 측에서는 오히려 환영받았고, 그래서 진이 외가가 소론인데도 나를 사위로 삼았던 거였네. 내 모친이 진이 어멈을 탐탁찮게 여겼던 것은 소론 집안의 며느리가 들어왔다는 그 이유 때문이네. 물론 아들 못 낳았던 이유도 있지만 모친은 그것을 노론 집안에 잘못 들어온 며느리 탓으로 여겼다네. 그런데 노론에서는……."

영석이가 앙앙한 마음이 가득하여 선생의 말을 잘랐다.

"조진한이 말로는 소론에서 스승님을 노론으로 여기는 축이 있다고 하지 않았습니까?"

"선친이 삭직당했을 때, 노론 인사들 중에 선친을 모해한 조진한이의 부친을 오히려 당론을 거슬렀다고 미워하는 축이 있었네. 관직에 잠깐 있을 때 자연스럽게 그들과 한동안 교류했더니, 소론 일각에서 나를 노론으로 여겼던 것일세. 선친의 유언대로 조용히 은거하며 노론도 아니고 소론도 아닌 채 살았고 세월이 흘렀네. 노론에서도 나를 반대하는 자가 없고, 소론에서도 무던한 인물로 평가하더군. 작년에 세자가 즉위하였네. 몇 삭 전에 노론 원로인 좌의정 이건명과 소론 원로인 우의정 조태구가 각기 사람을 보내왔지. 주상 전하께서 나를 찾고 있으니 이조판서를 맡아 노소론 간의 반목과 대립을 중간에서 조정하는 역할을 맡아 달라고 하였네. 그 일에 적임자는 나밖에 없으며 무엇보다 주상께서 옛적의 스승이었던 나를 아직도 극진히 따르고 계신다며 말일세. 그 요청을 수락할지 말지 고만하던 차에 재서가 그 책을 갖고 와 강학하게 된 것이네. 노론이든 소론이든 그 책이 나의 문하에서 강학되었다는 것을 알게 된다면, 나는 물론이고 나를 노론으로 분류하면 노론 전체가, 소론으로 분류하면 소론 전체가 위험해질 수 있었다네. 노론이면 노론, 소론이면 소론 모두가 큰 화를 입을 게 불보듯 뻔했단 말일세. 나는 노론이든 소론이든 모든 다스림의 기본은 사람을 귀하게 여기는 것이라 믿고 있고, 그 믿음은 지금도……."

영석이가 다시 선생의 말을 낚아채며, 새된 목소리로 말했다.

"그렇게 사람을 귀하게 여기시면서 왜 재서 형님과 승안이 죽이는

일에는 앞장을 섰던 것입니까? 그리고 그 대가로 이조판서를 맡으시
겠다니요?"

선생은 좀 전과 달리 한 치 흔들림 없이 단호하게 대답했다.

"자네, 내가 그런 인물로 보였나? 조진한이를 부르기 이전에 나는
이조판서 자리를 이미 거절하였네. 노소론 간의 조정은커니와 섶을
지고 불에 뛰어드는 짓을 어떻게 하겠는가. 그리고 영석이 자네, 한
번 물어보겠네. 괴질에 걸린 병자를 멀리 떼어내고 다른 사람에게 병
이 옮는 것을 막는 것이 이치에 맞는 일인가 아닌가? 한 사람이 죽어
많은 사람의 생명이 보존되는 것이 옳은가, 아니면 그 한 사람 대신에
많은 사람이 죽는 것이 바른 일인가.

나에게 말해 보게. 재서가 가져온 그 책의 내용을 생각해 보게. 그
책으로 많은 사람이 화를 당할 것이 뻔하다면 내가 어떻게 했었어야
하는지 말해 주게……. 자네, 이 세상에서 설명하기 가장 어려운 것
이 뭔지 아는가? 사람의 속일세. 역설적으로 들리겠지만, 나는 자네
들 모두 진심으로 귀하게 여겼다네. 재서가 가져온 천학으로부터 지
켜 주고 싶었네. 그건 독처럼 유림에 퍼질 수 있는 불온한 것이니 말
일세. 승안이가 죽었다는 소식을 들었을 때에는 조진한이가 일을 크
게 벌리는구나 싶어 나도 심히 놀라 드러누웠다네. 재서가 죽고 다음
날 진한이가 다시 왔을 때, 재서와 그 책만 없앨 일이지 왜 그렇게 무
모하게 일을 크게 벌였느냐고 야단을 쳤네. 조진한이가 대꾸하더군.
'스승님, 제가 아니었다고 해도 이재서와 그 무리들은 간당율에 비추
어 당자들은 참형되고 처자는 노비를 박고 가산을 적몰당했을 것입
니다'라고 말일세."

바로 그때였다. 아무 말 없던 숙진이가 은장도를 뽑아 자신의 가슴
을 겨냥하고 포달스럽게 말했다.

"움직이지 마세요. ……기연가미연가했는데 역시 그랬었군요. 아버님이 사위가 될 사람을 죽였는데 이 딸년이 편히 와석종신할 거라고 생각하셨는지요?"

"이 무슨 야료야? 어서 그 칼 내려놓지 못해?"

선생은 기함을 하고 소리쳤다. 영석이가 모를 틀어 칼을 뺏으려고 손을 내밀었다. 영석이의 오른손이 숙진이의 손 대신 칼날을 잡았고 이내 피가 줄줄 흘렀다.

"가까이 오지 마세요. 면 수건을 황 역관에게 주세요."

선생은 장롱에서 황황히 면 수건을 꺼내 영석이에게 던졌다. 영석이가 수건을 이빨로 물어 찢고 오른손을 동였다.

"홀몸으로 지내더라도 이제 아버님과 함께 살 수 없습니다."

선생은 사시나무 떨 듯 부르르 떨었다.

"그렇게 지망지망히 말을 마라. 너 혼자 척신(隻身)으로 어떻게 산다는 거냐. 제발 그 칼이나 좀 내려놓거라."

숙진이는 칼을 내려놓았지만 분노와 원망이 가득한 눈빛이었다.

"행랑아범에게 가마를 준비시켜 주세요. 강릉 외가로 가겠습니다. 오늘 떠나겠어요. 제가 말문을 닫은 건 그 때문이었습니다. 이 일에 아버님이 관련되어 있다는 의심만으로도 견딜 수 없었어요. 제 평생 비참하게 사는 모습으로 아버님께 앙갚음하고자 그 사람의 어머니에게 거두어 달라고 했던 거예요. ……이 말씀만은 들어야겠어요. 책 내용이 어떻다고 여기셨길래, 대체 왜 그러셨어요?"

"그 책이 비록 궤격한 내용으로 가득 차 있었지만, 일변 《역경》을 비롯한 경전의 문리가 트이게 해주는 대목도 있다는 걸 알고 있다. 바로 그 이유로 그 책은 유림을 통째 태워 버릴 불과 같은 것이다. 이마두의 《천주실의》야 천학을 소개하는 데 불과하다만 그 책은 유가 경전이 야소를 담고 있다고 하지 않았느냐. 그뿐이냐? 성인으로 추앙받는 공자조차도 야소의 도래와 죽음을 미리 알고 있었다고 하니 그것이 얼마나 선비들에게 달콤한 유혹이며 독배와 같은 것이겠느냐. 서로 길항(拮抗)하는 두 세계에서 성리학을 지키기 위해서였다. 그것이 참되다고 믿기 때문이지. 생각해 보거라. 재서가 책을 펴냈는데 만약 그 내용을 믿고 따르는 무리가 생긴다면 모두 사문난적이나 이단사교로 취급되어 화를 당할 게 불을 보듯 뻔했다. 노론과 소론만의 문제가 아니다. 그 책을 논핵하는 내용을 글로 써둔 것도 그 때문이다. 조진한이가 만일 실패하거나 들통이 나면 내가 쓴 그 글을 삼정승은 물론이고 노론과 소론 대신들 모두에게 보여 주고자 했던 것이다. 사람은 나처럼 어쩔 수 없는 상황에 몰리게 되는 수도 있다. 재서가 소현세자의 후손으로 그 책을 내려고 했던 것이 어쩔 수 없는 선택이었다면, 나는 이 땅의 유림을 보호하기 위해 그 책의 유포를 막을밖에 달리 도리가 없었다. 숙진이 너를 보호하기 위해서도 어쩔 수 없었다. 이해해 달라고 말하고 싶지는 않구나. 다만, 그럴 수밖에 없었다."

선생이 설렁줄을 당겨 행랑아범에게 수어(數語)했다. 행랑아범은 자빗간을 열었고 하인 둘이 가마를 꺼내 왔다. 선생은 마루로 나와 장옷을 입은 숙진이에게 말했다.

"그리 해라. 강릉 외가에 가서 달포 정도 쉬었다 오너라."

숙진이도 더는 포달스럽게 굴지 않았다. 선생에게 큰절을 하는데 눈물이 텀벙텀벙 떨어졌다. 선생은 숙진이를 바라보지도 못했다. 숙진이를 부축하던 상직어멈도 눈가를 훔쳤다.

선생이 상직어멈을 따로 불렀다.

"강릉에를 가 숙진이를 돌봐 주게. 진이를 혼자 있게 두면 아니 되네. 명심해야 하네. 달소수 지나면 진이를 데려오게."

"예, 나으리! 그런데 두어 삭은 더 지나야 할 거구만요. 아씨 성격, 나리께서도 잘 아시지 않습니까요? 제가 잘 뫼시고 다독거리겠습니다……. 나리 마님 잘 드시는 찬수는 돌이 어멈에게 일러두겠습니다요."

"고맙네. 내 걱정은 말고 우리 진이를 잘 부탁함세."

허리를 굽히는 상직어멈에게 선생이 머리를 주억거렸다.

숙진이가 가마에 오르기 전에 영석이를 보았다.

"미안해요. 베인 손은 어떤지요?"

"약간 벤 것뿐이니 괜찮습니다. 강릉에서 잘 지내셔야 합니다."

영석이의 눈에 눈물이 돌았다.

"아프지 말고 빨리 쾌유하시기 바래요."

영석이는 숙진이를 태운 가마가 산길 모퉁이를 돌아 창황히 사라지는 모습을 지켜볼밖에 없었다. 난로회를 마치고 숙진이의 뒷모습을 지켜보던 그해 겨울밤처럼. 칼에 베인 손이 아려 왔다. 아프지 말라고? 손 아린 것이야 마음 저민 것에 어찌 견주겠는가.

'하양에를 가서 나와 같이 살았으면.

나와 같이 살았으면.'

숙진이의 칼이 영석이의 손뿐 아니라 가슴까지 도려낸 것을 느끼며 영석이는 비슬비슬 걸었다. 잠시 후 뒤에서 부르는 소리가 들렸다. 영석이가 돌아보니 가마를 끄는 교군꾼 중 한 명이었다.

"아씨께서 잠깐 뵙자고 하셨습니다요."

영석이가 한걸음에 달려가니, 가마에 미치기도 전에 숙진이가 영석이를 기다리고 있었다. 교군꾼과 상직 어멈이 있는 곳에서 좀 떨어져 떡갈나무 그늘에 서 있던 숙진이가 대뜸 말했다.

"드릴 말씀이 있어요. 진작 생각하고 있었는데 하마터면 잊을 뻔했어요."

"무슨 말씀이신지?"

"그 책 말이에요. 연경서 가져온 마 신부의 그 책 내용을 기억할 수 있으신지요?"

"얼추 기억합니다만, 대체 왜 그러시는지?"

눈물 이랑이 진 숙진이의 얼굴에 희미한 미소가 번졌다.

"그 내용을 다시 쓰실 수 있는지요?"

영석이가 눈을 화등잔같이 떴다.

"아씨, 그 횡액을 당하고도, 왜 또 그러시는지요?"

"책을 내고자 하는 게 아니에요. 그 내용이 무엇인지 제가 알고 싶어서요."

결기 가득한 표정으로 숙진이가 말하는데, 승벽으로 타오르는 그 눈빛에는 영석이가 매몰차게 거절할 수 없는 무엇이 담겨 있었다.

"생각해 보겠습니다. 쓴대도 두어 삭 정도 걸릴 텐데요."

"네. 고맙습니다."

숙진이를 태운 가마가 다시 떠났다. 영석이가 영이별은 아니니 다행이구나 하고 생각하는데, 여울턱에서 잔잔히 흐르는 계곡물 위로 가을햇빛이 반사되어 영석이는 눈이 부셨다.

숙진이가 떠난 후 방으로 들어온 곡암 선생은 그때서야 참았던 눈물이 쏟아졌다.

'여보! 어머님이 우리 사이를 갈라놓더니 이제 내가 숙진이 배필 될 사람을 죽게 했구려. 숙진아, 너만은 좋은 배필을 만나 해로하기를 진정으로 바랐다. 너의 애미가 시어머니 탓에 화병으로 죽었음을 너도 알지 않느냐. 어머님이 나와 너의 애미 간 동을 자르더니 이제 내가 너에게 그런 짓을 하고야 말았구나. 미안하구나, 숙진아. 내 딸 숙

진아.'

재서가 죽은 후 숙진이가 식음을 전폐하다시피 했고 선생은 상직어멈에게 딸의 거조가 평소와 다르면 즉시 알리라고 명했다. 며칠 후 상직어멈은 숙진이가 쓴 시를 들고 왔다.

보고 싶은 그이는 저 하늘에 있으니
넋 놓고 바라보니 가슴이 저미구나
수레라도 타고 가고 싶지만
푸른 바다가 거칠고 깊기만 하구나

美人在天端
悵望傷我心
巾車欲有往
滄海闊且深二

눈 밑 주름의 깊이가 슬픔과 회한 때문에 흘리는 눈물의 양에 비례한다면, 선생의 눈 밑 주름은 더 이상 처질 수 없을 만큼 깊은 눈물 주머니를 만들고 있었다. 선생은 일을 도모할 때부터 부친의 말을 되새겼다. 지켜야 할 소중한 가치를 위해서라면, 눈물을 뿌리더라도 강해져야 할 때가 있는 법이라는 그 말을 위안 삼았던 것이다.

선생은 강릉의 처남을 떠올렸다.

숙진이의 모친이 죽고 몇 삭이 지나 강릉의 외삼촌이 청풍계를 다녀갔다. 쉰 중반을 넘긴 홀아비 외삼촌은 어려서부터 숙진이의 모친

o—o—o—o—c—o

二. 석주집 제1권, 감회(感懷)에서 발췌.

을 끔찍하게 아꼈던 오라버니였다. 외삼촌이 그 먼 길을 왔던 것은 숙진이의 모친과 빼닮은 숙진이가 보고 싶어서였고 진이한테 남겼던 모친의 말을 들려주기 위해서였다.

"얼마나 너의 어머니가 기뻐한 줄 아느냐? 청풍계로 돌아오라는 너의 아버지가 보낸 편지를 받고서 말이다. 진아, 그게 벌써 네가 강릉에를 오기 몇 해 전의 일이다. 너의 어머니는 달뜨는 마음을 주체하지 못하고 돌아갈 차비를 하고 있었단다. 그때 너의 할머니가 사람을 보내왔었지. 진이 아범은 곧 재취할 터이니 여기 돌아올 생의도 내지 말거라 하더구나. 그때부터 화병에 걸렸었더란다. 원래 병약한 데다 심병까지 얻었으니 얼마나 힘이 들었겠느냐. 죽기 전에 너를 한 번 보고 싶다고 했고 그래서 너를 강릉으로 오게 했던 것이다. 저녁에 해변 해송 숲에를 너와 같이 다녀 올 때마다 너의 어머니 얼굴이 더 해쓱하길래 바닷바람이 몸에 안 좋은데 왜 매일 나가느냐고 내가 말렸었지. 뭐라고 대답한 줄 아느냐. '오라버니, 어차피 저 오래 못 간다는 거 알아요. 진이와 같이 있을 동안만은 그냥 하고픈 대로 하게 해주세요. 해송 숲의 바위에 모녀가 나란히 걸터앉아 바다를 보며 함께 있는 것이 진이와 나의 즐거움이거든요'라고 하더구나. 네가 좋은 배필 만나 혼인하는 것을 본다면 여한이 없겠지만 그때까지 못 견딜 것이라고 하면서 말이다. 너의 어머니는 너와 함께 지냈을 때 그때가 가장 좋았다고 말했단다."

선생은 또 겸재 선생의 말을 떠올렸다. 여름 가뭄에 논이 거북등처럼 갈라질 때, 유가의 경전에 천지만물을 만든 천주와 야소가 들어 있다는 재서를 심하게 논핵하는 말을 한 뒤끝이었다. 겸재 선생은 이렇게 대답했다.

"여보게 일양이. 천지를 가득 채우고 있는 만물은 현묘하고도 현묘하여 제각기 이치가 있지 않겠는가. 그런데 말일세. 바람이 구름을 어떻게 몰아가는지, 비꽃이 어떻게 듣는지 학문이 알려주던가? 나는 자네만큼 경전을 모르네만, 인왕산이 매일 다른 모습인 것은 알고 있으이. 신기하지 않은가? 매일 보는 나무와 구름과 바위와 바람이 매양 다른 모습을 만드니, 누가 이런 조화를 부릴 수 있다고 생각하는가? 나야 경전에 조물주가 있으나 없으나 매 일반일세. 허나 이렇게 시시각각으로 변하는 인왕산만 바라보아도 나는 만물을 보살피고 양육하는 조물주의 손길이 있지 않으면 아니 된다고 여기네. 신묘한 이치를 파악하는 데에는 눈으로 보고 가슴으로 체득하는 것이 더 나을 수 있지 않겠는가."

에필로그

"도성 안에서는 아니 되네. 기찰이 심하네. 창의문으로 나가 도성 밖 산길로 가야 하네. 관솔불을 들고 가야 할 걸세."

김태준 옹은 도성의 지도를 펼쳐 놓고 손가락으로 가리켰다.

"어르신, 정말 고맙습니다."

낙안이는 김 옹에게 연신 머리를 조아렸다.

"보은하는 것이나 보구(報仇)하는 것이나 매일반일세. 내가 이재서의 집안에 보은하는 것이 자네 동생의 보구를 돕는 것 아니겠는가?"

"언제가 좋을는지요?"

"연잉군을 세제로 책봉한 것을 자축하고자 노론 소장들이 광통교의 한 청루에서 주연을 갖기로 했네. 조진한이는 그 모임의 좌장이네. 그 모임을 파한 후 북촌의 자택으로 귀가할 때가 제일 좋을 걸세. 이틀 후일세. 이조에서 광통교 청루까지는 한 마장 거리고, 광통교 청루에서 북촌 조진한의 집까지는 다섯 마장이네. 대은암(大隱岩) 아래턱에 작은 개천인 만리뢰(萬里瀨) 옆일세. 옛날 남곤이의 집터 아래편이지. 대은암 아래 소나무 숲에 장정 넷을 두겠네. 그 중 둘은 지난번에 재서를 구하려고 보냈던 자들이네. 조진한이를 들것에 실어 나르게. 창의문을 지나 한 마장이면 세검정일세. 세검정에 오명마 두 필을 준비할 테니 거기서부터는 말을 타고 가게. 조진한이에게 이러이러하게

274

수작하면 당자가 수이 자네를 따라 갈 걸세.”

“이 은혜를 어떻게 다 갚아야 할지요.”

“이 일은 무덤까지 가져가야 하는 탓에 자네와 나는 이제 동을 잘라야할 걸세. 한 가지만 약조하게. 일을 마친 후에도 살아남게. 반드시 그래야만 하네. 그리고 내가 죽으면 기일에 내 무덤에는 찾아와 주기 바라네. 땅에 묻혀서도 자네가 나를 찾아오는 발소리를 듣는다면 나는 작히 좋을 듯하이. 가까이서 든든히 있어주던 자네를 내 손으로 이렇게 멀리 보내야 하다니……. 내 기일에 찾아와 줄 수 있겠지?”

“물론입지요.”

김 부가옹의 조부는 평안도 강계 상토(上土) 사람으로 외괴, 이동의 화전민들과 함께 국경을 넘어 청나라 땅에서 인삼을 캐다가 청군에게 잡혔다. 이때 함께 잡힌 사람이 사십 명이었는데 이들 뒤에 오십여 명이 뒤따라와 대포와 활을 쏘아 청인 두 명이 살상을 입었다. 잡혀온 사람들은 심양으로 끌려가 모두 사형될 처지였다. 그러나 소현세자의 공손한 말과 기지로 감면되어 조선인 노예로 남게 되었고, 소현세자 빈 강씨는 이들을 속환하여 심양 관소의 농군으로 삼았다. 당시 심양 관소의 둔소(屯所)는 노가새(老家塞), 사을고(士乙古), 왕부촌(王富村), 사하보(沙河堡)에 있었는데 김 옹의 조부는 심양 남쪽 사하보에서 농사를 짓게 되었다. 당시 청나라 사람들은 농사에 익숙하지 않았던 반면 조선인 농사꾼들은 부지런하고 경험이 많아 몇 해 만에 필요한 곡식 양의 세 배가 넘게 수확하였고 이 곡식들은 품질이 우수해 청나라의 왕족들에게 높은 값에 팔렸다. 농사가 성공을 거둔 데에는 세자빈 강씨의 지도와 격려가 큰 역할을 했다. 조부는 열심히 농사를 지었고 세자빈 강씨에게 상급으로 은화 수십 냥을 받기도 했다. 소현세자 일행이 귀국하자 이들 농사꾼들 중 일부는 남았고 일부는 귀국길에 올랐는데 조부는 함께 돌아왔다.

조선으로 돌아온 농사꾼들 상당수는 청나라와의 무역이나 장사에 종사했지만 조부는 계속 농사를 지었고 큰돈을 벌지 못했다. 그러나 김 옹의 부친은 달랐다. 부친은 심양의 둔소에서 같이 일했던 조부의 친구들을 찾아가 장사를 배웠고 약간의 재산을 모았다. 마침내 상리에 밝은 김 옹대에 이르자 큰 성공을 거두게 되었다. 세월이 지나 세자빈 강씨의 은혜는 잊혀져갔지만 김 옹의 조부는 그 은혜를 잊지 말고 기회가 생기면 반드시 보은하라고 유언처럼 남겼고 김 옹은 세자빈 강씨에게 받았던 은화 중 남은 몇 닢을 가보로 여기고 있던 터였다.

재서의 부친이 죽고 재서 모자를 인천에서 서촌으로 이사를 오게 한 것도 재서의 외가를 앞세운 김 옹이었고, 재서의 집에 시량범절을 때맞춰 공급한 것도 밀풍군 이탄을 앞세운 김 옹이었다. 김 옹이 재서 일가의 뒷배를 보되 당자를 드러내지 않은 것은 상고는 정치와 거리를 두어야 하기 때문이라고 했다. 낙안이를 김 옹 수하에 차인으로 들인 것도 일변 낙안이의 장사술이 마음에 들었고 일변 재서를 돕기 위해서였다. 김 옹의 차인 역할을 할 때 유독 낙안이한테만 여러 가지 장삿일을 건잠머리해 준 이유를 낙안이는 그제서야 알 수 있었다.

이틀이 거연히 지나, 신축년(1721년) 8월 23일 밤이 왔다.

낙안이는 광통교 청루에서부터 조진한이를 기다렸고 그가 나오자 뒤따라갔다. 김 옹이 주었던 조진한이의 초상을 눈에 익혀둔 터였다. 대은암 아래 소나무 숲 가까이 이르자 낙안이가 휘파람새소리로 군호를 보낸 후 조진한이를 뒤에서 불렀다.

"혹시, 이조정랑 조진한 나리가 아니신지요?"

"맞소만."

조진한이가 돌아서는데 조명한이와 닮은 것도 같았다.

"나리. 바로 오늘 소론의 맹주 유봉휘 대감이 왕세제책봉을 논핵하였습지요. 노론이 왕세제 대리청정까지 밀어붙인다면 소론이 가만히 있지 않을 거외다. 소인이 나리에게 드릴 큰 선물이 있소이다."

"만암 유봉휘 대감을 아시오? 노론이 대리청정까지 요구할 것을 또 어찌 아시오? 댁은 대체 뉘시오?"

"소인에게 소론을 일망타진할 묘수가 있소이다. 잠시 저를 따르시지요."

낙안이가 앞서고 조진한이가 뒤따르는데 소나무 숲에서 장정 넷이 몰려나와 조진한이의 앞과 뒤를 둘러쌌다. 그중의 한 사내가 칼을 뽑아 조진한이의 멱을 겨누었다.

"이놈, 찍소리만 하거라. 당장 멱줄을 따 놓을 테니."

조진한이는 '이조정랑인 나에게 이런 짓을 태연히 하다니 이놈들이 미쳤거나 아니면 소론이 부리는 왈패들이겠니' 하고 생각하였다.

말이 끝나기 무섭게 뒤에서 다른 사내가 몽둥이로 뒤통수를 내려쳤고 조진한이는 이내 꼬꾸라졌다. 장정들은 조진한이의 입을 버선짝으로 틀어막고 두 팔을 등 뒤로 결박한 후 두 다리를 묶었다. 가죽으로 만든 큰 포대에 집어넣고 자루의 주둥이를 동이어 들것에 실은 후 무명천으로 덮었다. 잠시 후 이들은 창의문을 지나 세검정에 닿았고 가죽 자루를 말의 안장 뒤에 옮겨 실었다. 낙안이가 그 말에 앉았고 다른 두 사내는 다른 오명마에 올라탔다. 그들은 재서를 지키려고 김 옹이 보냈던 그 검객들이었다. 관솔불을 지펴 들고 등자에 발을 넣자 오명마 두필은 내어 달리기 시작했다. 정신이 돌아온 조진한이는 소리를 지르려고 하였으나 웅웅! 하는 소리만 새어나올 뿐이었다.

이들이 달리고개, 용연을 거쳐 양주 낙안이의 산골 집에 도착하니 깜깜한 밤이었다.

두 사내는 가죽부대의 주둥이를 끌러 조진한이를 마당에 내려놓았다. 손발이 묶인 조진한이는 무릎 꿇고 앉아 입속으로 웅얼웅얼하는데 버선짝에 입이 막혀 말이 나오지 않았다.

두 사내가 말 한필에 함께 타고 하산하자 남장한 여인이 부엌에서 나와 낙안이를 맞았는데, 옥화였다. 옥화는 승안이가 죽었다는 부고를 받고 곡성을 내며 달려와 낙안이와 함께 있었다. 곁에서 승안이를 지켜주지 못하고 떠났던 자신을 자책하며 승안이를 죽인 자에게 보구하고자 머물렀던 것이다.

낙안이가 버선짝을 꺼내 주었다.

"여기가 어디요?"

조진한이는 눈을 사방으로 굴리며 잔뜩 겁먹은 표정이었다.

낙안이는 대답 대신 툇마루 위에 올라서서 지게문을 열고 문턱 아래로 손을 넣어 환도와 단도를 꺼내들고 마당으로 내려왔다. 낙안이가 옥화에게 눈짓을 하니 옥화가 관솔불을 방안으로 던졌다. 방안에는 가다귀와 마른 관솔들이 가득 있어 순식간에 불길이 타올랐고 마당은 대낮같이 밝았다. 낙안이는 단도를 들고 다가가 조진한이의 턱을 한손으로 움켜잡고 치켜들었다.

"이건 내 동생 박승안이의 빚이다."

"이게 무슨 짓이요? 내가 하지 않았소."

조진한이는 이름을 듣고 생각이 난 듯 발명하는 양이었다.

"그렇지. 너 같은 글방물림에게 그런 배짱은 없겠지. 산 사람에게 이런 짓은 아무나 못하는 것이다. 원한을 지악스럽게 품은 사람만이 가능하지. 그것도 모르고 그 일을 사주한 너는 죽어 마땅하다. 네가 고안해 낸 오형의 방법으로 말이다. 내가 이제부터 너의 이마에 죄(罪)

라는 글자를 새길 것이다. 네가 소리를 지르면 지를수록 칼날은 너의 살갗 속으로 더 깊이 들어갈 것이야. 네가 아무리 비명을 질러도 듣는 사람이야 없겠지만 말이다."

낙안이는 단도를 조진한이의 관자놀이에 찔렀고 비명과 함께 피가 주루룩 흘렀다. 피범벅이 된 얼굴로 조진한이가 말했다.

"나를 죽이고 무사할 거 같소?"

"흐흐흐. 저 방에는 나와 같은 연배에다 체구가 비슷한 시체가 불타고 있다. 내일이면 양주목사가 한양에 치보를 올릴 것이야. 동생을 죽인 이조정랑에게 보구하고 박낙안이 자진했다고 말이다."

낙안이가 한양을 떠나 양주로 간 것은 김 옹의 권유 탓이었다. 조진한에게 보구해야 한다고 누차 요구하던 낙안이한테 김 옹이 기회를 주기로 했다. 그러나 이조정랑의 권세가 워낙 높아 많은 위험이 따르니 도성 안에서는 어렵고 양주의 산골 외딴 농가로 가라고 일렀다. 개천변의 땅꾼들은 동료가 죽으면 수표교 아래에 버리는데 김 옹은 낙안이와 연배가 비슷한 시신 한 구를 마침내 구해 둔 터였다.

김 옹의 계획은 이러했다. 낙안이의 산막으로 조진한이를 납치해 처치하고 수표교에서 구한 시체를 방 안에 두고 불사른 다음, 낙안이가 동생을 죽인 조진한이에게 보구하고 스스로 자진했다고 인근 사람들에게 소문을 내고 낙안이는 변명을 하는 것이었다. 이를 위해 양주목사의 압인이 찍힌 다른 사람의 패(牌)까지 다 갖추고 있었다.

조진한이가 부르르 떨며 말하는데 피가 입에도 고여 있었다.

"살려주시오. 나도 어쩔 수 없었소."

"그래? 나도 어쩔 수 없구나. 이번에는 너의 발뒤꿈치를 벨 것이야. 그 다음에는 코를 자르겠다. 그리고 남근을 자르고 마지막으로 너의 가슴을 찔러 죽일 것이야. 어떤가?"

"이 세상이 그들을 죽인 것이오. 나를 원망 마······."

말을 채 끝내기도 전에 낙안이는 조진한이의 어깨를 발로 질러 넘어뜨리고 환도로 발뒤꿈치를 내려쳤다. 단말마의 비명이 어두운 산야를 뒤흔들었다. 조진한이가 울면서 애원하듯 말했다.

"선비는 죽일 수는 있을망정 욕보이지는 않는 법이오. 어서 죽여주시오."

"그건 아니 되지. 순서가 있으니 말이다. 하긴, 네 말대로 너는 선비지. 하지만 권력에 허발 들려 사람목숨 귀한 줄 모르고 죽여 대던 너따위 선비는 충분히 욕보이고 죽여도 용혹무괴라 할 수 있지."

방안의 불은 시체에 옮겨 붙어 시체 타는 누린내가 진동을 했다. 낙안이의 칼부림과 조진한이의 몸부림이 이어졌다 멈추었다 반복했다. 칼부림과 몸부림이 이어질 때마다 비명소리가 누린내와 뒤섞여 아수라장을 만들었다. 낙안이의 얼굴도 피로 물들어 영락없는 굴왕신의 모습이었다. 마침내 낙안이는 조진한이의 가슴에 칼을 깊숙이 찔렀고, 슴베가 '웅' 소리를 내듯 떨렸다.

낙안이는 마당에 드러누워 오열했다. 방에서 타오르던 불길은 잦아들었다. 으스름한 달빛이 빠르게 지나가는 깃털 같은 구름을 비추었다. 보구를 했으니 후련해야 하는데 후련은커녕 허우룩하고 허무한 마음뿐이었다. 아귀다툼하며 살아온 게 다 무엇이며 변명을 하고 다른 사람 행세하며 살아간들 무엇하랴 하는 생각이 들었다. 보구도 했으니 죽어도 여한이 없을 것 같았다.

낙안이가 몸을 일으켜 앉아 칼을 잡는데, 옥화가 낙안이의 손을 잡아채 칼을 빼앗아 버렸다. 낙안이는 옥화를 부둥켜안았고, 둘은 같이 울었다. 낙안이가 김 옹과의 약조를 떠올린 것은 둘이 한참 울고 나서였다. '일을 마친 후에도 살아남게. 반드시 그래야만 하네. 그리고 내가 죽으면 기일에 내 무덤에는 찾아와 주기 바라네.' 낙안이는 일어났고 옥화와 함께 말을 타고 마을 아래 주막으로 내려갔다.

그다음 날 양주목사 이시번(李時蕃)의 치보가 올라왔고 조정은 발칵 뒤집혔다. 노론 소장파의 좌장인 이조정랑 조진한이 참혹한 변사체로 발견되었으니 노론은 소론에게 의혹을 품었다. 그러나 아무런 증거가 없었다. 마침내 노론 측은 연잉군의 왕세제 대리청정을 더 강하게 요구하게 되었다.

조진한이 죽고 이틀째 되던 날, 이양걸이 영석이를 찾아 왔다.

"의금부도사와 함께 양주 박낙안이의 산골 집에를 다녀왔수. 떠나기 전에 무슨 말을 남기진 않았수?"

영석이는 낙안이가 자진한 것으로 알고 있었다.

"양주에서 농사짓고 살겠다는 말밖에는 없었수."

이양걸이 고개를 갸웃거렸다.

"그 참, 박 형이 자식이 없으니 적골법(滴骨法)을 쓸 수도 없고……."

"적골법? 그게 무엇이우?"

"시신의 신원 파악에 쓰는 방법이우. 자식의 피를 죽은 애비의 뼈에 떨어 뜨려 뼈에 스며들면 친자로 판별하는 거외다."

덤덤한 표정으로 말하더니 이양걸이 빙긋 웃었다.

"참 이상하우. 시체는 벋니가 아니란 말이오. 벋니가……. 죽은 시신은 박 형이 아니우."

잠시 뜸을 들인 후 이양걸이 말을 이었다.

"그러나 나는 문제 삼지 않기로 했소. 박 형이 늘 말하던 대로 당자가 무슨 이곳을 보려고 그랬겠소? 동생의 보구를 위해 자신의 모

든 것을 송두리째 던진 거 아니겠소? 그렇게 생각하니 박 형이 가련
하게 여겨지더구만.”

　이양걸이 떠나자 영석이는 사립문에 빗장을 지르고 방으로 돌아왔
다. 장롱 속에 넣어둔 한지를 경상 앞에 다시 펼치고 앉았다. 처음에
는 마 신부의 말이 생생하게 떠오르지 않아 답답하기만 했다. 연경에
서의 일들과 남천주당에서 신부의 말들을 기록했던 일기가 도움은 되
었지만, 마 신부의 말을 온전히 기억해 내기엔 부족했다. 연경을 가기
전과 다녀온 후 재서가 어떻게 달라졌는지, 그의 심경에 왜 그런 변
화가 왔는지 마 신부가 했던 말과 연관 지어 생각하니 가리사니가 잡
히기 시작했다. 연경에서 겪었던 일들을 하나하나 곱씹으니 훨씬 더
수월해졌다. 아이린 모녀를 만났던 일, 엘리사벳과 굴씨 부인과 함께
했던 강학에서의 열띤 토론, 마지막 만찬의 슬프고도 달콤했던 추억,
그리고 신부의 마지막 말.

　“오늘 함께 먹었던 양고기, 샤오룽파오(小籠包), 그리고 포도주를
오래토록 기억합시다. 이 기억들이 우리를 지켜줄 것입니다.”

　이상한 일이었다. 영석이가 그때를 회상하니 마음이 따뜻해지고 뭉
클한 감동으로 젖어들었다. 특히 마 신부가 칠 개월 동안 항해하던
중 어느 밤에 바다를 바라보았을 때, 그의 가슴에 큰 종소리처럼 울
려 퍼졌다는 하느님의 말씀, 곧 라어로 얘기했던 그 구절이 선명하
게 되살아났다.

　‘시쿠트 아쿠에 마리스 오페리엔테스(물이 바다를 덮음같이).’

　그리고 또 떠올랐다. 그날 사관을 나서기 전만 해도 햇볕이 짜증스
러웠는데 마 신부의 말을 듣고 나니, 남당의 창문으로 비스듬히 새

어드는 햇빛이 가슴 깊은 곳을 찌르는 듯했고 새로운 기쁨이 솟아났던 그 순간.

영석이는 기억해야 할 것을 기억했고, 기록해야 할 것을 기록했다. 이 일에 얼마나 열정적으로 매달리는지 영석이 당자도 알 수 없을 정도였다. 낮이면 열어젖힌 지게문을 통해 들어오는 햇살과 시원한 바람을 맞으면서 썼고, 귀뚜라미 소리 쏟아지는 밤이면 육촉을 밝히고 또 썼다. 열흘 정도 지나니, 마 신부가 언급했던 천주경의 구절조차 떠올랐다. 처음에 그 구절들은 일기에 짧게 기록해 두었기에 기억이 가물가물하기만 했었다. 이상한 일은 그뿐이 아니었다. 밥 먹고 잠잘 때만 빼면 하루 종일 그 일에만 몰두하는데도 지치거나 곤하지 않았다. 곤하기는커녕 오히려 신비로운 희열에 사로잡힌 듯했고, 그런 변화에 대해 영석이 자신도 놀랄 정도였다.

영석이는 마 신부의 언행을 곱씹으며 궐자가 곡암 선생과 어떤 점에서 뚜렷이 대조되는지 숙고했다. 마 신부는 천학에, 그리고 곡암 선생은 성리학에 각각 가장 앞서지 않았는가. 하늘에 순명하며 살지 못하는 것이 인간의 운명이라고 난로회에서 곡암 선생이 했던 말과, 자신에게도 많은 어둠과 연약함이 있지만 주님께로 돌아가면 어둠을 몰아내고 다시 활력을 주신다는 마 신부의 말이 극명한 대비가 되었다. 요컨대, 마 신부는 야소 안에 자기의 모든 소망을 두며 야소로만 살아가는 사람이었고, 곡암 선생은 당자 자신으로만 살아가는 사람이라는 생각이 들었다. 곡암 선생의 말대로 '서로 길항하는 두 세계에서' 과연 어느 쪽이 진적한지 깊이 고민하게 되었다.

소슬바람이 문풍지를 두드리던 어느 밤, 영석이는 둘 다 틀리지 않다고 결론을 내렸다. 마 신부의 말을 되새기며 천학에 대한 지식이 생겼고 깨달음이 찾아왔으나, 영석이는 마 신부처럼 전적으로 하늘의 뜻을 따라 살 수는 없다고 생각했다. 바로 그 점에서 야소를 모르지만 하늘에 순명하며 살지 못하는 것이 인간의 운명이라는 곡암 선생의 말도 가슴 깊이 와 닿았다. 예전에 영석이는 하늘에 미친 재서와 땅에 미친 명한이 어름에서 이것도 저것도 아닌 채 어중간하게 서있던 자신이 답답하게만 여겨졌다. 그때와 비교해 같기도 했고 다르기도 했다. 야소에 대한 깨달음은 생겼으되 전적으로 야소에 의탁해 살아갈 방도는 없다고 여겼다. 다만 한 가지 다른 점은 이 천지를 만들고 주재하는 상제의 아들인 야소 그분이 있고, 그가 경전에 드러나 있다는 그 사실만으로도 기쁨이 넘치는 것이었다. 샘물 솟듯이 가슴으로 흘러넘치는 그 기쁨에는 당자도 어쩔 수 없었다.

꽃

숙진이는 자배기에 밥과 찬수를 놓고 머리 위에 똬리를 얹고 자배기를 이었다. 한손으로는 자배기를 받치고 한손으로는 서너 살 된 아이의 손을 잡고 밭으로 나갔다. 밭에서 한 사내가 땀 흘리며 일하다가 숙진이를 보자 황급히 뛰어 내려와 자배기를 두 손으로 받치고 내렸다. 사내는 나무 그늘 아래 멍석을 깔고 기승밥을 내려놓았다. 아이에게 아, 하자 아이는 입을 크게 벌리고 숙진이가 주는 밥을 받아먹었다. 사내는 빙긋이 웃었고 숙진이도 상글 웃었다. 숙진이가 아이의 손을 잡고 집으로 돌아왔다. 삽작문 옆 감나무에는 감이 주렁주렁 달려 있었다. 땅거미가 지자 사내는 밭에서 일을 마치고 돌아와 분주하게 모깃불을 피워놓고 뒤란에서 잘 익은 옥수수를 따왔다. 마당에 멍석을 깔아 놓고 셋이서 둘러 앉아 삶은 옥수수를 먹으며 도란도란 얘기꽃을 피웠다. 그때였다. 문밖에서 검은 더그레를 입은 포졸 서넛이 육모방망이를 들고 삽작문을 발로 걷어차며 외쳤다.

"죄인 이재서는 오라를 받아라."

숙진이는 신음하다가 잠에서 깼다.

"아씨, 뜬 것이 들린 것처럼 왜 이러시오. 벌써 몇 번째인지, 쯧쯧 딱하기도 하지."

옆에 앉아 있던 상직어멈이 말했다.

"내 나가서 보약이라도 좀 지어 와야겠네. 저렇게 가위눌리니 진이 얼굴이 말이 아니지."

외삼촌이 지팡이를 짚고 나서며 말했다.

"외삼촌. 몸도 불편하신데 그러시지 마세요. 아픈 게 아니니 곧 괜찮아질 거예요."

숙진이가 자리에서 몸을 일으켜 상직어멈에게 미음을 가져다 달라고 했다. 숙진이가 강릉 외가에를 온 후 여러 차례 꿈을 꾸었지만, 마지막에는 늘 암울한 심경으로 깨어났다.

한번은 이런 꿈도 꾸었다. 흰 옷을 입은 무리들이 구름 위에 모여 있었다. 이들의 얼굴은 기쁨에 넘쳐 해같이 밝은 모습이었다. 모두가 한 목소리로 어떤 노래를 부르는데 큰 승리를 얻은 후 그 환희를 표현하는 듯했고 그 곡조는 전에 들어보지 못한 천상의 노래처럼 들렸다. 숙진이는 무리 속에서 재서를 발견하고 너무 반가운 마음에 소리쳐 불렀다.

"여보. 나 좀 보세요. 나 여기 와 있어요."

그러나 그 소리가 들리지 않는지 재서는 노래만 부를 뿐이었다. 숙진이가 애가 타서 수도 없이 불렀지만 재서는 알아보지 못하는 양이었다. 깨고 나니 베개가 눈물에 흥건히 젖어 있었다.

재서가 죽고 한 삭이 지났다. 숙진이는 통경이 멈추길 바라고 있었으나 헛된 기대가 되고 말았다. 재서의 씨가 태에서 자라나기를 얼마나 고대했던가. 무심하고 매정한 사람 같으니.

계절은 늦가을로 치닫고 있었다. 고운 빛깔을 잃은 나뭇잎이 바람에 휘날리던 어느 저녁이었다. 장지에 서린 노을빛에 숙진이는 지게문을 열어젖혔다. 주황색의 감이 듬성듬성 매달린 감나무를 노을이 붉게 물들이고 있었다. 숙진이는 툇마루에 앉아 물끄러미 노을을 바라보았다.

재서가 심양에서 바라보며 울었다던 노을도 이런 빛이었을까.

부친과 함께 보았다던 까치놀 번득이는 바다도 이런 빛이었을까.

향촌으로 떠나 삽작문 옆에 감나무를 심고 살자고 했건만.

소리 내어 울면 상직어멈이 득달같이 달려올 거 같아 울음을 간신히 참고 있었다. 숙진이는 마당으로 내려갔다. 눈에 고인 눈물로 노을빛에 물든 마당이 일렁거렸다. 감나무로 가까이 다가갔다. 감나무 아래에는 바싹 말라 빛바랜 감잎들이 숙진이의 눈물처럼 수북이 쌓여 있었다.

숙진이가 집에서 한 마장 거리인 바닷가로 나가는데, 상직어멈이 장옷을 들고 금방 뒤를 따라 왔다.

"아씨, 바람이 이리 세차게 부는데, 장옷도 안 걸치고 나가시우?"

해변 모래 턱에는 해송 숲이 있고, 숲 안에는 아름드리 버드나무 한 그루와 앉기에 맞춤한 바위가 있었다. 그 바위는 바다를 완상하기에 좋은 자리여서 예전에 숙진이가 모친과 산책할 때 자주 찾았던 곳이다. 숙진이는 바위 위에 걸터앉았다. 회리바람이 일더니 검불이 소용돌이치며 휘날렸다.

"어멈, 멍석 좀 갖고 오세요. 바닷바람이나 좀 쐬고 가게요."

상직어멈이 가자 숙진이가 바위 위에 올라섰다. 손을 뻗었다. 잎을 떨구고 말라가는 버드나무 줄기 몇 가닥을 끌어내려 목을 둘렀다. 바로 그때, 숙진이는 어머니가 외치는 소리를 들었다.

'그 손 내려놓지 못하겠느냐!'

멍석을 팔에 끼고 상직어멈이 뛰어오며 "아씨, 그 손 내려놓지 못하겠소" 하고 외치는 소리였다. 어멈의 치맛자락이 바람에 심하게 나부꼈다. 숙진이가 바위 옆에 쪼그려 앉아 저녁 어스름이 짙게 내려앉은 바다를 보았다.

세찬 바람에 더 높아진 파도가 요란한 소리를 내며 부서지고 있었다. 재서와 숙진이 당자는 물론 숙진이의 어머니, 승안이 그리고 심지어 명한이의 한과 설움도 저 파도처럼 잇대어 밀려와 한 통으로 울부짖는 듯했다. 어머니가 쓴 시가 떠올랐다.

밤바다는 담요같이 잔잔하건만
속으로 눈물만 가득 품었구나
어깨 겯고 밀려온 파도가 큰 소리로 울부짖네
나도 그랬지
해안가 바위 옆
남모르는 틈새에서

숙진이는 목 놓아 울었다. 상직어멈이 숙진이를 일으켜 세웠어도 숙진이는 울음을 그치지 않았다. 어멈이 숙진이를 안고 등을 토닥였다.

"아씨, 나리 마님과 돌아가신 안방마님이 뭐라 하시겠수? 다신 그런 생의조차 내지 마시우" 하고는 결기를 부리며 덧붙였다.

"아씨가 그리 되면, 나도 당장 아씨 따라 갈 터이니 그리 아시우."

숙진이가 상직어멈의 가슴에 머리를 묻고 다시 흐느껴 울었다. 어멈이 숙진이의 어깨를 잡고 약간 모를 틀면서 말했다.

"자, 아씨, 이제 그만 돌아갑시다. 바닷바람이 몹시 세차고 쌀쌀해졌수. 아니, 저기 먼빛에 누가 오고 있수. 이 인적 드문 해변에……."

중치막 자락을 깃발처럼 휘날리며 해변 저편 활 한바탕거리에서 누군가 걸어오고 있었다. 한 손은 바람에 날리는 갓양을 움켜쥐고, 다른 한 손은 어깨를 두른 괴나리봇짐 끈을 부여잡은 영석이였다. 땅거미가 젖어들었지만 영석이는 단박에 숙진이임을 알아보았다. 겨울이 오기 전에, 더 어두워지기 전에 숙진이에게 이 내용을 전하려고 한 삭 넘게 그가 혼신의 힘으로 쓴 마 신부의 책이 봇짐 안에 들어 있었다. 영석이가 책을 꺼내 어깨 위로 치켜들었다. 불에 타 사라져 버린 책이 다시 복원되듯, 재서의 간절한 염원이 영석이 당자를 통해 되살아났다고 숙진이에게 외치기라도 하는 양이었다.

"황 역관 아니우?"

책을 흔들며 다가오는 영석이의 모습에서 숙진이는 크게 기뻐하는 재서를 보았다.

"어멈 말이 맞아요."

숙진이도 팔을 흔들었다. 영석이는 함박웃음을 터뜨리며 숙진이를 향해 내달리기 시작했다.

물보라 치는 해변에는 메밀꽃이 일었다.

짙어 가는 어둠 속에 흰 눈 같은 물꽃이 춤을 추듯 끊임없이 피어올랐다.

작가의 말

여기까지 읽은 독자라면 마약슬 신부의 그 책이 실제로 있는지 물을 것이다. 그렇다. 그 책은 실제로 있다. 이 소설을 쓴 목적도 그 책의 주요 내용을 소개하기 위한 것이다.

먼저 어떻게 이 소설이 태어나게 되었는지 간략한 설명이 필요할 듯하다. 2011년 초에 프랑스인 신부 프레마르(중국명 馬若瑟, Joseph Henri De Prémare, 1666-1736)의 《Vestiges des Principaux Dogmes Chrétiens Tirés des Anciens Libres Chinois》(중국의 고전에서 뽑은 기독교 주요 교의의 흔적들)이란 책을 읽게 되었다. 이 책은 원래 마약슬 신부가 라틴어로 1725년에 완성한 수사본을 약 150년 후인 1878년에 두 명의 프랑스인 신부가 불역한 것이다. 마약슬 신부는 30년이 넘는 긴 세월 동안 경전과 고전, 주석서들과 중국 고대 역사서를 백여 차례 읽고 또 읽으며 기독교의 본원적 흔적으로 여겨지는 모든 구절들을 수집하여 그 책을 완성하였다.

내가 이 책을 통해 최종적이고 궁극적으로 헌신하고자 하는 바는, 내가 할 수 있는 한, 온 땅에서 기독교 신앙이 이 세상만큼 오래된 것이며, 중국의 상형문자를 발명하고 경전을 집필한 사람들에게 하나님과 사람의 연합인 신인(神人)사상이 아주 확실하게 알려져

있음을 알게 하는 것입니다.

이것이 마약슬 신부가 그 책을 집필한 목적이다.

그 책을 입수하자마자 곧바로 번역에 착수하였다. 수년이 지나 번역본을 출간하고자 몇몇 출판사에 의뢰를 했지만 '일반인이 읽기에 너무 어렵고 분량이 방대하다'는 이유로 거절을 당하였다. 우여곡절 끝에 번역본은 《중국 고전 속의 기독교 교의》란 제목으로 곧 출간될 예정이다. 그러나 신부가 한평생을 바친 그 번역본의 주요 내용에 일반인이 보다 쉽게 접근하게 할 방도는 없었다. 역사추리소설의 형식을 빌려 신부의 책 내용을 소개하고자 한 것은 그 때문이었다. 그 이전인 2009년 여름, 아내와 나는 《서경》의 오형을 소재로 한 조선시대 배경의 역사추리소설을 이미 구상해 두고 있었다. 초기 천주교도들이 겪어야 했던 박해에 초점을 두고 신앙과 배교 그리고 성리학과 천주학 간의 갈등을 그려 보고 싶었다. 이 소설에서는 그 배경이 되는 시기가 60~70년 더 앞당겨진 것만 다를 뿐이다.

탈고하기까지 꼬박 삼 년이 걸렸다. 초안은 형편없었다. 신부의 말과 스토리가 물과 기름처럼 별개로 떠 다녔다. 둘을 유기적으로 매끄럽게 연결하기 위해 구성과 사건을 더 치밀하게 다듬어야 했고 등장인물의 내면 깊숙이 들어가야만 했다. 최종본이 나오기까지 주위의 많은 분들에게 값진 도움을 받았다. 소설의 완성도를 높이기 위해 조언을 아끼지 않은 분들에게 깊은 감사를 드린다. 아내에게는 특별한 감사의 인사를 전한다. 버전이 바뀔 때마다 모든 문장을 꼼꼼하게 읽으며 의견을 개진해 주었고, 그럴 때마다 '뻑뻑했던' 원고는 조금씩 '소설답게' 변해 갔다. 요컨대 초안부터 탈고까지 아내는 가장 든든한 후원자이자 동역자였다. 처음 쓰는 소설인지라 정확하면서도 매끄러운 문장에는 여전히 많이 부족한 점을 고백한다. 그렇지만 부끄러움을 무릅쓰고 세상에 내놓는다. 오로지 중국 민족에게 복음을 전하고자 한 평생을 헌신하신 마약슬 신부에게 경의를 표하기 위해서이다.

소설을 쓰던 그 수많은 긴 밤, 구성과 에피소드, 캐릭터, 인물 간의 갈등, 내면 묘사 등에 몰두하느라 흥분과 열정에 사로잡혀 있을 때, 나는 이따금 환상에 젖어 소설 속의 등장인물들이 마치 내 친구처럼 느껴져 서로 교류하곤 했다. 한편으로 내가 때로는 재서이고 때로는 숙진이었고 때로는 명한이며, 또 때로는 영석이 된 듯한 착각에 빠져들기도 했다. 나는 그들을 사랑했고, 그들과 함께 기뻐하고 슬퍼했으며, 그들의 운명에 진심으로 동조되곤 했다.

주요 등장인물 가운데 마약슬 신부만이 실존 인물이고 나머지는 모두 가공인물이다. 겸재 정선, 중인 시인 홍세태 등의 실제 인물은 역사적 리얼리티를 높이기 위해 등장시켰다. 될 수 있는 한 역사적 사실과 부합되게 쓰고자 했지만, 혹 실수로 사실과 다른 부분이 있더라도 픽션에 불과하므로 관계있는 후손들은 너그럽게 양해하시기 바란다. 강희제의 초청으로 마약슬 신부가 수학자의 자격으로 북경에 잠시 머물렀던 때는 1714년이지만 소설에서는 1720년으로 바꾸었다. 그해에 숙종의 고부사로 연행이 있었던 역사기록과 일치시키기 위해서였다.

악인은 없고 다만 악행이 있을 뿐이다. 악행의 이유는 뭔가를 고집스럽게 지키고자 하거나 혹은 숨기고자 하거나 혹은 마땅히 인정해야 할 것을 인정하지 않기 때문은 아닐까? 그런 마음으로 소설 속의 인물들을 그리고자 했다. 이 소설을 다 읽은 당신에게 혹시 하나님이 정말 살아 계시는가 하는 생각이 들었다면 나로서는 더 바랄 것이 없다. 혹 이미 기독교인인 당신이 신인에 관해 생각할 기회를 가졌다면 더없이 감사한 일이다. 그리스도 안에서 하나님과 사람의 연합이라는 그 진리를 보전하고자 그토록 먼 옛날에 주님은 중국으로 가셨어야 했는지도 모른다. 우리가 인정하든 인정하지 않든 사람은 하나님의 형상을 닮았기 때문이다. 예컨대 모든 사람은 방바닥에 아무렇게나 던져진 빈 장갑과 마찬가지일 것이다. 손을 넣어야 비로소 장갑의 모양이 드러나듯 사람은 그분을 담아야 그 참모습이 나타나는 것이 아닐까? 그분의 형상대로 태어난 우리 모두는.

마약슬 신부의 말대로 한자와 경전에 세상의 구원자 예수 그리스도의 사역과 죽음과 부활이 고스란히 예견되어 있고, 따라서 유교문화권 전역에 하나님과 사람의 연합인 그리스도를 통한 구속이 아주 오래전부터 예비되어 있었다면, 이토록 놀라운 경이와 신비를 어떻게 표현하는 것이 적절할까? 나의 고민은 깊지 않았다. 아래 성경 구절 외에는 달리 떠오르지 않았기 때문이다.

물이 바다를 덮음같이 여호와를 아는 지식이 세상에 충만할 것임이니라(이사야 11:9)

주요 등장인물이 각자의 관점에서 바다를 보는 장치를 둔 것도, 마지막 장면에 책이 복원되어 전달되는 장소로 바닷가를 설정한 것도 이 구절과 연관되도록 하기 위함이었다.

도스토옙스키는 《미성년》에서 다음과 같이 말했다.

아, 역사소설의 형식을 취하더라도, 영혼을 고양시키고 마음에 진한 감동을 주는 수많은 사실들을 세밀하게 묘사할 수 있어야 합니다. 만일 소설가가 역사적 장면을 현대적인 관점에서도

개연성 있는 것으로 서술한다면 여전히 독자들을 매혹할 수 있을 것입니다.

이 소설이 독자들을 매혹할 수 있었으면 좋겠다.

물이 바다를 덮음같이
As The Waters Cover The Sea

2016. 2. 3. 초판 1쇄 인쇄
2016. 2.12. 초판 1쇄 발행

지은이 이종화
펴낸이 정애주
국효숙 김기민 김의연 김일영 김준표 박세정 박혜민
송승호 오민택 오형탁 윤진숙 이한별 임경혜 임승철
임진아 정성혜 조주영 차길환 한미영 허은
펴낸곳 주식회사 홍성사
등록번호 제1-449호 1977. 8. 1.
주소 (04084) 서울시 마포구 양화진4길 3
전화 02) 333-5161
팩스 02) 333-5165
홈페이지 www.hsbooks.com
이메일 hsbooks@hsbooks.com
트위터 twitter.com/hongsungsa
페이스북 facebook.com/hongsungsa
양화진책방 02) 333-5163

ISBN 978-89-365-1138-8 (03810)